書寫青春 17

第十七屆台積電青年學生文學獎得獎作品合集

聯經編輯部——編

序

成為大人以前

台積電文教基金會董事長　曾繁城

倘若人生是一條公路，若未完整走過，無人知曉這條公路能有多長，有多少的站點，以及會看到怎樣的風景。我們對於「大人」、「小孩」的界線判定並無標準，

但即將邁入法定成人年齡的第十七屆「台積電青年學生文學獎」以「成為大人以前」為題，期盼能以作為鼓勵初探「大人」領域的青年朋友們，與青年學生文學獎共同成長，以書寫迎接人生下一個階段。

本屆徵件分別為小說一四六件、散文一四八件、新詩一八四件，網路徵文「懷人詩」有三五三件，共計逾八三〇件文字作品參與。短篇小說獎首獎〈歿年〉，氛圍塑造與場景描繪展現不凡的才氣。散文獎首獎〈潮間帶生活〉，細膩觀察日常景物與自我感受，從中剖析，思索未來。新詩獎首獎〈留神〉，命題甚具巧思，橫跨詩意的不同向度，頗有大師之風。綜觀而言，不論是透過徵件作品亦或是文學專刊中青年作家的專文書寫，這群具有文學才華的新世代以文字手藝人之姿，細觀生活周遭、揭露療傷自我、探索未來恐懼，各種傳遞出的訊號，不論是文字才華或是早熟的心智，皆能深深地將讀者撼動。

隨著科技日趨進步，資訊透過網路傳播已是趨勢。聯合報副刊用心耕耘社群媒體，讓更多喜愛文學的朋友，透過臉書平臺看見新世代青年朋友的文學作品，其中更有詩篇被分享轉發超過千次，文友們熱絡地在空中交流，宛若一場新時代的文學盛宴。感謝聯合報副刊的協力，讓雲端上的點點火苗持續燃燒。

評審任明信說道：「寫作中每一個邏輯的岔出都是另一個副本，當下暢快足已，因為所有的探訪都不會浪費。」用以鼓勵青年朋友，寫作時不須過多的擔憂，時刻記得要享受透過文字抒發時的暢快，同時也經由吐出文句的過程，更加認識自己。期盼青年朋友在追尋自我和未知挑戰時，能持續閱讀與書寫，並從中尋獲心中的平靜。

目次

短篇小說獎

散文獎

新詩獎

特別收錄
文學遊藝場
部落格徵文

第十七屆台積電青年學生文學獎

短篇小說獎金榜

首獎

陳心容（筆名蟬陳）〈歿年〉

獎學金三十萬元，晶圓陶盤獎座一座

二獎

李彥妮（筆名A）〈活蛤和火鍋〉

獎學金十五萬元，獎牌一座

三獎

蔡佩儒〈獵場〉

獎學金六萬元，獎牌一座

優勝獎

王煥緯〈面海〉

獎學金一萬元，獎牌一座

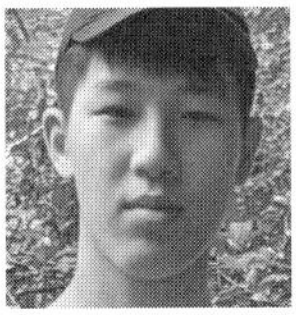

優勝獎
江承翰〈稻田裡的郵輪〉
獎學金一萬元，獎牌一座

優勝獎
呂佳真〈中繼站〉
獎學金一萬元，獎牌一座

優勝獎
鄭安喬〈女也〉
獎學金一萬元，獎牌一座

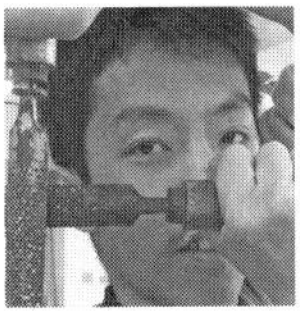

優勝獎
曾亦修〈橘子〉
獎學金一萬元，獎牌一座

第十七屆台積電青年學生文學獎

散文獎金榜

首獎
吳昕愷〈潮間帶生活〉
獎學金十五萬元，晶圓陶盤獎座一座

二獎
洪心瑜〈原來是一池的荷花〉
獎學金十萬元，獎牌一座

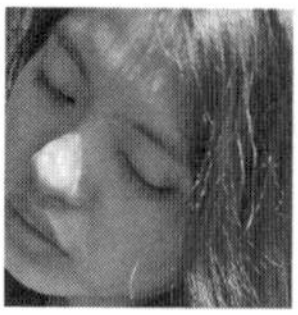

三獎
賴宛妤〈粉紅〉
獎學金五萬元，獎牌一座

優勝獎
張羽晴〈仙佛在的地方〉
獎學金八千元，獎牌一座

優勝獎
夢真・阿嬪・法蕾菵〈對焦〉
獎學金八千元，獎牌一座

優勝獎
蔡佩儒〈我見過神的髮色〉
獎學金八千元，獎牌一座

優勝獎
蔡庭綸〈溫室雜草〉
獎學金八千元，獎牌一座

優勝獎
張嘉恬〈張藥師〉
獎學金八千元，獎牌一座

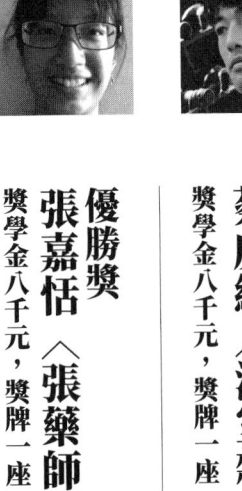

第十七屆台積電青年學生文學獎

新詩獎金榜

首獎

陳其豐〈留神〉

獎學金十萬元，晶圓陶盤獎座一座

二獎

胡可兒〈女森〉

獎學金五萬元，獎牌一座

三獎

李柏欣〈記得你〉

獎學金一萬三千元，獎牌一座

三獎

王泓懿〈暗巷〉

獎學金一萬三千元，獎牌一座

優勝獎
江惇硯〈我將祕密籌畫你的葬禮〉
獎學金六千元，獎牌一座

優勝獎
郭育嘉〈狼人〉
獎學金六千元，獎牌一座

優勝獎
葉芷妍〈雨悸〉
獎學金六千元，獎牌一座

優勝獎
吳昕愷〈夏日的午後散步〉
獎學金六千元，獎牌一座

短篇小說獎

歿年

短篇小說獎　首獎

陳心容

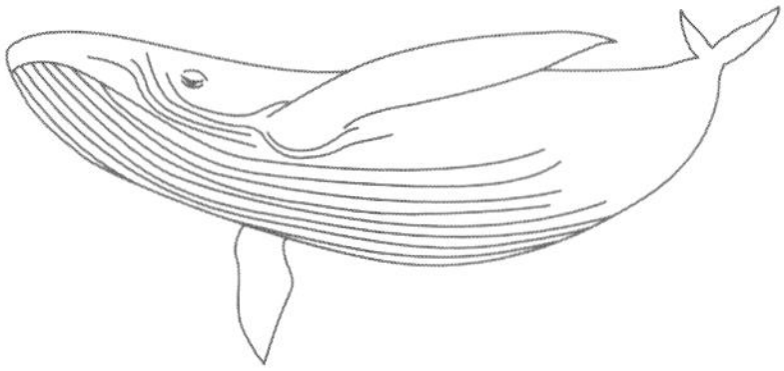

個人簡歷

生於 2004 年仲夏，B 型血，文藻外語大學德文科一年級。最近沉迷不太嘈雜但是有種海潮效果的搖滾樂、底片攝影和發呆。

得獎感言

得知自己獲得此獎有種極怪異的不真實感。感覺自己的寫作仍停留在混雜他人口音、複寫書裡字句的練習階段，有幸受評審老師欣賞實在受寵若驚。在此誠摯感謝喜歡和支持我寫作的人們。

小說篇名出自顯然樂隊的同名作品。

「這樣沒有工作的日子教我發慌。」你，但奴，看著排釦從他的口袋裡撈出一枚生鏽的硬幣，輕輕以指腹摩亮硬幣上蝕去了眼神的人臉，投入投幣孔，然後握住那近乎全新的塑膠搖桿。夾娃娃機開始播放盜版的卡通主題曲旋律，你盯著排釦夾醜兔子娃娃的神情，那麼專注地沉浸於周圍的廉價之感。你感到一種無以名狀的厭惡。

「我不懂欸排釦為什麼。」你說。當你看見鐵爪子狡猾地微微鬆開使原本勾住耳朵的醜兔子再次墜落，排釦有些不滿又心不在焉地拍了一下櫥窗，而使裡面全部的兔子都短暫陷入一種果凍式的搖顫。你從醜兔子黑色的塑膠眼睛找到自己鬼一樣的身影。「你明明知道會這樣的幹嘛還投錢，況且滿條街都是一樣的娃娃機一樣便宜材質的醜兔子娃娃。」

「我只是覺得煩。我說了，沒有工作的日子教我發慌。」排釦瞥了你一眼，但並不意味深長。

「不然這樣啊我們離開這裡，去別的地方。」

去別的地方是哪裡——你不知道為什麼你們走路都像原地迴旋，一種重複被念述的失敗咒詛。行走是多麼無用。你想告訴排釦，然而排釦只是看著前方彷佛路還有很長很長。

天色髒白像一張餿掉的臉。你們橫越一些燒壞的號誌燈站立的街口，沒碰見多少人：一個快走而過的黑衣老婦、吸吮著大拇指蹲坐在一騎樓角落（同時也是另一臺夾娃娃機取物口正前方）約莫三歲的男孩、看不見臉孔且把自己仰天晾曬在陽臺欄杆上的女子……直挺挺睜大眼睛平躺在生鏽水溝蓋上的西裝男子。

你和排扣都相當習慣。包括那些取代以前手搖飲料攤、洗衣店、早餐早午餐便利超商諸此之類所有店家的，夾娃娃機，錯落參差地播放同一首盜版卡通主題曲的夾娃娃機。

你非常確定自己只是討厭裡面那些重複被擺放販售的醜兔子。

「我告訴你我上次騎車騎到山那邊，經過一座橋向下看去，那裡有一條破娃娃公路你知道嗎？」你刻薄地強調。「破娃娃，輾爆的髒掉的少掉眼睛或半邊耳朵的破兔子娃娃。」

「我知道啊。有一陣子我住在那附近，天天經過那橋。那是還有許多車的時代。」

「時代？那個時間點還沒離我們這麼遠吧。」

「那並不重要啦但奴。總之就是，那時候還有許許多多的車，會用一種很快的速度刮擦過橋下那座高速公路，像敵方射過來的箭矢那樣從城市的那邊紛紛刺過來。我常常把我的腳踏車停下，走到橋邊然後伏在欄杆上盯著車流，盯著盯著就往往覺得這個地方被攻打下來了。」

「我不認為有人會想要攻打這個破鎮。」

「我也不認為。不過我當時也不相信那些幻術也似的夾娃娃機有日將填滿我們的小鎮。」

「那的確是。」你的眼神無聊地飄浮著。「所以你做什麼去了？」

「啊？」

「我是說工作。你說了沒有工作的日子讓你心慌。」

排釦把手伸進口袋開始翻找些什麼。你的視線隨之從破敗的街景移到排釦的外套上。衣料真的很舊了，而且沾滿水漬和鹽粒。「啊對啦，你剛剛把我的菸弄掉了。」

「回到問題好嗎你到底是做什麼工作的？」

「我就是不知道該怎麼說嘛。」排釦搔著他削瘦生著鬍渣的下巴。

「在哪裡工作？」

「主要是在工廠裡。」

「那就叫工人。」

「不太一樣吧。工人的工作是一直在製造新物品，我比較像是把不要的處理掉。我負責捏泡泡紙。」

「什麼？」

「捏泡泡紙。捏那些長得像蜂巢，寄包裹時用來包裝易碎品的那種——我猜是城市那邊來的啦，我們這裡連信都沒人在寄了。工作不難就是你想的那樣，一粒一粒捏破，嗶嗶啵啵地一粒一粒捏破。」

「好無聊。」

「那是你說的。我通常是邊聽歌邊做，能搖晃身體跟著旋律跳舞、節奏不快的歌。歌有著藍色的旋律。一定也是從城市來的，城市才有顏色。不過我聽說城市那邊的工廠不是這樣弄的。關於泡泡紙他們有一種機器，像是長滿刺的輪子——我聽我同事說的啦你知道我沒去過那裡——把開關打開，輪子開始轉，然後他們把一疊疊泡泡紙送進去輾，啵啵啵啵啵啵啵啵，泡泡紙上每一粒泡泡都能破掉，破得很乾淨。不會有漏掉的。這聽起來很城市吧。」

「不對，完全不是這樣的。他們是把所有的、不要的東西都堆在同個地方同一條跑帶上，拿機器來壓，直接埋掉，或是燒掉變成沒有重量的煙。才沒有人會把泡泡紙特別拿出來輾，更不會一粒一粒用手掐破。」

「那聽起來好沒意義。」

「你才沒意義。不過這不應該怪你。我從很久很久以前便曉得，這裡是找不到意義的所以我去了城市。這個小鎮太破太荒涼什麼都沒有，只剩下你們待著這裡，捏著你們所剩下的，原地虛耗直到你們自己也成為那種剩下。」

「所以你找到了嗎？」

你想說些什麼，而又把旋即出口的話語收了回去。那或許是因為你察覺你開始走入小鎮的中心，一座廟和曾圍繞其繁榮起來的舊市場。你不止一次聽說過小鎮的歷史：小鎮是圍繞著那座廟繁榮起來的。且你每每聽到這種說法時都覺得諷刺。那就像廟裡擺放的神張開了手，一整座小鎮即雜草似地長起來，而神把手合上之後，一切又像是一盞舊燈的光芒被糊塗昏昧地收回去了。你們看著對街荒棄的市場攤位，被防水帆布蓋住的鐵製手推車，坍塌的騎樓，交叉懸在街上的空心紅燈籠。那是光撤去後未能刷洗掉的影子；影子乾涸後難看的垢跡。那是神的遺憾，不，神的遺忘。

「別聊了好不我們先找菸。」你說。你心裡尚懷著一種僥倖的冀盼——明知這只是重複繞著一座無底的洞徘徊，你們仍舊假裝還能失而復得。

但是還是要永無止境地找下去。你心不在焉，回想半小時前跟排釦碰面時的情景。約好，在童年時常逗留的遊樂場，許久未見，你們彼此都感到緊張，卻仍然以當年要好時那種總是意無所指的鬆散語調說話。遊樂場倒閉已久，電纜線和壓克力招牌稀疏凌亂地掛在騎樓上方。突然間你明白你們在此處投擲過的時光已然大片大片地崩塌了下去，你說服自己這不太哀傷。

你告訴排釦反正你也不想再看到夾娃娃機或是任何相似的物事，排釦搔抓著灰色的頭髮尷尬地告訴你他知道沒有夾娃娃機的地方只有鎮上的咖啡廳；當然你們都不可能喝咖啡，只是無地可逃。於是越過半個小鎮，你們邊走邊踢著遍地的石子，聊的依舊是過時的話題：全然不談家人、感情、是否搬家或還住著舊房子。

你們說話，像渡一條艱難的河，一旦找到一顆石頭便能持之以恆地打轉下去——「你還記不記得那時候幾乎滿街不論哪一家店都能找出全新的硬幣作為零錢，不知道是什麼時候開始，每個人的錢包都變得亮晃晃的。所以那陣子我還真的有種錯覺，我們的鎮好像富裕時髦了起來，那感覺上可是時空性的巨大蛻變哩。

「可是你知道嗎後來，後來我慢慢觀察街上的人，發現事情好像不太對勁。事實上那些都是贗品，是偽幣，假的東西。但是你知道嗎，大家還是繼續用下去。」排釦在一圓形的下水道口停住，低頭。「那是我第一次覺得自己和鎮上的人產生裂縫。我不懂這些事情的意思。」

「一種故作姿態。」

「也許是。」

「整個小鎮的人都在故作姿態。」你們安靜了好一陣子像遲緩的默認。

「這樣的景況就像泡泡紙。」排釦的聲音沙啞平淡。「所有的事情都是逐漸熄滅的。一粒接著一粒慢慢被捻熄，起先是一個人、一座房子、一家麵店，乃至於一整棟樓，一個街區，最後整座小鎮。

「然後每個角落都長出娃娃機。每個人都變成臺主。」

「每個人都變成臺主聽起來像是，每個人都開始守一座墳。」

排釦停下腳步。咖啡廳門口原本應是地墊的地方堆放著不知道從哪裡拆下來的木板碎片，散落的貓糧因風吹滾到你腳邊。你們原地站了好一陣子就只盯著拉下了很久並噴滿塗鴉的鐵捲門上，彼此失焦荒唐的身影。

結束。說話像渡一條乾掉的河，無水可划時只能席地而坐。

不對。你心想。無論如何都不要席地而坐，會被這裡高鹽度的風和衰敗氣息，給濃稠地侵蝕掉的。至少，至少要和排釦隨便走下去走到哪裡都好。你倏然發現這是你們和小鎮的共同命運：

活成一座座夾娃娃機，然後日復一日投擲各自擁有的偽幣。

用假裝，抵擋黑洞也似的衰亡。

你想起那條，印象中寬闊筆直，速食店體育場學校加油站家具行像垂釣的老人姿態疲憊地一整排乘坐其側的、小鎮最大的一條馬路。當你和排釦漫無目的地走到那裡時，映入眼簾的是許許多多巨大的坑洞布滿路面，裂口之下一片漆黑。你好想荒唐地大叫：啊這他媽的空心小鎮終於莫名其妙地被砸穿了呵。但是你知道應該跟排釦說些認真的話，或許是安慰；這景象看起來尷尬但是悲慘。

不過在你真正想出來要說些什麼前，你和排釦早已站在其中一座洞口前，像兩只髒掉的晴天娃娃沉默地懸在洞穴邊際。洞之下什麼聲音也沒有，彷彿一種真空的瞪視：來自洞的瞪視是一道瑣細的氣流，拂過你蒼白的耳際，你感覺一抹涼意襲上。

你覺得焦慮，手指微微發抖需要掐著些什麼。你跟排釦要菸。

「你不抽菸的我記得。」

「我在城市的時候學的。那不重要，菸借我。」

「你壞掉了。」

「閉嘴，我們都是。」

「你小心。」

你不知道排釦要你小心的意思是，那是他最後一盒菸還是他死掉的父親最後一次從海上返來時送給他的紀念，要不是這末日般的鬼天氣他不會帶出來；況且現在你們站在一座黑得連深度都沒有交代的巨大凹洞邊緣。所以你失手了，排釦交到你手上一整盒的菸整整齊齊地滑進黑洞，連彈跳的聲音都沒有。

排釦看著你把菸掉下去。你看著排釦。排釦跟你說了菸的事情。

「我以為你會生氣。」

「那無濟於事，但奴。說不定那盒菸掉下去是早就注定好的。命運。我也覺得有點難過畢竟那是我爸最後給我的東西，不過想想他的船就這樣被吸進一個莫名其妙的洞裡然後就死掉了，直接被超渡到另一個時空去，這也是命運，命運盡是破事，而我早就習慣破事了。」

你點頭。你心甘情願地跟排釦折返。從路的另一側，再次經過那些零落的洞口，你仍舊沒聽見洞傳來任何聲音，漆黑之外也沒能看到別的。只有氣流，氣流斷斷續續地吹過你，像一種殘喘，像一把輕盈的刀刮割過你的耳梢。

你們走進廟的屋簷底下一座荒棄無人的市場。積滿塵埃的防水帆布烏雲似地籠罩著整座市場，風由生鏽的水溝蓋吹入攤位間的空隙，氣味彷彿地底擺有一桌棄置不吃了的晚餐。那樣遙遠，光線不足使得你和排釦看彼此的臉都是黑的。被帆布罩住的地方像也站滿了沒有表情的鬼，無聲響地原地喃喃自語，字句漂浮成空氣裡灰色的顆粒。

排釦停下，伸出手指著距離幾個攤位的地方，一個窸窣挪動的身影。那看起來像某個人的背，彎著身找滾落在地上的什麼。「應該是個老人。我猜差不多是你媽那個年紀。」「我想那不是。」排釦仍望著那個身影，你示意他一起向前，他不為所動。「她不在這裡了。」

「她做什麼的？剝泡泡紙？」你失聲而笑。

「是剝蝦。」排釦的神情認真。「我非常確定，我仍舊記得一些比如，我媽在我小時候都是最晚睡的。你知道，我爸出海，傍晚靠岸，從堤防那裡拖著滿滿的蝦到我山上的家。到家時我媽就切一盞黃燈，背著我把那些蝦剝完，接近天亮時才上床，我記得她身上那種氣味，一種海的疲倦；清晨時城市的人會來，把整車的蝦再載走。她剝蝦的聲音那樣柔膩輕盈，一片一片地把那些晚上溫柔地切亮。」排釦將手探入外套口袋翻找，你知道他在找什麼，但不忍心提醒他那盒菸已不在了的事實。

「那樣的時光彷彿將永恆倖存。或許也是為什麼我後來會選擇這份工作吧。可是我不知道為什麼今天的我反而像是，一粒一粒把我深愛的世界捻熄。」

「你的故事很好聽。」

「但是她離開了。」排釦垂著頭，「我爸出了事，加上小鎮無蝦可剝了。那天晚上她走得很輕，輕得像是那座有著大海味道的身體都忘了帶走。」

「去大海？」

「去城市。走你說的那條破娃娃公路。」

你們走進那廟裡時才發現那應該是擺著神像的木桌坐滿了醜兔子娃娃，桌旁的空地也歪斜著幾臺老舊破損的夾娃娃機。換而言之應該是，除了夾娃娃機和它的零件、醜兔子娃娃之外，真的真的什麼都被搬空了。你們跨進廟的門檻，發現混濁的水淹及腳踝。

「我們應該跪下來嗎？」

「閉嘴啦排釦，神都不要我們了。」

「我只是想許願，就算我們也許再也不會被眷顧。」

你沉默。看著排釦閉上眼睛，雙手合十抵著削瘦的額際，唇角喃喃抽動像複誦失傳的咒語。

「我們走吧，但奴。」排釦緩緩睜開眼睛。

「不對。」你說。「再過去沒有路了。」

「再過去是你家。」

「喔，對啊。你不知道嗎？海在我回來的那天便已經淹過去了。」

「啊，」排釦以一種透明的神色看著你。「抱歉，但奴。」

「沒關係的，我從一開始就知道這次是找不到了。」你淡淡地說。

天色髒白像一只被弄丟的鞋。「我們回頭，找菸。」你說。

名家推薦——

這篇表現超齡，光是形式就給讀者很大的詮釋空間；可視爲一個臺灣寓言。——林俊頴

最重要的意象是夾娃娃機，每個人都成爲臺主，彷彿每個人都守著一座墳墓……這些不太日常的句子，把末日世界展現了出來。——陳雪

描繪小鎮生活的空洞化。整個小鎮自欺欺人地好像有生活、生產，人們用沒有意義的貨幣去交換沒有意義的東西，再用沒有意義的東西去祭拜沒有意義的神！——胡淑雯

活蛤和火鍋

短篇小說獎　二獎

李彥妮

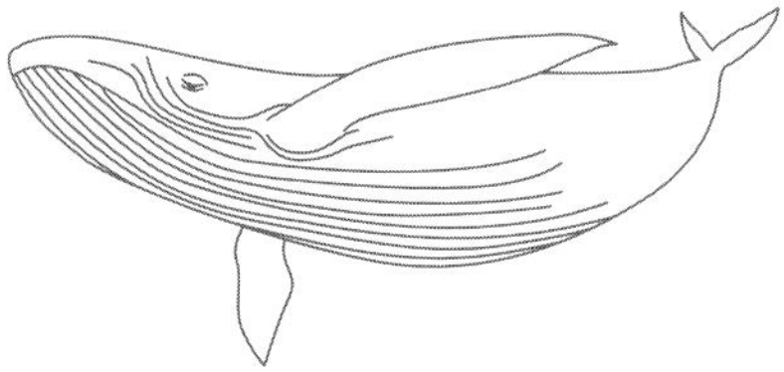

個人簡歷

2003 年生，美和中學二年級。很難寫出得過什麼獎（基本上沒有）。要說喜歡什麼，就是那些只屬於我的東西（都好好的被藏著）。對能好好把他們拿出來分享，並表示感謝的人，覺得非常厲害。我的表達總不甚完全。

得獎感言

有了外在給予的，不論好壞，我仍不太能肯定自己。擁有或失去的，對兩者都充滿懷疑，也不太確定什麼是經歷造就，什麼又是原本就如此的。游泳前不是會有一段無法適應，感覺快溺斃窒息的時間嗎？很多事就是這樣反覆、創傷似的發生。

也不能說克服，但反正還有以後。

所說的僅代表我的百分之一，每個人都有一點的平凡的尖銳之處。

過年時他們搬出數個圓桌，和同樣紅的俗氣的四腳塑膠椅。若干椅子圍著桌子，像幾人組成一家庭，幾家庭組成一家族——沒有更多家族了，如桌中央的火鍋只有一個。

家族就是火鍋，她想，水霧翻騰裡無數細小聲音的蒸發，咕嚕嚕冒泡永遠蓋不過談笑喧鬧、圓與圓急速碰撞發出的刺耳巨響。媽媽不停回過身給她夾菜，於兩桌間往復，這桌的人她其實叫不太出來，鍋裡浮著幾塊眼熟卻無名的火鍋料，相同的味道為數眾多的擠，她努力應對進退的合宜，等待來自他方的投食。

另一桌坐的是她爸爸媽媽，和哥哥。

她不吃蛤蜊，可她家人桌上堆了不只一個保麗龍盒，揉爛的保鮮膜棄置一邊，哥哥正把生冷的蛤蜊一口氣倒入鍋中，生命重量沉底被鍋料淹沒，同時她感到滾水澆淋的巨疼。斧足蠕動，殼邊探出仍濕濘的鮮活。

「這隻還沒死！」她嚷嚷，不知是否該下鍋。

「死的蛤蜊又不能吃。」哥哥一指，「這整盤都活的好不好？」

「好噁心喔。」那時她這麼說，媽媽開口：

「講什麼，本來就是這樣的啊。從小到大你吃的所有蛤蜊都是活的。」

她看了她一眼，接過整盤的蛤蜊，用筷子全掃下了鍋。

它們飛快的開殼，忍受不住似的坦開，發出某種聲音，她張大嘴時耳內關節錯位的嗶啵聲。小時候半夜與哥哥洗澡，水不小心湧入時總很不舒服，她想自己的耳朵大概是非常敏感的吧……想過要自己關上而再也打不開，像那些壞掉的蛤蜊。

家族就是火鍋，而她是蛤蜊。無從得知的罪惡感，儼然一個共犯體制。

她早聽見它開啟的聲音，卻沒來的及拒絕，又想起那些再正常不過、自然的事。無知是很可怕的，尤其那些身先於心、不真正完全的明瞭。他歡欣於她的無知，與驚異的表情。裡頭有種腥羶的獵奇，滿足他也是無知的好奇心。

哥哥手指摳弄著塑膠薄膜，那還不是冷藏的蛤蜊，是漫畫的封膜，書店裡毫不避諱一整面肉色的書牆，櫃上一行窄窄的字：未滿十八歲禁止購買。

抬頭，她看見監視器正對著他們，仰角鏡頭裡大頭小身。像幼稚園畢業照裡她被放大的臉龐。錄影中請微笑。

媽媽來時的情形她已忘的差不多了，僅記得老闆漠然地說：拆封視同購買。

饒是孩童也知道什麼事不能做，但在偷竊的概念之上，有什麼赤裸的東西爬行，直指人類本性。

她不了解，可知道那存在。

漫畫被媽媽藏在床邊的櫃子裡，夜夜熏腐著，她沒想過要問，以為自己已然通曉。與媽媽躺在同張床上沉眠時，偶有潛移默化的想像催生而後不了了之，如熱湯中脹紅忍耐的臉，狂烈的想去到某個地方，顛峰卻只是燙熟的肉無聲息的張開。

後來她再窺探那漫畫，翻閱如同預言，情境與自己幼時的性幻想竟不謀而合。當下她明瞭了慾望的本質，追求極限、拚死拚活的瘋狂，她和他們的盡頭是一樣的，想到這就感到一絲絕望。炙熱溫度下劇烈的折磨和痛苦，還活著的。

「不覺得很噁心嗎？」

媽媽吞下飯唸道：「還講，就叫你……吃飯講這個做什麼？」

「為什麼不能講？」她不服的喊。

媽媽回應：「現在在吃飯，這話題讓人不舒服。」

當時她還不那麼想，文化脈絡還沒侵蝕得那麼深，做不做端看大人怎麼說，孩子設想不到後果，有些大人沒說別做的事，他會不帶傷害之心的去執行。

蛤蜊的肉軟嫩，飽滿中帶適恰的皺縮，斧足像兩瓣輕輕閉合的唇。味道介於鮮和腥之間。每每她咬下，感覺海鮮特有的汁爆進口腔時，就恥辱得想哭。想向所有已死和沸騰的蛤蜊道歉，她是廣大共犯體系的一部分，一直以來將這視為自然且正常的事。

「我們覺得這都是正常的事。」

我們指的是爸爸和媽媽，然而爸爸未出席，這個家裡的男性都沒有出席，彷若性也存著男女刻板印象——強硬好面子的大男人，與周旋其中、柔韌的小女人。主導的與承受的，大小間不可逆的階級，一出生就被決定。

我是與生俱來的受害者了，她想：媽媽是要告訴我這件事——她只能以相同的角度看待相同的事情，那能教我什麼？那些與我對立、有發語權及施加性的，我們從來都沒了解過。媽媽絮絮叨叨：

「我們以為你們年紀到就會懂了、這是不用教的事……我們以前也是那樣啊，其實也不比現在保守多少，反正就是，爸爸媽媽以前也當過年輕人，我們都知道那是什麼。」

我也知道喔？她沒說出口。因為媽媽問：

你知道嗎？為什麼會知道？從哪裡知道的？

所以到底到了什麼程度？她仍不明白，大人好像不是來教她什麼的，而是要由她身上推定什麼似的，他們這麼反問：所以到底到了什麼程度？

講到相對具體的核心，問題就變得簡單多了。有沒有怎樣怎樣，是就點頭，不是就搖頭，不知道的話，她就什麼也不做。

食和性是被動的行為，她不是出於什麼緣由，僅是沒有意識性的阻止自己食用蛤蜊。除此之外，她想不到行為的動機。

或許那是種獵奇，為迎合嗜血的感官打造的肉慾環境，薄薄一層塑膠套，擋不住對緊閉禁忌的殼強烈的好奇。她想起櫃裡的色情漫畫，荒淫荒唐的劇情，水蒸氣般扭曲。被此阻隔，思考所在之處痛苦，其餘的地方卻不會。從沒了解過的東西讓原則和邏輯無從建立，想向制度上訴，卻不得於某些事物的不足。

好比傷害的嚴重性和判決的獲利。

「那你想怎樣呢？」媽媽平靜的問。

「妹妹啊，發生了已經發生了……再去懲罰哥哥，你就會高興嗎？」

她沒點頭也沒搖頭，只是張開嘴嘆了口氣。媽媽是非常認真的在問她。不能說不知者無罪，可一旦要人為自己的無知負責，就連她都——我想怎樣呢？當時沒怎麼問她想不想要，不，就算問了，對指標性的衡量也沒有幫助。

整件事退讓後的結果是：那年過年，媽媽沒讓兩人坐在一起。分裂、聚攏而又複製的圓桌，她想那樣一個家族算什麼呢？許多個別的湊齊，才能形成一整體，熱水的地獄。耳內的騷動開始摩擦，那些笑語背後顯現和未顯現的臉——姑姑、大表姊，和那個最小的、早年喪母的表弟。

她試著安靜叫他們的名字，或多或少吞沒的洪流。

鍋邊溢出了氣泡，好似作為特效的乾冰，蛤蜊冰涼的殼相撞，沒有聲音也沒有掙扎，惟格外美麗的紋路在火光中翻飛。而後煙火的星爆炸，炮竹大響，她耳裡的嗶啵聲終於被蓋過。開啟了新的結束。

還活著的不停的被打開，直視自己的身體萎縮脫落，他們都知道，但不能去看。

她趁大家仰望天空時細數自身的罪惡，赤腳踩上火燙邊緣，跳著詭譎而冶豔的舞蹈，撈起的竟是幼稚園畢業時，在舞臺上穿戴的粉紅金蔥的蛤蜊裝。肉體包覆進紗網和波浪，赤條條像宴客喜酒的女郎，媽媽會摀著眼、要他們別看的那種……

她也將成為相似的東西。

即便如此，若她問誰：「我是不是被用壞了？」那誰肯定也只會回答：

「你很正常。」

這很正常。

如果人要吃蛤蜊，或許就得說出這樣的話。

就像她得將性看的無比健康，倘若將那視為一種羞辱，那她就是緊貼著羞辱過活了。進食般唇齒張閉，兩腿的肉貼合，奮力的擠身。那樣拼命的，想要自己關上再也打不開，變成一顆壞掉的蛤蜊。

超脫不了也沒關係，她懷抱傷口像懷抱罪惡感，是身體沒辦法割捨的一部分。

可媽媽告訴她要放下，說懲罰的相對是原諒。

那灌輸：女人的性就是這樣的，包容寬宥，要是她今天是男生，就得挺身反抗，不做會被質疑。所謂共犯意味著，她也不是真的那麼不了解，與己相背的那一邊。

他們是肉體的共犯，哥哥拜託她，她就拉開床頭櫃尋找漫畫。封膜望眼慾穿，阻隔判斷的水霧在浴室升起，慾望全丟進火鍋。

「好噁心。」她又說了一次。

「早該騙你說那是死的。」有誰這麼回答。

媽媽想抹煞掉的，都是那些她看過人們背負著活下去，不露端倪過著生活的。她也要擁有片斷的創傷記憶，噤聲且隱隱作痛的靈魂，但偶爾，可以解離似推出圓的邊緣。

那瞬間她不再是人，而是貝類。

生物中痛覺麻木之最，石頭般支配慾物化，自主權的侵奪，作為客體存在的本身。

為了超越那密閉式的創口，她不得不蜷縮在裡面，以重生的柔軟姿態，重新適應那薄硬、鐵了心腸的子宮。在熱水中不斷的脫皮、翻滾，此後的每個人都是她，也都不是她。

自然是有傳承性的，否則就是非正常。

在她身上的時間感略為喪失，看來像小孩時已成為大人了，該成為大人時卻還是個孩子，只因她日夜想著不懂的事。人們先把淫靡和汙穢連結在一起，後來又切割它們，那分界是什麼？他們否定慾望，肯定愛。拼命的把她身上發生的事轉化為感性而合理的。

說愛蛤蜊，意指要吃了它。

性和愛綁在一起是必須，不能獨立存在與作用。這才是運行的規律，她割捨不掉的那些昭示了她應該找個人愛，儘管不是以足夠穩定的狀態。

端看距離那些對立之物有多遠，她既渴望又排斥，對男人、對正常。感情上她是小孩也是大人，是受害者，也是活該受罪者。

這些問題關乎過生活，是日常性的，跟活下去不太一樣。

按照媽媽說的做，她可以活下去，可不太能過生活。一旦深入意想自己同男性交往的樣子，例如帶回家吃飯等等……就好像宣告自己是有性的能力的。

就好像那是不用教的事，年紀到了自然會懂。

想到家裡人欣慰、沾沾自喜道：「她懂了」，的模樣。不須言明、豁然貫通的承襲式喜悅，惡寒的噁心就又湧了上來。不，她不懂。

她不是不能與男人做愛，只是無論她做什麼，最終都將是家族壯大的養分。是種里程碑，是以婚姻為手段的目地。

男人們說：妳比我想的還要保守，然後將她拋棄。

她沒有感到痛徹心扉的哀愁，不過又這麼來到的那一天晚上，她會放滿一整個浴缸高溫的水，湮沒剎那皮膚泛紅，隔著透明的水氣抖動蕩漾。

把整個人都埋沒進去，耳朵溺水般接連冒出氣泡，嗶嗶啵啵的騷癢。那裡很敏感，她想，我怎麼會保守呢。

熱水湧進來了，說不準跟進入的感覺一樣。她到時候一定也不會有什麼感覺，只是被撐開，燙熟一般大張著嘴叫。下巴牽動耳內關節錯位的發麻感。

蛤蜊們一個接著一個打開了。

媽媽憂心的望著她，不時從鍋底被掀攪起來，象徵年齡的紋路無動於衷。可她不能多問什麼，如同哥哥的事從某一時候就不再提了。然而她仍真切憂心她日漸的孤僻，好比當初恐懼她會意識到進而無能承受的那些。

她那樣不行啊，媽媽想。脫軌的人生要用相應的正確來導正。她要的是愛，慈悲卻能戰勝一切的力量。

親身體會過一次她就能懂得，並輕易跨越目前為止所有的困難。

帶著溫柔的執拗，媽媽替她找了一個相親對象。

她沒拒絕，渴求蠢蠢慾動，像對一往無知的總結。

兩人相約在訂下的火鍋店。

她感嘆火鍋的神奇，那樣廣大的涵蓋性，一覽無遺對方的全部。檢視最細枝末節，從飲食偏好推論人格特質，對盤就說合拍，不對盤就說互補。食、性、愛。

他們各據有一小鍋，說不上生分或親暱。他傾身詢問：「呃，你有要吃什麼嗎？」

有些言不及義的笨拙，讓她自己和店員點了餐，才比畫著手上的菜單。護貝面在燈光下流動著白亮的光，她想起浴室的燈泡。

「喔，我還沒問你點了什麼。」

「我吃素，呃，如果你想知道的話。我有點不想別人驚訝。」

她恍神了下，各種意象漸漸抽離，媽媽大概喜歡這種人吧。

「不會，倒是我在你面前吃肉可以嗎？」「呃沒有，不批判不批判。」

他無意識抓了抓頭：「吃是很重要的對吧？」

對，光是一個男人剝除了食肉慾，就令她如此安心。

「怎麼會想吃素呢？」「應該說我原本就沒有很喜歡吃肉，對……」

話題行進間餐點上來了，火鍋準備速度快，在將料通通下鍋前，雙方還得以不用講話。肉裝在底下鋪著冰的盤子裡，她發現另一白塑膠菜盤上放了兩顆蛤蜊，沒有人能幫忙吃。

那一直都在，只是有時她能不去看。共犯，交付他人的不知情。

他問：「呃，我沒有讓你不自在吧？」她搖了搖頭，找不太到話解釋：

「我稍微能懂的，畢竟那是活生生的動物對吧，想到就有點——」

「對。」他說：「感覺不太道德。」

「你說不批判……」她一時被刺中了，話到中途卻轉而問：

「為什麼不會去批判？」

「我不是那意思啦。呃怎麼說，就只是選擇做不做而已。」

「說不道德也沒關係。」她向他闡明。猶豫了一下：

「像我，我就接受不了別人吃蛤蜊。你知道蛤蜊是活著丟下去煮的嗎？我覺得那很噁心。我以前不知道，所以現在有陰影。」

「哦……我是想啦，去做會讓人痛苦的事和不去做會減少人痛苦的事是兩回事。」

他話忽然多了起來：

「重要的是知道以後決定要做與不做吧，這就是對痛苦的想像啊。傷害的事還是會有人去做……啊會減少傷害的事有些人只是不去做而已，就只是這樣。」

彼此安靜下來，她將蛤蜊放上肉盤，他看著，喃喃：

「我不太會說話，不是要讓你有罪惡感，我說的有些人就是指有些人。」

「我知道。」她回答。

這時盤子裡的蛤蜊，或許因為溫度太冷，倏地動了起來。

他倆靜謐的望著，蛤蜊從殼邊探出了白軟的肉，吐舌似的一點一點前行。

名家推薦——

用活蛤和火鍋來象徵「性」，從生活化的過年圍爐場景，隱約傳達這個家庭不只是對於性，對什麼事都覺得「很正常」，所有「不正常的事」，主角的父母都要她接受。作者對食、性、愛等等人生的體悟是超越同齡人的，因此能用吃喝拉撒生活小事切入主題。在她筆下的火鍋充滿殺戮氣息，要把什麼東西丟進去煮熟吃掉，引申爲人對生命的種種選擇。——陳雪這篇用最明白的文字、嘗試最大限度呈現角色所經歷的事情。它證明小說不僅只是文字藝術、修辭的問題，還有作者的思索，以及賦予觀點的空間。——童偉格

獵場

短篇小說獎　三獎

蔡佩儒

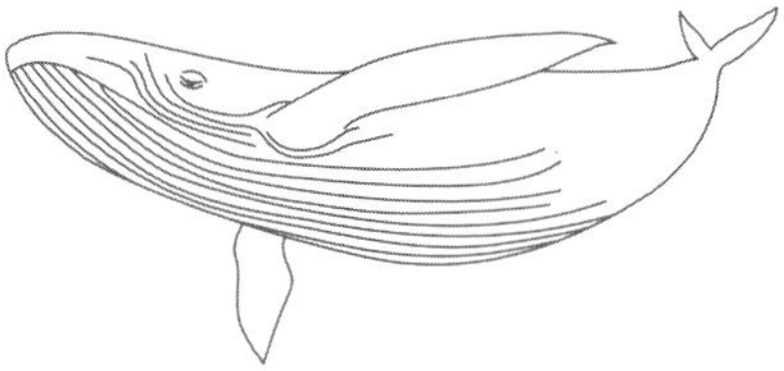

個人簡歷

2000 年生，現年十九歲的臺中人，惠文高中三年級。筆名露娜曦，暱稱露露，至今奪得十一項文學獎獎項，目前喜愛的作家是顧城及策蘭。

得獎感言

謝謝母親、社長大人及晨德一路的陪伴與拯救，也謝謝主辦單位，讓我有幸在超齡前拿下台積電文學獎的詩、散文、小說三項獎項。

菩澤和媽媽住臺中，對街是一片拼布色塊的平房，水泥紅磚木條鐵皮，每戶都用獨門手法拼湊出一個家的模樣。亂中有序裡座落一塊四方小園，龍眼樹照應著一棟相對小巧的鐵皮屋，刺線網依附木柵，在靠邊處有人為破壞痕跡，因此能自由進出。原本是放農具工具的屋子，主人去世後就成了菩澤和彤彤的基地，她們管那邊叫「獵場」。

爸爸住臺北，那邊也是家，是爸爸的家。上國小以前，菩澤和媽媽比較勤勞，週末都會遠赴北上去爸爸家住，那是靠海的小公寓，周圍仍是平房，她常常望著海岸線，數著她要走過幾根電線桿才能抵達海邊，要再加幾根電線桿她才能被海水淹過頭頂。菩澤嗅著爸爸家的空氣，嗅著疏離卻又緊繫血緣的海岸，沙子有味道，很鹹腥，她抬起沾滿黏膩細沙的腳用自來水洗淨，有些東西卻在浪之間無法清洗。

晚上，菩澤和媽媽睡在空曠的房間，空曠到她覺得供需失衡。裡面有菩澤的玩具，積木還有踩上去會播音樂的墊子，壁紙從最頂部剝下來，一塊，記憶給人潮濕的感覺。菩澤會盯著那個角，聽爸爸玩電腦的聲音，有時候她睡不著，就起來到隔壁去，聽爸爸戴著耳機和別人用菩澤聽不懂的術語說話。

「等下，我女兒來了。」然後看著菩澤，說小孩子要早點睡覺才會健康才會長高。快去床上躺好。和爸爸相處的時間只有吃飯和睡覺，沒有餘地讓她任性，其他時候，爸爸是媽媽和電腦的。而且爸爸看起來有點沒耐心。

大概從那時候開始，她覺得爸爸是獵人。媽媽比菩澤還乖，時間到了就閉起眼睛，好像瞬間睡著一樣的表情。菩澤長大後才想到，她和媽媽各占用了一個床位，爸爸要睡哪裡？她甚至不明白去爸爸家的意義，或許要用這個儀式才能安撫年幼的菩澤：爸爸是工作很忙的爸爸。

大人知道在外人面前應該怎麼表演才體面，什麼應該露出，什麼應該藏，藏不好就會被殺死，菩澤明白苦衷。

「所以妳和妳爸不熟喔？」彤彤放下相框，木質紋路二十年前的氣味是一罈佳釀，與燠熱的鐵皮屋內女孩們的體味混雜，並能分辨出純粹的水晶肥皂香氣。相框內豢養著一家人的笑容及露營燈的反射，菩澤甚至不記得她曾經穿著那麼多蕾絲的蓬裙，高腰到讓她不自在。肩帶被固定在片刻之際呈現慾墜的急促感，她量測乳頭的距離，幾乎要衝破那薄薄的細肩帶上衣，煽情兒童肯定是那個男人的設計。菩澤咒罵。

「在這種地方放全家福幹嘛？太詭異了。」

「那像一個燈塔，我朝著他游過去。儘管恨之入骨。」菩澤說，她不能忘記自己。明確的目標，通俗的解釋，彤彤翻開長夾，菩澤認得這個品牌，彤彤笑著說，她的目標比較簡潔。

「開業順利。」

「順利。」她們互碰罐口故作慶典，高溫的熱氣蠻橫到呼吸不順，水滴沿著汽水罐緣流淌，高速低落在水泥上，噴濺出預料中的痕跡，從深灰到淺灰最後回歸虛無，活生生地蒸散她們二十歲的嘉年華。

　　苔澤的父親是一名貨車司機。要往上考駕照才能開的那種大車，他常常這樣自豪：「爸爸很會考試。」並且在工作結束後留下摸來的貨物送給苔澤。通常是精裝的巧克力禮盒，每一顆款式都不同，苔澤奢侈在甜品的黏膩，榛果和苔澤的手指一起陷入濕潤的巧克力。有時候爸爸會兼差賣盜版色情片，苔澤翻弄他桌邊的光碟，他會一一和苔澤介紹，每一次都告訴苔澤，除了爸爸媽媽，其他人不能這樣摸她的身體。

　　苔澤常常忘記爸爸是誰，或者全世界都是苔澤的父親，沒有太大差別，她甚至在幼兒園坐上男人的車，胡亂喊著爸爸你來啦我好想你，差點引發對方的家庭革命。但她喜歡爸爸，每個月會帶她和媽媽出門，在車上聊投資的事情，苔澤在後座自己玩，懵懂聽著。爸爸會把蒐集的便利商店兌換品送她，一堆一堆，那時候她最喜歡的是一系列迪士尼的公仔，爸爸就弄來了一整袋，苔澤回到臺中的家後把公仔擺在櫃子裡面，從那個年紀的視野望去：壯觀。

　　「妳是父控吧。」A撩起苔澤的裙擺，她可以很明確地指出這是探索並且毫無愧疚，交易合於情理，各取所需。

　　「不是，我恨不得殺掉他。」

「哈哈，是嗎。我也可以給妳很多公仔……」

「叔叔，你會再來找小苔嗎？一直一直。」苔澤語氣溫溫。而發涼的觸感從制服襯衫底下輕輕慢慢傳來，沿著脊椎，側腹，沿著苔澤的肌理滑動揉撫。苔澤不得不再次遺忘慾望如何滾燙肌膚表層。

「會啊，小苔這麼可愛。下次可以找小彤一起？」

小彤今天有單子但我可以試試看安排兩個人只是叔叔這樣價碼比較高畢竟你也知道……「好了小苔，這不是重點。」

「對不起。」叔叔只能是我的，好嗎？

苔澤望著三角狀的屋頂，青綠色。她想把那邊漆成天藍，再加幾朵肥脹整齊的雲，像爸爸家的壁紙。這附近的甘蔗田比花海還浩瀚，外邊的馬路很寬卻沒有太多車流入，像她對人生接受程度一樣，鐵皮很薄，擋不住任何想進來的獵人。苔澤仰躺在小筏上，聽著窗外偶爾的引擎聲，漂流到每一場油膩的盛宴，盛宴裡有一種巧克力挖空了填入酒料做成的甜點，酒海之上有一株茂盛的龍眼樹，她在鐵皮屋裡面，叔叔在她裡面，她在爸爸裡面。

龍眼樹的花期到了尾聲，夏季的毛邊逐日渲染街道，每一棟平房都在氣流內歪曲。鐵皮屋沒有供電，角落插著一根枯瘦的竹竿，蚊香沒有燃火的那端塞入竿尾，在角落幽幽轉著煙。夜晚她們會點起露營燈掛在牆上，用黃色的玻璃紙包覆外殼，好讓曖昧的味道濃過水晶肥皂，滴下的汗珠沒有順利蒸發。苕澤寧可是一條魚，才能順理成章的被厚重的濕氣壓著，A將她翻面像一塊焦熟的魚排，穿刺壓實，吞入肚腹。她還沒找到昇華的手段。

「小苕啊，下次去旅館吧？叔叔出錢……」A承受不了夏天迷幻暈眩的熱氣，它把太多影像帶離地表，人就無法抓住每一刻的細節，他說自己是藝術家，這種靈魂的交易是行為藝術。小苕聽著這些初見艱深，但實質深究後完全沒有意義的話題。「有龍眼樹擋著，沒有那麼熱啦！不然全部脫掉就不會了。」苕澤笑A老了，能耐越來越低，她搭上男人的脖頸，很滑。A抱起苕澤後應答，我都能當妳爸爸了。

苕澤升上國小三年級後，變得很會考試，只要拿到第一名，爸爸就會帶她去吃大餐，這讓苕澤變得很有動力，她早慧而明白，交易自始至終是社會核心。看到同學每個都有爸爸，她就覺得自己不能輸。她想要爸爸來臺中，住進來她和媽媽的家，沒有理由。每次同學問起她的爸爸，問她為什麼爸爸沒有來班親會，苕澤就會搬出從小背到大的說詞：爸爸很忙，爸爸在臺北工作。彷彿我爸爸比你們的爸爸偉大。

有次爸爸來臺中，苕澤拉著他教她數學，國小四年級一頁六格的計算本，苕澤很認真的寫，爸爸在想別的事情，到陽臺抽菸。爸爸很愛抽菸，他說為了苕澤的出生曾經戒菸，後來苕澤長大了，爸爸說工作很累，用來抒壓或還有其他原因，他又開始抽菸。每次出遊，他會在停車後靠著車門抽菸，然後看菩澤拉著媽媽到處轉，菸屁股一個個落在腳邊，菩澤抗議這樣很髒，很臭。爸爸比以前慈祥，也柔軟許多，只說：「沒辦法啊，爸爸要工作養妳和媽媽。」菩澤回想，爸爸或許不是喜歡抽菸，而是熱愛生活，才會把時間表填得如此不著痕跡。

晚上，她央求爸爸留下來睡，敵不過菩澤苦苦哀求，爸爸放下鑰匙，展現出誠意。睡前要吃點宵夜，爸爸問了菩澤意見。「麥當勞！」菩澤說，出門右轉可以走出這條大馬路，再右轉走過薑母鴨就是麥當勞了。菩澤點好了餐，她要吃大薯，爸爸拿起車鑰匙，菩澤強調很近，用走的就好。

「小孩子要早點睡覺，才會健康，才會長高。」爸爸看起來有點不耐煩。

獸有敏銳的直覺，爸爸去打獵了。菩澤知道她不可能等到，不管是薯條還是爸爸。隔天醒來，大家對這件事都都心照不宣，她把疑問留在密封袋內，藏在厚厚的生活間隙。那些夾著海岸、細沙和思父情結的密封袋偶爾各自擦出粉末，用寬容心忘記它們，在袋子之外是清爽的空氣。

菩澤上國中後，每當想到爸爸，常會不自覺走到麥當勞，總是聽到兒童遊樂區傳來孩子們的呼喊：「爸爸，我要吃冰淇淋！」「爸爸我要薯條！」菩澤每每只是笑著，嘲諷一樣拖腮望向孩童們。要吃薯條就自己買，爸爸也可以自己找，菩澤暗暗想著。

「這次B給了我這個。」彤彤手上垂墜 Swarovski 的細鍊，鍍上玫瑰金的環圈成封閉區域，面積可以用今天男人掏出的鈔票計算。女孩在他們心中的面積，在家庭之外創造的面積。真相揭發前誰都不會支離破碎，家只是擴大變形了，她們負責保護祕密和慾望，像撐傘的人。

「不過妳都不從男人那邊拿點什麼嗎？」

「會啊。那塊地毯是C給的，小風扇就是A送的，他們都很努力在布置這個家。」

「不是這個意思啦，多少要點錢才不虧啊！」

蚊香燃到盡頭，女孩的肌膚上有水痕，縈繞的虔誠香氣撲灑在整棟鐵皮屋內，床墊在角落，赤裸沒有床罩就像她們一樣被剝離，回到本性之中。

國中以前，父親的角色看不清楚亦不明白立場，她對他的了解局限於資訊掌控，爸爸顧名思義是會帶她出去玩、給她錢的人。媽媽對苔澤藏起一些，爸爸對媽媽藏起一些，就像獵人，她被一口一口吃進設計好的劇本中。血緣衝上那片北部的海灘，她記得海螺儲存著大海，鐵皮屋也存著爸爸的愛，擱淺並尖銳。

到了苔澤要升國二前，因為男人隱瞞再娶再生的事情敗露在那次她們一如既往的北上，苔澤被迫成了鐘擺，她想撕裂自己，一邊給爸爸，一邊給媽媽。

一對雙胞胎，已經到了不用推車的年紀，

「雜種取名叫什麼？」

「苔桂和苔桔。」苔澤抓了一把薯條塞進嘴裡，番茄醬包在角落冷著，她討厭用更濃的味道掩蓋原始。「後來我媽就不和他往來了，我也不行。不過還是在 LINE 上聯絡。」自己買的薯條遠比期待了一夜的落空好吃，她悻然。

名字是父母給的第一個禮物。苔菜，一種沼澤旁邊的野菜，不管當初是不是這樣，苔澤就是要理解成爸爸對她有著優良獵物的期許：「參差荇菜，左右采之。」左右踩之，任人踐踏。

「到我十八歲的時候，就沒有再聯絡了，不過那次很蠢。」信誓旦旦了十八年的爸爸愛你，苔澤仍然不解作戲的意義，如果是為了孩子的心理健全設想，那他真是澈澈底底的失敗了。「他自信又驕傲的說：『苔澤已經滿十八歲，我們已經沒關係了。』，但他忘記簽約贍養費要給到我二十歲，所以他下個月又補繳了。」

在獵場開業半年以後，刺線網被更厚重的鐵皮圍繞，已經不能再進去鐵皮屋了。據說前主人的兒子要開始建設這塊地，苔澤想起男人給她的禮物，一張地毯和小巧的隨身風扇。蚊香還沒燒完，灰燼越積越厚，多到她可以踩著那種沉悶望向另一棟鐵皮屋，那時的龍眼樹滿千花，前仆後繼的細碎飄落在每一個步伐碾碎的花瓣上，她看到爸爸牽著女孩跨過圍籬，那時鐵皮屋還沒有蚊香，他褪下女孩的衣服，她只能依靠龍眼花遮掩，零碎的花和小巧的乳頭一起融化。苔澤看到女孩在陌生之中掙扎，她的急促和緊張，她的叛逆，一切都像沼澤旁邊的野草。苔澤常常溺死在裡面因為忘記呼吸。

蒼澤後悔當時拒絕了他，她把時間暫停在全裸的一刻，密封後推拉啟動，持續環繞在蚊香的漩渦之中，四個男人成為了她的爸爸。已婚，但因她的破碎而有理，因她需要救贖而無罪。

「獵場關閉，以後要去汽旅了，對吧？」彤彤探頭想再看一眼鐵皮屋，踮起腳尖勾著眼卻仍遠低於氣味新鮮的圍欄。

「……我還沒游到燈塔前就要死了。」蒼澤把鐵皮屋收回密封袋。她與男人們，她與爸爸，他們做一樣的事情，沒有未知就沒有危險，這讓蒼澤很容易分類在寬容與愛之中。

熱潮隨著月份一步步退卻了，蒼澤放棄尋回地毯和小電扇，也放棄相框中帶來海潮的男人。和彤彤原地解散後，彼此不過問，蒼澤猜她已經得到很多長夾和手鍊。銀色的光偶爾游過那條空曠的大馬路，從高高聳起的鐵皮圍牆到對街，距離需要蒼澤走上一輩子。這次她打算以足夠衛生的身分穿越馬路和海洋，走向另一個獵場，一個不知誰是獵人、誰是獵物的獵場。

名家推薦——

如果不從寫實的角度來談這篇作品、把內容純粹視爲象徵，它的設計、描述的劇情已足以乘載作品想要探討的東西了。作者始終沒有把痛苦點破，用一些很淡的句子格外讓人感到顫慄。——陳雪

這一篇讓我對高中生的技術心生敬意。在十多歲能夠把小說的虛構元素操作到這個程度，使我願意在細節上接受它可能有的紕漏。這位作者確實在用自己的方式思考虛構到底是什麼。——童偉格

面海

短篇小說獎　優勝獎

王煥緯

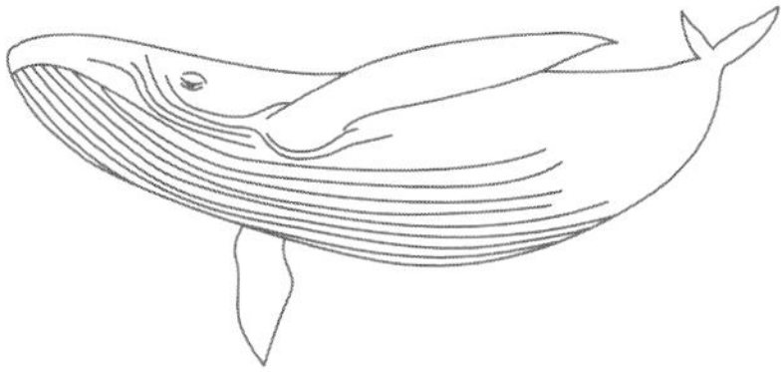

個人簡歷

2002 年生，高雄中學三年級。將就讀成大環境工程學系。個性矛盾而多變，常常無法確知自身和周遭事物的交互關係為何，身邊現豢有兩頭綠豬。曾獲 108 年高雄青年文學獎。

得獎感言

謝謝各位評審的青睞，以及所有願意讀它的人。

大約四年前，在澎湖七美嶼旅遊的下午，雖然時間已近傍晚，當時天氣仍一如往常的晴朗和炎熱，有一對住在當地的兄弟騎著腳踏車前來，並停在附近的陰影處休息。閒聊中，我得知那位哥哥即將到台灣就讀高中，接著其他便斷片般的再無印象。至今我有時仍不禁會想，那段談話具有某種逝去而永不復返的象徵意義，絕對是必然，但也因此讓人感到哀傷。

拉蹭起身，走到那扇邊角滿布灰塵的方窗面前，並望向數百公尺外的一片風景。遠方的天空與海具有一種灰色的基調，摻雜著模糊的白與暗藍，像是乾硬的水彩顏料被調和在一起，與海岸的邊坡上頭幾幢民宅、布置顯眼的民宿構成一片低彩度的冬日景象。

再過幾天就是除夕了。拉蹭想。大約一週之前，他才好不容易自忙雜的臺北市區中抽身，搭上數小時的客船來到這兒。

一月的空氣又冷又濕，強勁的海風吹得窗框吱嘎作響。他默坐在床沿，置放在一旁的木製書桌上頭積了淺淺的一層灰。那張低矮的單人床鋪緊抵著牆，上頭的被單才剛換洗過，因此顯得乾淨齊整。其中一面玻璃脫落的木製書櫃，及一旁書架上的書籍和物品則早已丟棄，或者轉送給他人。拉蹭再次環顧這個他生活了十餘年的住所，同時有股熟悉及疏離的交雜情緒自心底升起。

走廊底突然傳出一陣點狀而緊湊的腳步聲，接著在他敞開的房門前停下。他的大黃狗——吉利正晃著尾巴，並以那對棕色的眼珠望向拉蹭。他走向前，同時俯下身子以手掌沿著頭部至頸背的方向撫去。

「噢，吉利。」拉蹭喃喃地說。自從牠年紀漸增之後，就不曾再像從前那樣跳上陌生人騎乘的摩托車，並隨之在島上四處兜轉了。

拉蹭走下樓，他的黃狗吉利緊隨其後。

廚房的火爐開著，上頭置放一鍋方形的陶瓷容器，不斷有蒸氣自玻璃鍋蓋的縫隙間竄出，裡邊的白粥正沸騰冒泡。拉蹭從櫃子裡取出數個瓷碗與碟子，並抽出幾副木筷，將它們擺放到店裡的木製小方桌上頭去。

這間餐館坐落在沿著緩下坡道而建的巷弄裡頭，整列的家戶前方鋪上方形石磚，連接主要道路旁的小型市場，一路通往低處種植作物的小徑。店門口的狹長磨石子地板上長年堆放了數個水桶與掃具，並牽起細繩掛放抹布，高處則吊著一副掛牌，上頭寫著：拉瓦克料理。

店長拉瓦克經常出海。遇到海象不佳的時候，漁獲往往非常慘淡。

「每條我所捕獲的魚都來自、也屬於那片大海，沒有人能夠因此而責怪，或索討什麼。」他常這樣對身旁的人說。店面不甚大，僅能夠容納下四張大圓木桌，以及一面靠著牆的小方桌。舊黃的牆壁上黏貼暗褐色的價目表與數張海報。空閒的時候，他們一家人便會聚在那兒一塊看電視。

拉瓦克將那一大鍋粥自廚房裡拿了出來，而拉蹭的母親第兒則在後頭拿上幾個罐頭與數隻小湯匙。他們面對坐下來，吉利的身軀偎在拉蹭腳邊。父親拉瓦克將罐頭裡的醃漬食品添入碟子中，隨後又盛了一勺鍋裡的稀粥，倒蓋進手掌大小的瓷碗。

他們靜默祝禱了一會兒，才接著開始用飯。自小，拉蹭一家便有這樣的習慣，在開飯之前於心底默唸一段禱詞。或長或短。然而這並不全然與宗教信仰有關，或者說一直以來他們所信仰的，便就只是信仰本身。

拉蹭將電視打開，並轉換到新聞頻道。上頭正播放近日寒流來襲的相關訊息。

「最近的確是愈來愈冷了，外頭那個塑膠桶內壁與裡邊的水交界處甚至都結上了一圈薄冰。」拉瓦克首先發話。

拉蹭沒有應答，過了一會兒才說：「來這裡的路上，我有發覺海風比以往潮濕，而且更冷。」

他抬頭望向父母的臉容，發覺他們似乎又更加衰老了。父親拉瓦克身上穿一件無袖汗衫，外頭披上薄外套，雙腳踏踩著拖鞋。而母親仍穿著昨晚的長袖棉質睡衣。

「最近店裡的生意也很差，或許大多數的人都回臺灣過年了吧。」第兒說。

自從拉蹭到臺灣讀高中，後來上了大學後便愈來愈少與家裡聯絡，剛開始還會定期打電話或傳訊息問候，過節時偶爾寫信過去。之後往來的頻率便逐漸減低。而去年拉蹭剛自大學畢業，找了一兩份工作兼職。拉蹭回想，距離上次來到這裡似乎已是兩年多前的事了。

「今天清晨我自己去海上垂釣，幾隻鱸魚和黑鯛上了鉤，」拉瓦克說。「天空仍然陰陰的，雲壓得很低，昨天半夜還下大雨，外邊看起來與起霧沒兩樣。」

拉蹭望見圓木桌上攤放幾張浸濕了血水和碎冰塊的舊報紙，同時間疏地想起之前曾隨著父親在傍晚出海的片段。

那時下著若絲的雨，僅能透過小船上的燈源與出露在外的皮膚感受到落下的冰冷雨點，而天空的大半邊已然暗了下來。父親拉瓦克正神情專注而謹慎地控制手中的釣竿，調配來回拖動與收線的力道，準備待魚力耗竭後再大力作合。

透明的線繩在暗黑水面上不斷拉扯與折返，並間歇地反射微弱之燈光。

一段時間後，一只跳動不已的沉重身軀落到甲板上來，拉瓦克將牠收進潮濕的漁網中。拉蹭盯著牠發亮的鱗片與圓睜的光滑眼珠，全身開始冒出冷汗。

很多年之後，他才漸漸的、很粗略地了解到那樣的不安，其中還帶有點敬畏的成分。

拉蹭將碗碟疊起，並去外頭拿濕抹布擦拭桌面。拉瓦克起身步向廚房，清洗水槽裡的髒碗筷。母親第兒上樓換外出服，準備上市場買些蔬果。「拉蹭，你要陪我一起去買菜嗎？」第兒朝樓下喊。

「不了，媽，我帶吉利出去晃晃。」拉蹭說。他在那件薄外套外頭再套上一件厚羽絨衣，並戴上一頂毛帽。他摸摸吉利的頭，示意牠朝外走。

拉蹭沿著坡道向上，經過相鄰的幾間家戶。這排十餘間住家，除了拉瓦克開設的餐館之外還有販賣藥材、冰品和雜貨的店面，都是以住宅的形式，裡頭的布置未經過多改動就直接當作店鋪。兩側的店家都只在門邊高處掛上小小的招牌，從外頭看來毫不顯眼。

他國小以前，最喜歡去到那間招牌上畫有人形般側臥的米黃色人參，店裡堆滿成排木抽屜和各式玻璃瓶罐的中藥材店。那裡的老闆常常將雙腳倚在一竹編凳子上方讀報，並讓拉蹭坐在旁邊的木板凳上頭，陪他聊天或一起看電視。有的時候，他會從櫃檯的鐵櫃裡拿出某種有梅子味道的、指甲大小的糖，那樣的滋味總會讓他想起切塊芭樂上頭撒的甘草粉。

此時，冬日的陽光溫煦又淡薄。這座鄰近海岸的村莊沿著山丘而立，作物與住宅之間的小徑十分狹窄，多處設置的階梯邊，鐵欄杆和地面上爬滿了銹褐色的水漬。許多人家在陽臺花磚的圍牆上方晾曬衣服，光線穿過冷濕的空氣，向下透在瓷磚地與濕潤的牆角邊。一起風，掛置著的衣物便都鼓脹起來。

在此一道路不寬，體積也不甚大的離島上頭，代步工具幾乎都以自行車和摩托車為主。而若不是要到島另一頭的市區去，附近一帶的居民平常只徒步行走——在樓房、菜圃、雜草和電線桿之間穿梭，不時能夠聆及幾聲雞啼與鳥類拉長斷續的叫聲，顯得緩慢復又靜寂。

拉蹭走到一處住宅之間並不寬敞的空地，約莫只是兩戶相鄰住家的占地大小。這兒停放了附近居民的單車與摩托車，泥灰色的混凝土地上置放許多大型盆栽——緬梔花、大花曼陀羅、樹牽牛、南美假櫻桃……，與一些雜生的低矮灌木。天氣晴朗的時候，鄰居們便會在靠牆的一側晾曬自家的厚棉被與被單。

他將那臺父親的銀灰色單車牽出來，順道至一旁光線昏暗的雜貨店買罐常溫運動飲料，同時將它卡進車身上的鐵製水壺架。

他將單車向上牽至高處的主要道路後，才跨上坐墊，並讓吉利跟在後頭，開始緩慢地踩動踏板。

瓦瓦住在一間獨棟的鐵皮低矮樓房裡頭。每天清晨，他的父母會將近幾天來捕獲的冷凍漁貨和一些甲殼類海鮮載運到市場裡，並在墊著帆布的石桌上方將冰塊鋪滿整個檯面，塑膠籃子則疊置在一側的濕黏地板上，融化後的腥臭冰水會直接流進前方的排水渠道裡。不過，處理食材的平臺上方一直有清水流過，沖洗沾滿血汙的刀具和砧板，溢出的髒水不斷潑濺到地上，瓦瓦的父母因而需要穿上雨鞋工作。

瓦瓦經常自己一個人待在家裡，等待清晨時分就出門的父母，在夜晚打理完一日的掃除作業後歸來。

那時，拉蹭每天上午都要步行到他家門口，再使勁按著一旁的電鈴或拍打鐵門。待瓦瓦出門之後，他們便會各自騎著那兩輛藍白色與鐵灰色車身，上頭塑膠膜沒有拆除的單車約二十分鐘的路程，到達位於海岸邊的小學。

瓦瓦的身型瘦小，眉毛雜亂而粗黑，深色的臉上那連著長睫毛的眼瞼覆蓋住眼球上方，耳前推平的短硬頭髮緊貼面頰，一對高又寬大的耳朵輪廓外翻。在笑的時候長板狀門牙時常露在外邊。旁人常說，他只要再繫上幾條色彩紛呈的手鍊與腳鍊，便像是塗上彩漆的泥雕像了。拉蹭總是覺得，他看起來的確活像是那麼一尊小小的神祇。

那間臨海而建的學校只有兩層樓高，廊柱邊上的白漆長年受到潮濕海風的吹拂而剝蝕，空氣總是溽熱又悶熾。每週大約有一兩天，拉蹭和瓦瓦將外衣褲塞進背包裡頭後，便會逕直翻過操場側邊低矮的竹圍籬，去到學校旁的海岸潛水，或者在潮間帶滯淤的海水中撿拾一些海洋生物。

閒暇的課餘時間，拉蹭除了偶爾留在店裡幫忙，就是與瓦瓦一起跑遍這座島上的山和所有的海岸。

他的泳技還不錯，多數時候，拉蹭總會想像自己是長年生長在砂土中的柔軟水草，隨著數條大小不一的魚在穿入的光線裡游動與搖擺。平日，拉蹭與他在島上探索的行程都是沒有特定目標的，他們因此一致認為自己並不在找尋什麼，而比較接近於發現。他們曾經騎著單車去到島上最高的那座山丘，並在昆蟲的鳴叫聲中指認天上的星星。回程的路途上，還在間隔遙遠的暈黃路燈下與直飛而來的金龜子迎面撞擊。

數天以來，拉蹭常循著山丘的道路向上爬升，或者沿著海岸線騎乘。他的移動緩慢而接近於漠然。「你看。」拉蹭對著吉利說。他將單車倒倚在貼向一側的長雜草上方，空氣中混合著羊的排泄物和泥土的潮濕氣味。他們坐在一處灣澳邊的臨海懸崖，並在那兒望向不同程度深淺的灰色雲層。直到後方那片打散的水紅色陽光淡去，潮濕的灰藍轉濃，才起身往家的方向而去。

最近店裡的生意非常冷清，往往一整個下午都不見任何客人上門。除了拉瓦克仍然照常一日的作息，這兒附近的幾間店家在清掃完家戶內外之後，就都拉上鐵捲門暫時停業。

拉瓦克習慣在上午播放廣播電臺，一邊整理手上清晨出海時使用的釣具，或將瓶裝醬油依次分裝進塑膠罐子裡頭。第兒則在一旁打理其他的事務，偶爾抬頭望向牆上靜音的電視。

圓桌上的鐵盆裡裝盛一些肉品和葉菜，零落的蔥薑散置在一旁。那臺老舊的國際牌收音機持續地播報著，裡頭傳出的歌曲和舒緩的談話聲像是某種冷淡的氣味，與自紗門穿渡而入的陽光一同向下沉降。

每天午飯過後，拉蹭便會拿出紙拖把來回沾黏房間地板上的塵灰和毛髮，他四處走動時地板鞋拍在地面上發出間續的響音。多數時候，他會半倚坐在床邊回訊息，同時點開音樂串流，任由連接藍牙的移動式音響連續播放。有時他便什麼也不做，桌上攤著他帶來的幾本書，就這麼從那扇窗子望向遠處那從來不曾改變的風景。

連日的陰雨似乎並沒有要暫緩的跡象，空氣非常濕涼，雨滴落在靠近坡道那側的窗沿上，敲擊著半透明的淺藍綠色建材。目能所及的景物都在接連而至的雨水中發出各樣聲響。遠處的雨線要落得慢一些，散射的陽光自雲層的縫隙間穿透而下，在灰藍的海面上形成流動的破碎光塊。

這裡不管在哪兒都可以見得到海。拉蹭心想。他在臺北的這幾年來，時常只能夠望見割劃成塊狀的灰色天空。他承租的小套房在一間轉角處的便當店樓上，就位在一塊深棕色大型招牌正後方，看板的橫條阻擋了大半陽光射入，他的居所因此陰暗又潮濕。拉蹭有時會望著那扇積滿灰塵而加裝了鐵柵的窗戶，覺得自己也許就在這座城市的反側，在數條彎折的亮黃色霓虹燈和一塊巨大的看板背面。

拉蹭在這段時間裡時常沉默不語，他的父母每晚在十點之前就將自己房間的燈關熄，木門上方那片方形的毛玻璃因而不再透出光線，狹窄的走廊頓時暗了下來，只剩下那盞圓形的黃色壁燈仍提供微弱的照明。吉利常常蜷縮著身軀，並偎在床頭邊電暖爐附近的磁磚地板上取暖，很快就打起盹來。拉蹭仍舊習慣熬夜，直到睡前才走向浴室沖洗身體，並在其後躺回床上閉眼休息。

除夕當天晚上，拉瓦克和第兒忙著在廚房裡備料和炒菜。牆上的電視不斷播送臺灣那頭嘈雜而熱鬧的景況。拉蹭將門口的日光燈打開，發出一種雜訊般的滋滋聲響。不久後，數隻昆蟲和蛾類撲翅前來，在長條燈管附近周旋不去。

拉蹭取下掛置在門邊衣架上方的厚外套，與吉利一起步出家門。連下了數天的陰雨此時終於暫歇，空氣仍然非常冷冽，上空的雲層遮去一部分的星星和月光，踩在濕潤的泥土地上不時會發出擠壓空隙的短促水聲。他們朝海岸的方向走，那棟臨海民宿的飯廳只餘下半開的燈光，裡頭傳出老闆和他朋友的談笑聲。

在經過一間不過平方米大小的廟宇後，拉蹭跨坐在立燈下方的堤岸，投下的昏黃光線切割出數道陰影。靠岸處有幾隻小船停泊在燈光所不能及的地方。吉利與他一同面向沙灘後方那片無盡的漆黑。

遠處的漁船縮為數個光點，以無法覺察的速度向遠方駛去。

拉蹭想起，他曾經在一個清晨見過租屋處外邊的那條街道，那樣靜止而安靜的風景就好像是從觀景窗的方框裡向外望出去一樣。之前的某個夜晚，他也曾在夜半下樓喝水時，發現家中樓梯間昏暗的燈光穿過其側之玻璃，透映在廚房靠近外側的窗和牆壁的那片淺淡滿月狀光塊。

拉蹭閉上眼，在心中描摹海的樣態。天空似乎又開始飄下細雨，他仔細聆聽海浪拍打的聲響與氣味。往後，他會嘗試在黑暗之中時常默誦與祈禱。

稻田裡的郵輪

短篇小說獎　優勝獎

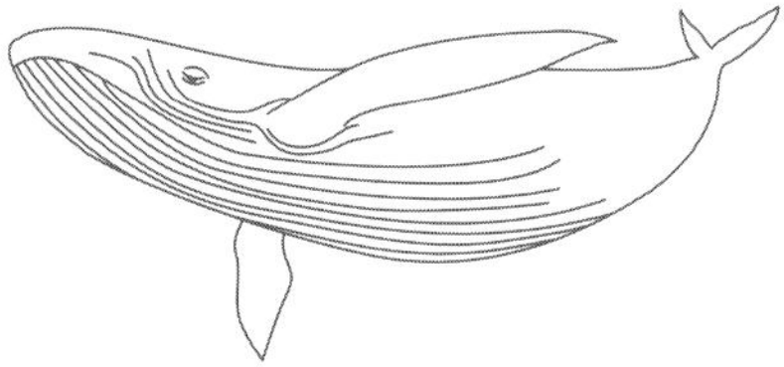

江承翰

個人簡歷

2003年生，建國中學一年級，準備升到一班只有十八個人的文組。最喜歡這種溫馨的小班制了。一直想取個筆名，但想了好幾年都沒有想到要取什麼。跟大家輝煌的得獎經歷相比，敝人實在阮囊羞澀，還是別寫了。

得獎感言

接到通知的時候是自習課，幸好教室本就亂哄哄的，尖叫聲才沒吵到大家。從來沒有想過這種比賽得獎的主角有一天是自己。感謝國文老師的催稿，如果沒有你，我恐怕還在民智未開的蒙昧時期。其實這篇作品有一點打安全牌，有點刻意的收斂了，感覺微微可惜。不過這都是後話了。希望黑猴時時與大家同在，保佑大家家裡都不會停電喔！

屬於鄉村小學的寧靜早晨。朝陽擦吻過操場上拔草築巢的鳥兒，教室裡，黑猴正抬頭，一隻壁虎趴在蔣公遺像光禿的頭頂。

臺上老師青春已逝，皺紋恣意攀爬在她暗沉的頰上。指尖俗麗的指甲油，襯著破舊不堪的數學課本，一雙被口紅粉飾的唇自顧自地唸唸有詞。學生時而刮著扎手的桌面摸索，低頭細視。但有時他們也會抬頭，不為知識，只遙望窗外不可及的遠方。

老陳的黑板，數學式行行橫列被鎮住，彷若籠中鳥黑眼珠映射的水田，每一把秧，整齊得令人躁擾不安。

倏地，事不關己的同學們都拿起筆，直直盯著黑板。老師疑惑，下意識地朝窗外看瞅了一眼，學務主任捧著記名冊子走近。他站在掉漆的教室門外，把老師招出去私語。人到中年兩男女，笑醒了一廊的苦悶。

面面相覷，怕又是要被告狀。假如老師又去跟爸媽搬嘴自己上課造次的故事，瞻顧左右，恐怕都沒辦法來上學了。在這裡，你如果不想讀書，家裡耕稼人手正好不夠，還是趕緊翹課回家做田來得好。

老師跟主任鞠躬作別，重新走上講臺。汗涔依舊，咿呀擠壓的木頭聲，把老猴從擔憂的想像中拉了回來。

「今天會有貴賓來學校。」不知是否因為臨時停課而忻悅，老師字字掩不住興奮。「大家特別注意禮貌，不可出洋相。城裡人來作客，千萬留心。」

零零落落的嬉鬧聲傳來。在這個偏鄉的小學裡，下課一陣喧囂，是十里田野之內少有的人聲。孩子們開心得很，一半是慶幸沒有被告狀，一半是有什麼了不得的活動下午就要登場。他們之中，有一個男孩，樂得特別兇。如蚤一般的迸跳，抓著同學的衣袖繞來繞去，如同蒼蠅蹬地。他的皮膚黝黑油潤好似一對粗肥的蚯蚓，頭髮是天牛的翅膀，每一跳動，展翅慾翔地領著頭顱飛動，飛揚起稻香陣陣。

男孩好動活潑，烏黑健壯，村人都黑猴、黑猴地喚他。

這兒人們大都務農清貧，但黑猴家可說是最為慘烈。黑猴小時候，莊稼收成原是勉強，一年不敵颱風過境，河水暴漲，淹沒他家僅剩的畸零田地，終究一切隨水褪去，再也長不出什麼東西了。明明是鄰著的田，別人家收割刈稻，黑猴家卻連稻葉都沒影兒。在地農會農經課的人來看過，拿著土地分管圖，說是土質問題，幾塊畸零竟是古老河床地，之前倚靠上層薄土種作，颱風過後，土沖沙露，沒了底，水一倒下便順著沙子流走，乾得跟除過濕一樣。

沒辦法，他爸媽只好趁鄰人農忙時，去別家做了雇農，其他時候就只能幫人再做些雜活聊以餬口。說來黑猴也不是完全的不幸，其他人爸媽幾乎都不在身邊，有人去鎮上做工，也有人跑得更遠，去了城區。黑猴的爸媽雖沒受過什麼教育，還知小孩亟需呵護的道理，硬是不肯離開進城做工。必然的副作用，就是黑猴家平常多了兩張嘴得吃飯，又沒有比較看用的收入，家裡一天一天的窮下去了。

雖窮，卻窮得高雅。家裡不知道為什麼，竟然有一臺多功能音響。已經沒有人確切知道它是怎麼來到黑猴家。黑猴只知道打從他有記憶以來，那臺不起眼的收音機就一直矗在茶几上。小小天線連接不到電臺訊號，但仍屹立不搖杵在那。黑猴一年級幫音樂老師整理合唱教室時，曾發現一片CD。封面裝幀嵌有提琴照片，還有幾個黑猴看不懂的英文字詞。他突然覺得自己很厲害，知道什麼是提琴。顯然有好好上過音樂課，雖然沒有好好上英文課。

「家裡如果有放CD的，就給你吧。」老師擺擺手，不甚在意地說。黑猴很開心地把它帶回家。但是他不知道楞在那的喇叭怎麼才有聲響，找來爸爸弄了半晌依舊無效。最後才發現要插上插頭才行，多功能音響，第一次有功能。

黑猴聽CD，音樂技巧什麼自是不懂。然而，他卻就這樣戀上這片CD成了依賴。具體是什麼情況也說不上來，反正黑猴聽了一次又一次，一天又一天，漸漸地聽出學問來。他發現，洗澡時聽最是快意，浴室裡隔門收聽，聲音好像從四面八方捲來，把黑猴包了起來。他沉浸在這種玄妙的享受裡，有時隨曲哼歌，咿呀咿呀不知多少時辰。直到有人喊叫他趕快，水費要錢的，才不甘地步出。

越是解聽CD的藝術，家也愈窮，家的物件一項項地換成現鈔。他的爸媽極疼愛他，有一天卻也向他難為情地開口要了那臺音響來兌錢。黑猴深知家的狀況，還是拒絕交出去。

只是笑笑地沉默，爸媽倒也不勉強。

不知道為什麼而等待，現在，黑猴和同學們在失修的禮堂，看著鄰旁同學都正襟危坐，好似臺上站著什麼他看不到的人，黑猴不敢散漫，裝出一副謹飭樣，眐眐地望著空無的講臺。好幾次門口有什麼動靜引得大家爭看，卻是遲到的學生或路過的師長。

終於，身著挺版襯衫的普通男子，被校長畢恭畢敬地引上臺。黑猴有點失望，他所期待的城裡人應該要更加光鮮亮麗，好歹閃著大金粗鍊，像他曾聽同學講過的。那男人後面，跟著一群抬著相機腳架的人，如同大章魚的吸盤，附在禮堂兩旁。八爪不時變換隊形，紛擾且遮眼。小小的空間霎時擁擠。

「同學們，」校長喜容可掬地說「這位是臺北來的陳董事長。」「董事長好！」「陳董是郵輪公司的老闆，今日特地從臺北下來，要帶同學們認識郵輪。」校長說罷，小心地把麥克風遞交給董事長。他好像講了什麼話，但是沒有聲音。校長趕忙讓人換上一支，親自雙手奉上。

「小朋友們好呀，大家不要叫我董事長。」笑容雖然燦爛，裡面好像少了些什麼。「叫我陳叔叔就好。」「陳叔叔好！」兩側的相機均已架好，此起彼落啪啪地響，就像打蚊子一樣，惹得黑猴分外煩躁。

「叔叔問小朋友們一個問題，誰有坐過郵輪呢？」用一種彷彿與三歲小娃說話的語氣。

四周張望，疑惑著誰會舉手。郵輪對他們來說，是不可及的妄想，有些人甚至連什麼是郵輪恐都未知。

寂靜持續了五秒鐘，而後傳來老師們零零落落的聲音。

「沒有」、「沒有」。

一絲寬慰的眼神，陳叔叔不知為何竟露出。「那大家想不想坐坐看郵輪。」「想！」他們作夢也不會想到自己有一天可以搭上郵輪。

「好，那叔叔現在就帶大家來坐郵輪。」「吔！」

望著孩子們的笑容，陳叔叔朝門外招了招手，有人推進好幾張長桌。老師趨前讓疑惑的同學們把椅子挪到邊旁，禮堂響起了一陣金屬刮地聲。

很快地，一張偌大的桌子在禮堂中拼湊成型，學生們圍坐在旁。

「小朋友們，」陳叔叔喜孜孜地說「這個禮堂就是我們的郵輪大廳。」

懵了。黑猴雖不知道郵輪長什麼模樣，至少，不會是這年久殘破的禮堂。

午后的斜陽散射成一片米黃，手指向積塵晦暗的窗格。「想像力可以是超能力。」陳叔叔接著說「那扇窗外，就是一片大海。」黑猴深知外頭只有遼闊無際的大棋盤，一路延伸到走到累死都不會到達的地方。「大家都是這艘船上的貴賓喔，小心站穩，我們要出發嘍。」

老師跑了上臺，把投影機布幕拉了下來。一陣暖機後，蔚藍大海的景色浮現。深深淺淺的藍，看來與尋常看見的黑黑濁濁是兩回事。

「這片美麗的海洋，是我們船行的地方。希望大家可以享受這趟幸福的旅程。」投影突地跳了幾下，藍色的海洋，交替閃爍著黑幕。終究失去了信號，露出那片漆黑骯髒的布幕本色。

「不好意思，電腦有點狀況，可能跳電了，請等一下。」禮堂後方操控電腦的老師大呼。陳叔叔皺眉蹙眼不太耐煩，旋即又堆起笑顏，環顧臺下的學生們。

終於修好了。投影片順時播放，倚著脫漆的木講臺念稿子，陳叔叔說著一口郵輪旅行的美好。

「有一次，我們才從基隆港出發，甲板躍現一尾黑喉魚，張大深黑的咽喉，好似剛從砂泥底質的家逃出，很想上我們船那樣。後來才曉得，黑喉魚慣住深海域，連刺網都難得捕獲，那天居然自己跳來。」大家都笑了，有人偷偷看著黑猴，看他有什麼反應。黑猴恍神了，他想起某個與今天一般的夏日。

因為欠繳電費，被斷電了。

其實對電沒什麼依戀。黑猴家沒有電視機，電燈也只是昏黃地閃爍，開與不開其實差異甚微。如此，音響無功能了。剛開始，想說幾天不聽也就過去。但，一種念從他的心頭滋長。在不能聽後，才省得他和樂曲之間相連的東西，已遠越想像。甚至在洗澡時，那聲不可克制地由他心內奏響。這聲沒有緩解對它的思念，只是更加深來自靈魂深處的渴盼。

爸媽看出了心事。有一天，爸爸決定偷電給黑猴聽音響。這事他幫別人幹過許多次，做起來堪稱熟練。因是跟自己切身，黑猴問要不要去幫忙。「啊免啦，你在厝內做功課要緊。」說完帶著梯子，爸爸出去了。

什麼軟物掉在地上的悶響不久，外頭一陣爆炸聲緊隨。趕緊和媽媽奔前去看，只見爸爸倒在地上，四肢已經焦黑。黑猴急慌握了父親的手，化為粉屑，手盡掉在地上。母親趕狂喊叫有車的鄰右來搭救送醫。黑猴伴在父親旁。父親竟然意識返照，「黑猴啊，阿爸進病院好了出來，就幫你買一臺發電機乎你聽CD……」這是阿爸最後一句話。

不知為何，在父親過身後，並沒有表現出多少哀愁。黑猴同往常上學校，寫功課，只是再也沒有音樂的陪伴了。音響給他媽當廢鐵賣掉，得五十元。

當回過神的時候，陳叔叔已經讀完稿子。用笑得僵硬的嘴對大家說，「小朋友們，解說完後，接下來就是享受郵輪時光的時候嘍，大家可以跟你們同船的乘客聊聊天。」

在悶熱腐朽的環境下，實在很難想像自己是在船上的冷氣房裡，是盛裝健談的高雅士紳。臺下的同學們看來看去，總不知道要講什麼。

四周的喇叭用破碎的音色，扯出了音樂，不知是否為了緩解詭譎的氣氛。雖然音質真的是糟糕至極，黑猴聽出來了，是深埋記憶的旋律。興奮地幾乎彈起，就像表面的塵埃被拂去，那段樂音清晰無比，熠熠生輝。他不禁閉上眼睛隨著樂聲哼了起來，好像曾在浴室那樣漫歌，令人懷念不已。當他睜開眼睛，竟看到陳叔叔一張大大笑臉掛在眼前，身後黏著男男女女的八爪魚寸步未離。

「你也知道這首？」他問。

「嗯……對啊。」這麼多眼神搞得黑猴有點緊張，但不知怎麼，繼續說下去，「我……我想到洗澡。」

「洗澡？」陳叔叔大聲又疑惑地複誦，然後笑了起來，大家也附和。

被搞得有點不好意思，黑猴的目光不覺中飄聚兩旁的擴音器。想到離家的音響，想起多功能不是多元功能，想到父親在浴室簾外的叫喚，想起哄到最後的一句話。

旋律如油燈，暖地緩解冰凍麻木的情感，冰下露出的好似乍有的割開傷口，鮮血像淚水，汩汩滴流。

是哭了，哭得現在才知道阿爸不在了。越哭越激烈，要把哀悼的淚水一次哭完。鹹似海水，流進了他的嘴裡，弄得嗓子有點啞。同學、老師還有其他人好像以為是他們的笑使他羞愧，紛紛止住笑聲。

他哭得什麼事都不想做，連站都不站，跪倒地上繼續哭。淚水流到他髒汙的制服上形成水漬，看起來更狼狽了，他的耳朵邊傳來喀嚓喀嚓的快門聲。陳叔叔這才好像意識到了，趕忙蹲下來摸著黑猴的背安撫他。

如果有跟爸爸一起去，如果他願意割捨不切實際的妄想。或許，就不需這樣撕心裂肺地哭泣。

音樂進行到最歡樂雄偉的地方，「阿爸！」吸著鼻水，黑猴含糊不清地喊著。快活的氣氛交雜黑猴的哭吼，形成一股奇異的氛圍。

「欸欸欸，千萬不要這麼說。」「我做的事沒有那麼偉大，我不是你爸爸。爸爸在家裡等你回家一起吃飯。」陳叔叔慌張地說。

不是的，阿爸已經不在了，黑猴想。煢獨一人在冷清的靈骨塔裡，變成一罈子的灰在陰暗的方格。

相機聲漸漸歇。陳叔叔拍了拍黑猴的背離開。留下一眾尷尬的老師同學。黑猴已經哭到無力，抽抽答答地吸著鼻子，被老師攙到一旁的椅子坐下。黑猴哭累，不知不覺地睡著。

當他醒來時，音樂自然已停。禮堂裡除了坐在他旁邊的老師，沒有其他人。黑猴甚至快要忘記他為什麼哭。「你竟然這麼害羞」，老師似乎很訝異。黑猴不太知道怎麼回答，只好默默地低下頭，假裝醉心灑落地上的金黃夕陽。「好啦沒關係，回家了。」老師撫著他的背，「對了，這是今天活動的禮物。」老師把模型郵輪交到黑猴手上。

黑猴回家的時候，已經沒有天光。沿著那條盡頭被黑暗吞噬的小路徐行，總不知下一步會踩到什麼。路邊的稻田漆黑一團，看不出是地是水。媽媽屈在家門外的老藤椅，看到他回來，才撐著椅子站了起來。

「今天怎麼那麼晚，差點驚死我。」一邊往屋裡走說著。

「沒有啦，今天學校有活動。」黑猴淡淡地說，也跟著走了進去。

飯菜的熱香混著霉味撲鼻而來。屋裡比外頭更暗，黑猴依稀看見阿爸的相片放在茶几上。直到今天才注意到它的存在，他記得那裡放的是一臺多功能音響。

「水燒過了在浴室給你洗身軀，洗完趕快來吃飯。」她站在廚房裡喊著。

「好。」黑猴高聲叫回去，走進浴室。本燒熱的水已涼，忍著絲絲冷意洗起來。水聲滴滴答答的響著，竟傳來那首曲子的旋律。黑猴一直舀水沖著身體，直到水瓢裝不到東西才回過神來。

穿了衣服，走向餐桌，黑猴卻突然想到了什麼。他把郵輪模型從書包拿出來，放在茶几上阿爸前。照片裡，阿爸笑著，瞇眼的視線越過那艘船，投向深遠的暗處。

閉上了雙眼，寂靜重歸這個小村。他在稻浪襲來的夜風裡。

船首向著窗外，憧憬著那看不到的大海。遨遊大洋是夢想，但他只是，只是一艘稻田裡的郵輪。

中繼站

短篇小說獎　優勝獎

呂佳真

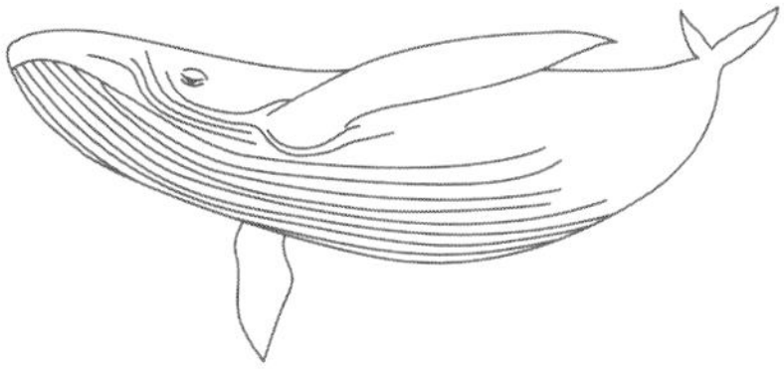

個人簡歷

2002 年生，新竹女中三年級，目前是還不知道要去哪的準大學生。

得獎感言

其實原本不打算投稿的，結果在截稿前幾天還是赫然決定參加；後來六月底沒有收到 mail 想著自己大概高中生涯就這樣了吧，結果考完指考就收到通知了。

只能說一切的一切都是美好的意外和驚喜，感謝評審、感謝我最愛的家人、我的朋友及在投稿上協助我良多的許多人。

志豪第一次抽菸是在高三，在那間頂樓加蓋的鐵皮屋。他和房東說好，付一千塊讓他在指考前的一個月住在那間滿是灰塵，擺滿不知用途的水管和三角錐的儲藏間——他終究是受不了在那十坪大的房間裡與妹妹的哭鬧一起學習。

那天他在放學後回家路上的便利商店買了菸，店員沒要他拿出身分證，只在他佯裝熟練時斜斜地瞥了他一眼。

「成年了嗎？」

「嗯」

他在將那包菸裝進綠色斜背包時莫名有些興奮，喉嚨有點乾。那包臺酒的菸就擺在數學講義和筆袋之間，只露出一點寶藍色的包裝。走出超商後，他甚至開始大步跑起來，讓初夏的暖風吹過他微長、浸著汗的髮尾，身後的影子也隨之大力晃動。他就這樣一路跑回家，也沒和那個總坐在一樓看電視的阿婆打招呼就直奔頂樓。（她似乎長年就坐在那，與陳舊的沙發幾乎要融在一起。）

事實上他也不知道自己買菸的目的為何，或許是他指模三的成績考進區排前十名的獎勵。儘管他也並不認為菸該是獎勵。但就像是小時候對於麥當勞的渴望，或是超市門口那幾臺破舊的搖搖馬。象徵意義遠大於實際價值，但得到的喜悅卻難以自抑。

他喘著氣走到房間的窗臺邊，指尖在撕開包裝時微微顫抖。紙盒裡整整齊齊擺成三行，他用視線快速點過一次。二十支。志豪抽出其中一支，用嘴含住後把紙盒塞進褲子口袋，再從另一邊拿出剛剛在超商買的塑膠打火機，用拇指按住開關。

「誒！」

他被嚇了一跳，而那打火機也就掉進窗臺和隔壁公寓間狹窄的那條縫隙中，轉眼就看不到了。

「裝大人喔。」

從對面窗臺探出一個中年男人的上半身，皮膚泛著一種病態的蒼白，吊嘎要掛不掛地吊在幾乎要瘦成骨架的身上，只有看著他的那雙眼有些生氣，卻也覆著一層不自然的光。

「你要賠我一支賴打。」

「給我一支菸我就把賴打借你。」那男人的聲音帶著調笑，像是瞧不起，但大概因為聲音沙啞得分岔，捉弄的語氣卻又帶著一點可憐。

可憐。對，志豪在那時確實想到了這個形容。歲月將他刮得殘破不堪，僅有一副皮囊鬆垮地包在萎縮的靈魂外頭。

那中年男人把右手伸到離志豪最近的地方，張開的手心布滿了大大小小的脫皮，甚至有些地方泛著膿黏滑的反光。

志豪還是又抽了一支菸給對方。他接過菸之後身子又縮了進去，再度連著手一起探出身子時手上便拿了一支鐵製的打火機，晃了晃示意要志豪靠近他。

「你過來，我幫你點。」

「……呃，你把它給我。我自己來就好。」

「不行就拉倒，怕啥？又不會吃了你。」又是那種嘲弄卻悲傷的語氣。志豪並不同情，但還是扶著窗櫺把頭伸到外頭。那金屬色的外殼在夕陽下閃閃發亮，混著湧入口腔的菸晃得它有點暈。

「鼻子吸氣，讓煙進到你的肺。」那男人的聲音變得有點模糊不清，然後融在吐出的煙霧之中。

那盒菸在那天抽完之後就被它塞到枕頭下，但連續幾天，就算是在解不等式、又或是寫英文翻譯，他也不斷想起那天的場景，以及口中留下的苦澀餘味。一種令人不適的煩躁感連著電風扇的嗡嗡聲細密地散布在狹小的空間哩，使他實在要喘不過氣。就連他本該夢寐以求的寂靜都令人作嘔。

志豪知道這種被遺忘式的環境是他自己要求的，可是他依然不滿。他不滿沒有人會在乎他的成績，甚至他媽先前每每望向他時，閃著亮片的眼妝，浮粉出油的妝，或是過濃的眼睫毛，都在無聲地提醒似乎一切都是徒勞。他也不滿在夜半時，他仍會被妹妹大力敲擊鐵皮的聲音吵醒，然後得去把醉倒的她背上樓。混著酒氣和香水的溼熱氣息噴在他的脖上，像是詛咒。

結果唯一在學測後問過他成績的卻是那個把手下小姐搞大肚子，讓女友繼續賣酒陪笑的男人。

一旦陷入自怨自艾後就是無止盡的循環，志豪乾脆放下筆、菸和新的打火機走到窗臺邊。月光幾乎灑不到這，唯一亮著的只有左上方的窗，而先前探出男人的窗口一片黑暗。

「誒，又抽菸。少年家壓力這麼大？」那個聲音從那片黑暗中傳來。

「陳哥。」他叫了一聲以示答應，沒回答前面的問題。「你在幹嘛？」

「看月亮。」他說。

「這裡看的到月亮？」

牆與牆之間的距離很近，若不把身子以下腰的方式探出大半，根本不可能看見夾在狹窄一線天空裡的月亮。

「嗯。今天是滿月。」

「你知某？」他突然稍稍把聲音提高。「我是從亞馬遜叢林回來的。」

「很濕、汗水和空氣中的水分會黏在你身上，水蛭也會，所以要穿那種又悶又熱的塑膠靴，走在每一步都會下陷的泥地上，不知道踩死多少動物。上頭的葉片疊得像隨時要垮下來，綠得看不見一點天空，只有一絲絲光從上面鑽進來。你感覺你被生命包覆，卻好像隨時又要死了。」

「死亡離我又遠又近的。」他緩緩地說，更像是囈語。

志豪用打火機把菸點燃，深吸了一口之後吐出，仰頭果然看不見月亮，只有要和建築混在一起的厚灰色雲層。

「你為什麼要去南美洲。」志豪問，聲音帶著煙氣。

「哪有什麼為什麼，上面要我去我就去了。我還看過老虎，胖仔說樹幹上有野獸的刮痕，我說怕啥，他說怕老虎。我說怕這怕那的不如回去。結果伊實在講啥來啥，走沒幾步就看見柑仔色擱白條在那葉子後面。那老虎就走出來，眼睛瞪著我們。我們就嚇到要死，我叫胖仔跑，伊攏不會行路，腳抖得跟那篩子一樣。我就沒法度，自己逃跑卡重要，拉著那瘦皮猴就跑的，水桶裡的炭都灑出來一半。」

陳哥就絮絮叨叨地講，像也不在意志豪有沒有在聽，只用那破裂的嗓音拼出一個魔幻昳麗的世界。

「跟這裡什麼都不一樣啦，他嘆了一口氣。「只有那月亮喔，照在我臉上的感覺一模一樣，濕濕涼涼的。」

結果志豪畢業那天他也沒有任何家人來，倒不是他媽有班，只是她前一晚被灌得爛醉，隔天完全死在床上醒不來。有時候他都不能理解豬爬了十年都能上樹，怎麼她還學不會要讓自己醉得不那麼難看。

志豪像是毫無想法的領了份獎學金，吃了謝師宴，然後搭公車從市區回到那片違建區，回家。那朵塑膠的畢業胸花被他扔到巷口堆滿待倒垃圾的角落，在黑色的垃圾袋上特別顯眼。

他走進公寓，一切都和平時沒有不同。房東的媽媽還是坐在沙發上，室內的燈管仍是快壞了的樣子，只有下午的陽光大片地照進室內，讓平時微涼的空氣變得有些熱。

「王奶奶。」他叫了一聲見她沒有回應就逕自上樓，一到房間便又去枕頭下掏菸，兩週前買的菸如今剩下半盒，也算不上上了癮，只是覺得煩躁難耐時就抽一枝，偶爾還得借給陳叔。

陳叔更多時候抽的是他自己裝在紅盒子的菸，他說他實在抽不慣臺灣菸，沒味道又讓嘴巴發乾。但說歸說，還是會伸出那隻長膿的手要菸，「免錢ㄟ不抽白不抽。」然後他會用那金屬打火機熟練地點火，用一到兩支菸的時間說那些像故事般的經歷。志豪自己是不信的，誰都知道亞馬遜沒有老虎，而他也長得半點不像剛從亞馬遜回來的探險家，更像校園防毒影片中那些皮包骨似的癮君子。

他像是不出門，天天守在這扇窗下，唯一的活動就是每天十分鐘和志豪的對話，或是看根本不存在的月亮。他的眼神有時混濁，有時又太過清明，但始終閃著異樣的光。志豪猜那大概都只是他的幻想，對現實的逃避，但偶爾志豪也會想或許那是真的呢？說不定亞馬遜就是有老虎，只是罕見，而陳叔就是真真確確的見證者，或是他也從未提起在亞馬遜是多久前的事，可能只是在後來染上了毒癮。或是……他總忍不住幫陳叔找各種藉口，補上那些一眼即見的言語漏洞，在內心暗自期待，一切都是真的。

「我今天畢業了。」他走到窗口對著另一頭說。他自然知道街坊鄰居的那些耳語以及那女人對陳叔的避之唯恐不及，但就像是他把偷竊當作一種釋放壓力的方式，他也對陳叔的存在產生了需求。他需要一個能聽他抱怨卻不會給予回饋的人，能自說自話而不需要他回話的人，那種疏離而又親密的關係。

陳叔沒有回應。然後下一刻他發現陳叔躺在窗臺邊，皮膚泛著青。

陳叔當然沒有死。志豪衝到對面公寓和他們房東一起叫了救護車，到了市立醫院後打了電話只叫彪叔過來，沒說原因。他媽跟著彪叔趕過來時臉都白了（也或許是因為太厚重的妝），手攢著彪叔的襯衫袖子。

「你沒事吧。」彪叔問。

「我從窗戶看到他躺在那，像是死了一樣，就叫了救護車。」

彪叔點點頭，向從病房出來的警察揮揮手後上前詢問狀況，他媽被迫鬆手，又轉而扶上他的肩。

「裡面躺著的是誰？」他媽問。

「不認識，應該是前陣子搬來的那個。」

聽到這句話後他媽的眼神變得游移，聲調也突然拔高。

「你沒和他說過話吧？沒有吧？」

「沒啦，哩是在緊張啥？就剛剛看到人昏過去送過來，到今仔還沒醒，是要說啥話？」

「蘇志豪，哩麥佮我騙。」

「真的啦，媽，哩麥黑白想。」

志豪在跟彪叔示意後便帶著媽媽回了家，這時的妹妹在床上安睡，這個房間竟難得有幾分安靜。

「好久沒跟你講話了。」他媽像是安錯了神經，居然問起他的事。「你考試考得還好嗎？」

「七月一號考試，還沒考，今天畢業典禮。」

「啊，你怎麼沒跟媽媽說？啊那以後就不去學校了喔。」

「我上上週模考完就沒去了。」志豪突然覺得荒唐。「媽，我很好，你別操心。」

「好啦，我知道我們志豪最爭氣了，你若是有什麼想要的東西就跟阿彪講，讓他給你錢。」

「我打工的錢還有剩，沒關係。」

「所以那個人真的沒跟你說話吧？」她說出這句話時轉身摸了摸床上妹妹的頭。

「沒有，媽，你這樣真的很奇怪。」

「哎，我也只是聽他們說那人吸毒吸到頭殼壞去，怕你會有危險。」

他後來沒有再見到陳叔，或許是在醫院就直接被送進勒戒所了，又或是有其他原因。他像是從未存在過，唯一留下的只有那時在將他抬到擔架上時順走的金屬打火機。

生活又回到單一偶爾令人煩躁的反覆中，一份又一份的模擬考題、然後指考。

「我跟你彪叔決定結婚了。」

放榜那天彪叔開著那臺BMW轎車來接他，他媽打扮得花枝招展，連妹妹都擁有了明顯是新買的嬰兒座。他們說要慶祝他考完指考，成為大學生，但實際的目的大概是此刻的這句宣布。

和他有關，又沒有關係。

志豪坐在圓桌的一邊，跟他們都離得有點遠。桌上的火鍋冒著騰騰白氣，使它們的輪廓變得有些模糊。

似乎只要扣掉他，他們就是一個很幸福的家庭。

「啊，恭喜。那很好啊。」他總覺得自己的回答不夠恰當，不是個兒子應該做出的回應，倒更像有些生疏的朋友。但他確實不知道該如何反應。

然後他找了個藉口離開餐廳，到門口站著。他看向對街的路燈，大概是快壞了，半暗的燈忽明忽滅，接著就在他的目光下驟然轉滅，然後沒再亮起。

他突然想起他爸。

說實話，志豪並不常想起這個可能素未謀面的人，自他有記憶以來，家裡就只有他跟媽媽，沒有一點父親存在的痕跡，他媽也從不跟他提起那個人，甚至他有很長一段時間以為自己真的是垃圾桶撿來的。直到年歲增長，他才逐漸從別人的八卦中拼湊出自己的來歷。

不過那些像是教育紀錄片的故事他也沒跟他媽確認過，或許是因為他真的不在意，又或是在他媽夜半晚歸的日子裡，酒氣裡總是沾染著太濃重的愁苦。

有時候不知道也不算壞事，至少能讓美好的想像持續卻不被戳破。年幼的他有時會想像他爸是奧特曼、是ＮＡＳＡ的太空人、或是搖滾樂團的吉他手。

但像這種時候，他還是會希望他不需要自我安慰。或許就算是一個普通的上班族也好，只要他爸在他旁邊，就好。

如果這時他有菸的話或許會拿出一支，但他沒有（剩下的半包菸被他作為打火機的替代塞進了陳叔的褲子口袋裡）。所以他只是讓夏夜溫熱的風吹過他的臉頰。

不管如何，他要去上大學了。

女也

短篇小說獎　優勝獎

鄭安喬

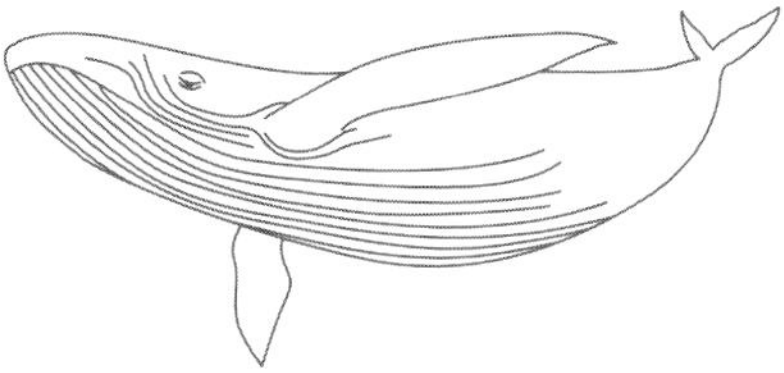

個人簡歷

2003 年 10 月出生，現就讀薇閣中學一年級，社會組。

得獎感言

書寫〈女也〉的時候，不斷有一種難以言喻的憤怒湧至，莽撞而又無比真實，是正在寫著，然而卻未知於任何一切。十六歲也竟是這麼樣的狀態，但是，真的好謝謝這個世界，每一雙閃閃發光的眼睛。雖然還有太多疏漏、還有太多地方沒行至，但我終有一天會走到的，長成我想成為的大人。

她的掌心朝天，指尖一輪一迴，觸過耳廓，挑弄著那顆她看不見的痘子。耳甲腔上撐緊她耳軟骨上那層皮，鼓鼓圓一點，燃沸著幾許熱度。

電扇嗡叫忽大忽小，她坐在那張二手桌前，看向桌面上平放的稿紙。一格一格，蟲巢一樣弔詭的鮮綠，她想。四壁房頂，花邊塑質的燈座上，燈泡螺管裸在悶窒裡變質了光，照著落壁癌的左牆泛青光。

她上下左右雜放的紙箱落蔭，灰陰不灰陰，舊塵粒浮盪著，就要掃進厚塵的一角。

她聞見那篩過紗窗的煙味，頂樓上自香爐中斷續撲來，傾瀉在她臉上，已灌到鼻咽部，淹濕了口咽。她側耳不得不聽母親粗聲粗氣的叫罵，弟弟黏涕的吼叫。房門板是中空的，她總覺得，這粗啞的聲音在她狹仄的四壁房猖獗更甚。

「麥擱吵了啦！」父親吼住。

她感知自己呼出的吐息更沉，綳上的嘴角紋絲沒動。壁虎又在這時叫出幾聲，時鐘一刻滴一刻答，她狠狠地按上那顆耳中痘，起立，踩過木箱間隙。她雙手使力推上窗戶，咿咿呀呀地頓了幾次。

十二點，再零幾分。她在深夜醒來。

自舊塵的氣味裡坐起，她粗拙地推開窗子，看見對窗的鄰戶還未眠。透著他戶的光，那黑重的菸灰缸裡亂豎的幾半截菸顯得煞白，窄巷的天不見天。她從沒在自家裡望外，而看見月亮。

她看向一地紙箱，陳舊的邊角已經起毛，還裂出幾個口縫，堆在她的房裡，一層一層深深淺淺的影子交雜，非是月光的慘白顏色。

她試探性地碰上耳窩側，那顆她料想是瀅紅的痘。

壁虎在叫，貓也聞聲，磨得夜幕糙老，而且燠燥。

轉身，她的腳尖踩著涼透了的磨石子地，摸摸索索探求著膩髒的牆和油滑的樓梯扶手。闃黑深裡她踏著如貓的碎步，一點一點碰著樓梯。

在臨界二三樓的厝頂，隱隱的朦朧紅光自兩大架偽燭滲漏，廳堂神明的像在看她，而她緊盯著自己的腳丫子前趾，四處幽幽似無的紅顯是不舊不新，就像廟口街頂的燈籠串，轉進濕臭的窄狹。連她一孤影都不見。

她停在浴室的門旁，身體貼著牆好近，掌心覆按上開關，亮起浴室正方突出的舊黃塑膠燈罩，能見灰塵積累的陰影。

邊邊角角流滲霉垢髒漬，磁磚隙也填垢。她貼著圓鏡看，塌鼻旁反覆翻覆的睡痕。

夜深極，人靜。

她想到幼時，母親立著的一個將近被白光噬去的纖影。那時候她的手緊緊依附在房門框，怯怯看著她。等同靜寂。

「妳嘛不是不知道，有夠荏懶的！」只在今早，母親尖叫，「憑什麼都只有阿姨和我們要弄祭品？」她問。

「祖先毋用拜？」母親吼道。

她轉身不再聽，母親侵犯性質的聲音傳入她耳裡，撞進她的耳道，哽住她的耳咽管口，夠她聽一遍又一遍。她自語，妳的來處和身體本就應該拘執。三牲四果，父親粗黑的臉，拿香拜的虔敬表情……子子孫孫。

就像圍困住的幻妄法界，她總覺得母親的裸踝纏著一條毋會嘶鳴的蛇，裂開巨口。女也，她，女也，蛇。似像嚙咬，她反咬合的嘴嚼了吐。女也，她，女也，蛇。她舌尖舐過，殘在的唾沫黏附在上，她曉得牠，不曉得自己何時因牠窒息。

她難以止住返迴的念想，耽讀自性，不只在今夜。

前晚，母親走來她房門口，問：「慾幫阿母曝衫無？」

不是第一次了，她想。

總是，又總是一再一再的擦塵、掃地、拖地，還有把手浸入油糟糟的冷水洗碗。她聽唰唰水流打進洗槽的憤然聲響，母親念道：「查某仔這樣無路用，欲按怎？」

總又是似有若無的音量，刻意的隨口，刮上她的耳膜。

那傍晚她自門框側看父親站在門外另一處，盯著她看，不語。他長長的影子糊在地上，爛成一攤，沉暗了一地磨石。母親站上那影，腳背上蜷張的青筋可見。

「我明天段考。」她說。

「共我曝衫，好無？」母親尾音放的好輕。

「今天輪到弟弟幫妳做家事了，今天星期一。」她看進母親的黑瞳，語音板刻一般的平平，很裡很裡地融進那捲渦，心臟忽地抽緊。

「所以呢？妳考試妳著尚大？自私自利，妳就是合妳阿姨少年一個樣，嫁毋什麼好人厝，妳看看她現抵的人生才知什麼叫作苦！自私。」母親用力地咬上每一個字，圓睜著眼吼她，她不禁冷然，又不是第一次了。

「今天輪到他。」她又說。

母親尖叫，「怎麼會生出妳這種東西！自私。」

然而，她還是一個人把衣服曬了，被懲以另兩天的無聞無問，雙倍的工作加諸此上。瑣瑣碎碎的雜務，令人厭棄。

記憶一厘一厘掐上她的喉，喘不出氣的她於是吐重了一次呼吸。算是嘆息嗎？她想。

她十指梳過她稀疏的軟髮，看進鏡裡那距她不過二十公分的圓臉，硬顴骨與她顯小的眼睛和塌鼻。

她剎那別過頭，急急避離那映上水垢的圓鏡，喘著侷促。別再想了，她自詢。她決意來淋浴，垂著頭解開成行的圓扣，剝下的衣布滑落過她的肩臂。

又一連聲貓叫。她知曉自己偏頭痛又作，但她不自禁地陷溺其中的疼痛，無聲夜裡的細細咬痛。

站上瓷馬桶旁的階，她左右晃著下身脫底褲，身體圓曲的影搖動。啊，她探看底褲上沾漏的血跡。又來了。

她十二歲初經來，父親就說：別讓他看見衛生棉，尤其是有血的。「妳是知影彼的啥物討穢氣。」

「我會包好，丟進垃圾桶。」她回嘴。

「無管，給我處理掉就是了。」父親看起來就像又要再一次生氣，但這次父親沒多說。父親忙著抱怨工班的小工，「阿菁那彼女。我可沒講女生毋應該做工作哦，但是阿菁最近一直攏無抵矣，我問就推託自己那啥姨媽來，會疼。」

父親譏笑的說，「現抵啊，男生女生領之錢攏嘛一樣了，我看阿菁根本就抵懶，混。」

母親沒言一字一句，始終在父親說話末尾點了一下頭。

那時候她忽地躁起憤恨，強烈的感受到心中慾爆洩出的情緒。但她始終緊緊抿著嘴。

哦，她想，也許她是在叛逆期，青少年的情緒起伏總是巨變的。每一次的厭躁和噁心，都在討厭自己。

「但阿菁攏這副樣，無著是婆婆又要來厝內，無是囝仔又鬧脾氣，無又因為啥麼擠母乳，早落班的藉嘴一拖拉庫，為什麼她不留抵厝著好啊？」父親再說。父親斜斜地倚在沙發背，白內背心和內褲貼著肚腹，隱現下體形狀。

弟弟隨口應了聲。弟弟也只穿著內褲，腿朝外開。

像是悶聲的連串捶撞，他們三個人的空氣凹陷進了個大洞。

揉掉了內褲上的血跡，她看染汙的水漩著渦流入孔。

下腹又緊緊地發痛，她扭開水龍頭，任水沖往身體，緩緩地變熱，自冰冷漸漸燒燙。啊，她一巴掌按上水龍頭。鏡子還未起霧。

她抬眼望向鏡子上高高的窗，就夜色也是老的，老得長癬，老得難聞。她疏疏的眉不自覺擰皺，正費力地轉動著夜半之後的腫脹腦袋。

見不得太陽如她，第一次她穿短褲上街，父親問，「查某仔這樣，袂使啦！」

父親銅鈴樣大的眼睛斜瞪著她，好像她是裸露癖好狂、不知羞，揭示的是這為審視和嫌棄而高揚的男音。

「臺北攏是這樣……」她於心喃唸道。只有家裡幾個小小方格的窗望出的夜才是這般老，她去過臺北，她知道那裡的夜藏匿著紛紜藍紫。

她又再次轉開水龍頭，轉在偏熱的溫水，往她下體洗。

動作甚至有些魯莽，她一再一遍搓揉腿側，探洗陰唇內，搓洗她胸旁易濕汗的部分。

漸漸瀰漫，水霧在玻璃上凝成珠，滑落的痕跡曲折。她有種古怪的自覺，覺得自體本來就是裂成三塊，她告訴她，只是後來妳長大了，而他們又未曾完全分離，所以妳才不知道。

妳總是無知的，女也纏繞著蛇。

頭一塊，身一塊，腿下一塊。似像她的娃偶，關節部分接合不對。

女也，她，女也，蛇，蜷繞的鮮青色，蟲巢般的稿紙格密密的縮靠著。數宿失眠，沒有月，似失盡了什麼的她筆劃，擦不去的字。女也，她，女也，蛇。

深靜的晚，她身為女，女也恰若一紙，放在那張翹起了四邊木皮桌上，一紙蓋住了她的成績單。沒人抵意角邊忝著一沓獎狀。

水順著她身體的起伏沖流，她看著那扇小窗，不知是否水聲遮掩去了貓叫。反覆的嚙咬咀嚼她自體，嗶啦啦，滓渣為這夜止饑。

她想，從來無理，母親總朝她潑洩：「怎麼會生出你這種查某囝？」

「為什麼妳連保鮮膜弄得亂糟糟？攏是太少做了，生活自睬能力呢？」母親罵道，「叫弟弟來裝保鮮盒啊？」她嘀咕。

「我毋會啊。」弟弟又再斜躺在沙發上，難施捨一眼視線看來。「她是女生耶，應該要做家事的嘛。」

她不平地盯著母親瞪，母親煩厭地說，「去做啦！」

一再一再，擦塵、掃地、晾衣，還有提菜。她的手撐出扭曲異色的筋脈。而她厭棄這樣的自己，母親亦厭棄她，他嫌棄地嚥下她呼吐過的風息。

也許從家望出的夜色專噬人，吞下尖聲，她妄想自己沿著夜的食道掙扎，而另一個望見她的女，也為她泛一淚。

日昇日落，或者此刻夜半，家無時不是積滿塵灰，泛著冷冷髒舊的色調，漂浮著慾振乏力的傭睏。窗紗間都填隙了灰斑，飄墜了牆上的脫漆與慾眠的塵粒。

沒辦法，沒辦法的無力，就像誰也難以阻止飛塵旋落，時間就這麼老去，踏塌了鋁檻，生鏽壞朽。

「妳以為世上有阿母無愛囝仔嗎？毋可能，逐個阿母攏是足愛足愛囝仔，我已經為你們付出所有，妳怎知影？為著妳出生攏放棄一切了，因為我只愛你們，我只待抵這個厝。」又一次一次，母親一次一次高亢說，「飊毋肥，肥到狗身上去。」

次次不休的爭吵，她不自禁懷疑自己偏執。

女兒家彼麼好強，按怎樣？

她拿毛巾擦身體，自鏡後拿出那包藏得很隱匿的衛生棉，為應急用。一張臉始終沒有抽動，僅緊繃著外在。

怎麼都是百無聊賴，怎做都是無措的掩飾，都一再再重述男聲，自以為的口腔吸滿工業廢氣，向每個怨懟卻屈跪著的女體呵出。

「飊毋肥，肥到狗身上去。」她想到父親的皮夾裡，弟弟一張國小畢業的照片。

總在中午，她提著父親的便當，站在邊遠的一角，看父親眉飛眼笑的與他那班工人談笑，他匿垢的指尖夾的照片，弟弟的臉。她候著他向她揮手，小心的走過工地，遞過便當。

她穿上底褲，又拉下，重新再黏上衛生棉。彼此黏濕，自棄。從來無聲無息，被視作無感是她。

女也如她，她總想在工地鋼架旁向他們喊，我還在這啊！

前幾天，阿姨彎著起皺的眼角：「志願就填會計或去念小學老師吧。」站在早已鏽蝕了的鐵門外，「其實高中讀完後念護士也好。」母親也笑著答腔，她沒應聲。「她啊，著是倔。」母親念道，「以後受了傷就知影囉，少年嘛，攏是這一副樣啊！」唉，母親看著阿姨，唉。

「數妳尚辛苦，囝仔最近咧？」母親念說，「我就知影你戇啊，數伊至沒用，辛苦啊！」

她從半掩的門縫看外，阿姨的臉始終笑著，終究這夜色般，褪磨得將破。

卻不知道自己該怎麼想。她知道。

晚風自小窗吹進，她頭髮滴滴答滴下水，潮濕一片。

重複再複製的場景，一輪一回。她想到父親穿得褪薄的衣衫，襟領上黏著的汗漬，髒黃的幾點，就像是母親裸足上纏的蛇啐吐上的。

這會是體制層面的問題嗎？哦不，也許是整個世界的人都瘋了。會是妳自己孤自的妄想嗎？是不是……應該要承接住的不是嗎？

對嘛，沒承接好之人無會有人看之起。

她的手心朝地，琢磨著自己的鎖骨，來回撫著突起的皮包骨，摸到衣領浸溼。她忽地想到，她總是如此厭棄著那濡濕了而發臭的枕套。

這個年紀是正常的，她思索，安靜久久就想到壞事。

她一回神，看見鏡裡張愣著的她，不清映象。

她想，母親和父親的床褥在家那盞盞黏塵的髒垢燈泡下逐日酸腐、玷漬。她書桌上那四角翹起的假木塑膠皮下，密密擠著的木屑，她幾近乎相信，密密擠著的塊塊都是個個生命。數隻眼睛繁密的看著她一舉一動，啃食她。

她站在門外，悄然摁滅燈亮。佇在暗裡，專候眼睛適應，她依存視眼的習慣才得以行走，往前。

她拖磨著步走向隱微亮紅的神明廳，也坐著陷進邊角那條沙發裡。

若坍倒一樣的感覺，她嘆出一口蚊吶的聲響。

廳堂側壁有扇方方小小的窗，她空洞般沉黑的瞳眸望向，一格雲霾濁黑的天色。她想那三層樓高的目視，低伏在喧雜的盆地底，僅容望過幾條橫街和窄巷，各處的灰階，細瓷磚牆還有水溝，散亂無序的人梭行。走走停停的荒街，蒼白的窄狹路段。

貓聲不再抓刮這夜，她卻而感到一陣反嘔。

很靜，悄悄的靜，她想日日類似的昏黃時分，家門口的老楓早是稀稀落落，枯綠交雜新翠。被浮躁渲染的名字漸漸浸濕在空氣之裡，她的四季拖慢著不捨分界，冷熱乾濕混雜。她正思索，已經暮春了。

那霎時間，月亮似乎閃逝過，她睜大眼盯著那格高高的窗。

她站起，背脊直立。

不知所措，她睜大的眼睛空洞般沉黑，而且茫然。視聽惝恍還徬徨，什麼正在緩緩崩解，是凍蝕。

真的……真的一輪白月亮，自家望外，狹縫中她看見的光。

悄然之靜令人慌亂，她掌心不自覺再次朝天，手指戳上耳裡的痘。不禁吃痛。

她失重地跌跌撞去沙發另一側，看隱微紅光裡的神明，卻找不到祂們的眼睛。

無措的她跌坐在牆角，雙掌心闔上耳翼，迫壓在對耳屏上。她沒看自己腳上，勒著的蛇腹鱗豎起，肋皮肌收縮，一體分節擠壓，屈折的曲線向上伸延。

舊公寓外的人聲車聲穿插入夜。她，始終沒個一聲半響。

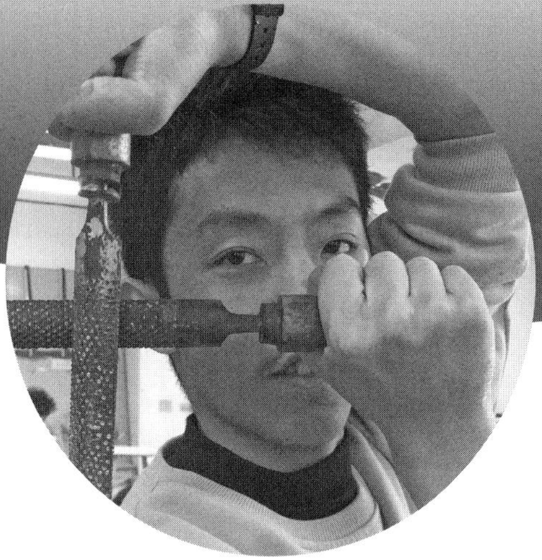

橘子

短篇小說獎　優勝獎

曾亦修

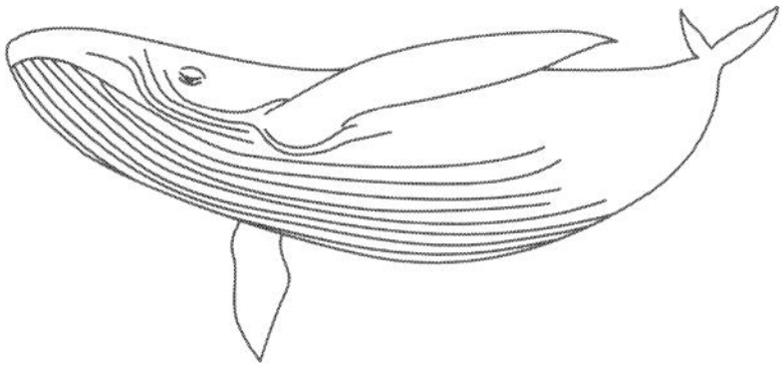

個人簡歷

2002 年生，新竹高中二年級。一杯溫水，配一本小說，如此消耗一個午夜。喜歡下雨的日子，或奪去所有哭號的狂風。無聊時會講關於存在主義的廢話。
主業是個怪人，兼任 lofi 重度成癮者。

得獎感言

之所以會想到這個主題的概念，是自身對慾望的體悟，在幾個夜晚的深思中，反覆的拆解、重組，期望能直抵這些自在自為關係間的最底層。

親戚寄來一箱橘子，箱子底部的水和髒汙抹在地板上，我用衛生紙沾水，將黑褐色的痕跡擦起。

那是最後一張衛生紙。我和女友決定去出門買。超市的冷氣刺著骨頭，白色地磚無力地承受腳底的灰塵。我們推著購物車，在第七排的通道上停留。女友在一旁挑選衛生紙。我們順帶買了洋芋片、一瓶醬油和一些電池。櫃臺小姐刷過條碼，總價是四五〇元，找零分類放進皮夾，收據塞進口袋的角落。超市外暖和許多了。

回到家門前，我轉下沉重的把手，轉下。門板和門框完整密合，沒有任何隙縫。洗澡前在那一箱橘子前發呆了良久，想著怎麼在腐壞之前吃完它們。下個月親戚八成又要寄水果來了。睡前我吃掉兩顆，汁還蠻甜的。

那晚我很快便睡著了，沒有作夢。

家裡的閣樓是我的工作室，白天我在這裡畫水彩。畫筆吸飽顏料，畫著在城市中恣意奔跑的陽光。角落的雜物壟罩在黑色的粗布下。

我喜歡閣樓更勝於地下室，因為它可以俯瞰。一覽所有被隱埋的角落，而且照得到陽光。每當我坐在閣樓，體內就有一種如氣泡上升的喜悅。俯瞰著街道，如此便能消耗掉一個下午。

週六我和女友聊起這件事，她笑了出來。

「難怪你那麼喜歡待在閣樓。」她說。

「還有，地下室就像墳墓一樣。」我說。

我在閣樓裡畫水彩，女友在我身後看著。畫中巨大的火球盤據海面，照耀天空中的幾片雲。女友拿起架子上裝彈珠的罐子，看著裡頭的光線流竄。她將罐子放回原本的位置，和其他玻璃罐對齊。她彎下腰，肩頭擦到我的肩頭上。

「畫中的夕陽看起來像橘子呢。」她說。「小時候有次把橘子的皮剝光了，把果肉放在手上玩，結果不小心捏爛，汁液滴得到處都是。」

「我也有這樣玩過，汁黏在手臂上，不舒服了一整個下午。」我笑著回答。

在午後的陽光中散步，用手指觸摸落下的光線。每一條血管有節奏的運輸著血液。全身的毛細孔緩緩張開，細胞在顫動。

貫穿城市的河流剛清理完，那股腐爛的臭味已經消失了。我坐在河邊樹蔭下的涼椅上，不時有外傭推著坐輪椅的老人經過，陽光從樹葉間灑落。日落之前我才起身回家。

從閣樓可以看到公園。孩子們正在角落玩沙，一對兄妹堆著各自的房屋，鏟子和水桶在一旁傾倒。乾燥的土壤反射金黃的夕陽光，這光讓我想起第一次遇見女友。

那時我們各自站在沙灘的一端，海面上的橘黃碎片搖晃。她踢著海水，圓潤的胸部和有細長曲線的腹部向腳尖延展。鹹味湧上鼻尖，那時正在漲潮，海浪打濕我的衣服，水淹過腰際我才上岸。

晚餐是我煮的，湯麵、一片煎鮭魚還有一盤混著奶油的炒蛋。餐後我們倆剝著橘子皮，撕下果肉。

和女友一起洗完碗後，我在客廳的桌上排上成列的骨牌，各種花色堆疊，砌成女友的側像，夕陽中的她踩踏海浪。我沒有把排骨推倒，不碰到桌面地離開。

「你不推倒嗎？」女友問，那時我已在桌邊站了整整一小時，眼神停留在骨牌上。

「你來推吧。」

骨牌撞擊聲如海浪襲來，沒有任何一塊掉出桌面外。我依照顏色將它們放進不同的盒子，帶回閣樓裡的書架上。按照寒暖色在分成兩層，架子上裝滿彈珠的玻璃罐也是如此。

女友先睡了。閣樓的窗上停著一隻金龜子，我慢慢打開窗，用拇指和食指捏住牠的殼。金屬綠在燈光下閃爍著金色，我拿出小隻的針筒，刺入，注射。我挑選在紙盒子中的針，摸起來和外頭的空氣一樣冷的它們，逐漸在我手中暖和。

看完電影的早上，我在戲院的冷氣中伸展腰骨。

絨布座椅吸附在我的背上，我的食指以四小節一次的頻率敲打著扶手，那是一部愛情片。上次看這類型的電影是高中的事了，陪那時的女友來看，片頭曲還沒放完時我早已睡著了，醒來時電影的片尾曲剛好放完。

但現在我仍清醒著，食指繼續無聲地敲打

女友喝著殘餘的汽水，一臉疑惑著，我是如何剛好用一場電影的時間喝完我的可樂。

回來洗完澡，女友坐在我的大腿上，吃著橘子和我看同一本書，那是格林童話的原文版。每當她翻頁時，我都剛好看完最後一個字。我的胸膛貼著她的背，感受著她的呼吸。我們呼吸的節奏很相似，像是夏天正午的海浪，慵懶地拍上沙岸。

女友讀到一半，突然抬起頭，一對淺棕色的眼睛看向我。

「有沒有辦法做出睡美人啊？」她問。

「可以啊，沒問題的。」我答道。

雨水泡軟沙土，風在公園裡捲動。沙子蓋出來的房屋開始坍塌。那對兄妹撐著傘，踏著積水進入公園，站在沙堆旁直到雨停。

一隻野貓路過沙堆，留下好幾圈的腳印。雨停之後，殘餘的水珠仍留在雜草的尖端。我想起母親的墳，那裡散著幾株草，雨滴順著墓誌銘上的字流下，落在草的葉片上。

和父親離婚不久後，母親便去世了。她走得倉促。

晚上，女友胸部的線條晃動著，牽動著腰部一起扭動。她的軀幹如妖精伸長的舌，在空氣中扭轉。

窗外在下雨，雨聲被室內的喘息聲掩蓋，我的手抓住那份柔軟，慢慢揉著，手指一路向下延伸，經過下坡，然後上坡。撫過沒有稜角的曲線，我的指尖感受到肌肉的收縮，舒張。那力道讓我想起橘子，我在柔軟的果肉上撫過，感受多汁的彈性。女友蜷曲身子在我身旁睡著。我來到閣樓。

閣樓的夜燈替整牆面和地板染上一層橘，我拿出一隻麻雀的屍體，展開牠的雙翼。我將完成的標本放在方型的玻璃容器中。我偏好塑化標本，暫停活體的時間，但標本製作方式有各自的缺陷，還沒有完美的方法。

母親離職的那天買了隻貓給我。貓的灰色皮毛柔軟的像是剛洗好並曬乾的枕頭，身型有著舞者的線條。晴天時牠總是窩到窗前，雨天時則爬到客廳的桌上，在燈泡的正下方捲成一顆球。

半夜，廚房傳來吼叫，將我從夢中驚醒。我躲在廚房的牆後，探出一隻眼。

「為什麼要換工作？」父親低聲問。

「原本的工作做不下去了。」

「就這樣？」

盤子的破碎聲和餐桌翻倒聲震動地面，一個寬厚、微駝的肩膀將門用力關上，母親啜泣著。

我回到房裡，貓在角落舔腳掌。我彎下身，讓彈珠滑過地板，彈珠安靜地滾動，輕觸貓的尾巴。貓抬起頭望向我，瞳孔裡映照著我的臉。牠跳進我懷裡，蜷縮腹部睡著。我從床頭的小說底下，拿出圓形的片狀物，在手中搓揉著。貓的溫度傳來，我將手上的片狀物捏碎成粉狀，倒入另一隻手的掌心。撒入貓微微張開的嘴巴。牠突然醒來，用爪子刮向大腿，我用雙手壓住牠，隨後牠又恢復方才的寧靜。

隔天貓消失了。我和母親說牠大概是在街上某處睡著了。

晚上，母親把牠的砂盆、飼料全部丟了，她覺得留這些東西一點用也沒有。在社區的回收室，我試圖從母親手上搶回那些東西，母親大力地把我推到一旁。地上發著酸味的水刺痛我腿上的爪痕，母親愣住了，站在原地好似靈魂被抽走。而凌亂的髮絲就是殘餘飄動著的魂魄。她的瞳孔倒映著一張臉，但那不是我，只是一張臉而已。

和父親離婚不久後，母親倒臥在血泊中停止呼吸，動脈被斬斷，兇刀拋棄在客廳的地板上，有人破窗而入。我坐在廚房等待半夜起床喝水的母親，桌上早放好一杯冷水，但有人搶先一步，那人有著寬厚的肩膀和微駝的背。

我夢見貓。

醒來後脫下肩上的外套，準備化學藥劑和容器，戴上護目鏡和手套，我在一個燒瓶裡倒入不同顏色的液體，混合，最後的顏色是夕陽末端的紫。午夜時，我在椅子上伸展筋骨，端起前天完成的麻雀標本轉動著觀看每個角落。

河流底部的藻類搖擺，成群的魚來回游動。

我來到涼椅旁，涼椅上早已坐著一隻貓，是那隻在公園徘徊的野貓，牠有黃白交雜的條紋。我撫摸牠的頭頂。今天的河邊只有我和貓，貓睡著之後，我的一隻手仍持續撫摸牠，另一隻手迅速地掩蓋牠的口鼻。牠毫無反抗，呼吸漸漸減弱。我拿出針筒，刺到牠的頸子上。

雨季結束了，那對兄妹開始重建被摧毀的建築。他們拿來一個大紙箱，壟罩住剛完成的街景。離去時仍不斷回頭，確定野貓沒有來後才離開公園。

野貓已在家裡沉睡超過一個禮拜，牠睡在閣樓的黑布下。牠仍有呼吸和心跳，但我從未替牠修剪過爪子。紫色的藥劑生效，貓沒死，身體卻不再有變化。

凌晨的餐桌上沒有食物和其他雜物，只有針筒和裝藥片的鋁箔紙。鋁箔紙的塑膠膜裡還剩一片藥。女友趴在餐桌的角落，手向前伸，頭躺在手臂上。她的頭髮如颱風前的海浪，微微捲起然後落下。女友的身軀在睡著時像妖精的舌一樣，帶著魅惑的氣息。月光灑在她的背上，我關緊滲入冷風的窗戶，拉起窗簾，替女友蓋上一件外套保暖。

閣樓裡只有水彩筆滑過畫紙的聲音，那張夕陽終於完成了。

到街上的麵店外帶一碗乾麵，不加配菜和滷蛋。找零分類，發票塞進口袋。麵的蒸氣飄到提著塑膠袋的手上。關上家門，門板和門框之間沒有縫隙。我快速地解決晚餐，餐盒和塑膠蓋洗淨後放到不同的籃子裡。

我在餐桌前撥開橘子的皮，取出帶白色條紋的果肉。我用整個手掌抓住那橘色的球，輕輕點下的指尖被彈回。捧起它，舉過頭頂轉動。玩弄那顆橘子直到午夜的中響起，那顆橘子沒有破裂或流出汁液。

睡著後沒有夢到貓，但快要醒來時，卻有貓叫聲在耳邊響起。早餐只吃橘子，那箱子終於在橘子快發霉前空了。

睡前，我將裝藥的鋁箔紙放回紙盒內，藥櫃的門毫無縫隙的接合。收起散在床上的衣物，掃起書桌上的橡皮擦屑。

睡眠和死亡是相仿的，差別僅在氣息的存在。

女友趴在餐桌上，進入永恆的睡眠。此時的她和平常睡著時毫無差異，細長曲線的身軀延展，扭轉、翻動著。輕微的鼻息依舊，但她再也不會醒來。我把藥盒放入櫥櫃，只留下一顆磨碎灑在一把種子裡，放到窗臺上等麻雀再來。

隨意買了張票，走進放映間。片頭曲開始時我打了個呵欠，手指貼在扶手上沉睡。一對綠瞳孔在我眼角出現，一對像貓的眼。我瞬間清醒，在幽暗的燈光中，小口吸著可樂，眼神順著那對瞳孔走。第七排，右邊數來第三張座位。無聲的四小節又在我腦中數起，左手環抱一旁空蕩的座位。片尾曲結束的那一剎那，我剛好喝完可樂。綠眼睛的少女走出放映室，我尾隨她直到人群將我們隔開。

來到電影院外暖和的空氣中，太陽照著我的背。橘子的甜味突然在嘴唇上增生，海浪似地襲來。

閣樓的窗戶撒入月光，我拉開一旁的黑布，露出女友裸露的軀體。她枕著一塊乾淨的白色床墊，光線沿著女友妖精的舌似的軀體行走。我將臉頰貼到她的胸上，果肉似的柔軟觸感下，血液仍在運輸。頭髮卻維持不變的長度。

小時候養的貓消失的那晚，我把製成塑料標本的牠立在女友身旁，維持永恆的屏息。黃白條紋的野貓被睡眠馴化，蜷縮地趴在桌上。我收拾成罐的紫色液體，放到貓身旁，用黑色的布籠罩她們。外套掛在椅背上，洗個澡就上床睡覺了。

晚上沒有作夢。

二〇二〇第十七屆台積電青年學生文學獎——短篇小說組決審紀要

時間：二〇二〇年七月四日
地點：聯合報總社
決審委員：林俊頴、胡淑雯、陳雪、童偉格、蔡素芬
列席：宇文正、許峻郎、胡靖
蕭詒徽／記錄整理

複審委員總體意見

第十七屆台積電青年學生文學獎短篇小說組今年收稿一四六件，其中三件資格不符，共一四三件參與評選。複審委員何致和、陳栢青、陳淑瑤、李屏瑤、甘耀明、陳柏言選出二十件作品進入決審。

複審委員認為參賽作品文字能力皆佳，可呈現高中成長生活面向，其中破敗、黑暗的題材令人驚豔於高中生的文字運用程度。然而部分選材過於刻意、書寫方式亦過度用力，讓人質疑參賽作者是否認為悲劇較容易獲得評審共鳴。此外，類型小說在投稿作品中依舊少見，或許是參賽作者觀摩歷屆得獎作品、在投稿前自我篩選所致。複審委員會選擇有亮點、新意、新切面的作品出線。

決審委員總體意見

五位決審委員共舉林俊頴為主席，並先就本次決審入圍作品發表看法：

蔡素芬首次評選本獎，認為作品水準皆高，其中幾篇的文字表現能力相當優異；在五千字篇幅限制中完成故事，密度必須極高、極壓縮，因此蔡素芬在意作品的完整性與結構是否能精準表達主題意圖或情感、能否展現作者對結構的掌握；此外，文學仍是以文字為媒介的技藝，蔡素芬也期待作品在文字上能有個人風格。部分入圍作品的角色命名方式與世界觀跳脫慣習，顯示作者經營故事不再執著於吻合臺灣文化風土所應然的設定，也為蔡素芬所樂見。

陳雪表示，今年決審作品未見類型小說，稍嫌可惜；這個世代參加文學獎的作者仍心懷純文學意識、嘗試實驗與創新，這些條件在其中幾篇作品確實成功達致。某些題材會在其他文學獎項的作品中見到，但陳雪認為本獎的入圍作品皆能寫得更為深刻，面對沉重議題時所呈現的逃脫與跳躍令人驚豔，寫親情、故鄉、土地亦不落俗套。

童偉格認為，這批作品關心的主題相對集中，多在性別認同、家庭親子關係著墨。若以面對高中作者的角度看待，這批作品確實皆為一時之選，但若以小說創作者的角度閱讀，他認為學生在編造情節時略顯誇張，或許並不真的明瞭自己筆下情節的意義是什麼。此外，可能因為抱有參賽意識，作者在表達上相對保守，實驗性質作品相對少，因此評選時他會回歸基本面，若題材在書寫上獲得適當的技術支撐、相對完整，便會支持。

胡淑雯以自身評選其他文學獎的經驗分析，部分入圍作品雖仍書寫同志題材，但與過往某段時間文學獎項中相當強勢的同志文學相較，似乎已是尾聲，與其他題材相比並未特別突出。此外，年輕作者時常對捕捉結構懷抱熱情、對知識懷抱興趣，但放進小說中卻容易變成用詞不當的大概念。許多「大的詞彙」會過分輕易出現，令人有將裝飾品擺放進作品之感。胡淑雯特別期待在作品中讀到作者發出的真實聲音，即便寫作控制力不足、有明確瑕疵，只要表達出獨特感受，胡淑雯亦會願意支持。

林俊頴表示，自己兩次評選高中文學獎作品，都訝異於高中作者的程度比大學作者好上太多。這批作品多數在寫自身與親族的關係，以及性傾向的自我認同，但比例上並未壓倒性地過半。令他讚賞的是，超過一半的入圍作品令人驚豔，這些作品對小說的認知毫不匠氣，未因參與文學獎而操作；兩難的是，部分作品的真誠有時會因經營過度而消失，林俊頴評選時會在這兩者之間擺盪。

第一輪投票

每位委員以不計分的方式勾選心目中的前五名。共十四篇作品得票：

一票作品：

〈十八〉（胡）、〈路的盡頭有蟬聲〉（蔡）、〈與我孤獨〉（童）、〈女也〉（蔡）、〈日常〉（林）、在水中的日子〉（林）、〈稻田裡的郵輪〉（蔡）

二票作品：

〈獨白課〉（林、蔡）、〈獵場〉（胡、童）、〈橘子〉（陳、童）、〈中繼站〉（胡、陳）

三票作品：

〈面海〉（林、陳、蔡）、〈活蛤與火鍋〉（胡、陳、童）

四票作品：

〈歿年〉（林、胡、陳、童）

委員決議，從一票作品開始依序討論。

一票作品討論

〈十八〉

胡淑雯：缺點是可見的：故作老成的說書人口氣、操作控制力也不好。最後故事所構築的偏鄉那群彷彿死去又復活的移工，到底是真實居住的人，還是鬼魂或幻覺？這些人是臺灣本地人，還是過去被燒死的移工遺緒？是移工的魂魄，還是過去和移工一起工作的人？事實上讀者都看不太懂。

但正因這篇故事書寫的是掛在戶籍裡、彷佛活在當前，卻其實攜帶著過去的鄉村非法避居者，作者可能的控制力不佳，反而打開了一個曖昧的空間。也由於這篇小說的成就很可能只是由於控制力不佳，所以我並不堅持。同時，也覺得這是一位年輕寫作者進入一個不容易進入的主題，讀完所有作品之後最後會記得一些故事的原型，這篇是其中一個。

童偉格：選材特殊，勇氣可嘉，但控制力問題對我而言頗嚴重，因為作者為這篇故事設計了兩層框架，第一層從老年人的回憶開始說起，進入到他年輕時擔任人口普查員的調查，然後到第二層的工廠大火事件。作者可能寫到了大火這邊，發現字數限制要到了，於是快速甩尾，這整個核心事件只占了一段，造成兩個很大的問題：一是框架無法回返，回憶老人在結尾沒有寫出來；二是設定的浪費，人口普查員的設定有非常大的潛力可以發展成類似卡夫卡的寓言體，但最後這個身分的意義在小說當中沒有得到討論，許多細節沒有空間去描述讓它們更為可信，最後造成一個滿空的懸疑。

蔡素芬：寫得很不均衡，作者花了不少筆墨在進了村子之後的描寫。最後作者強調的這個十五，對照標題的十八，應該有更多可以發揮。

陳　雪：作者選擇的素材和內容可以寫的，但不知道怎麼施力，讓讀者可以聚焦。如果寫成一萬字篇幅或許可以寫得好，但五千字作者不知道怎麼配置。

林俊頴：乍看像鬼故事，但最後無法達成類型的效果。

〈路的盡頭有蟬聲〉

蔡素芬：題材不新鮮，但寫得很完整。我選擇它是因為文字敘述流暢精煉。這一篇我也不堅持。

林俊頴：這批作品和同志有關的書寫有四篇，這篇的問題就如我一開始提到，面對文學獎寫作時作者往往會用力過度，恨不得把所有可以製造高潮通俗的橋段揉和在一起，企圖創造一個更大的高潮，但很容易流於通俗。

〈與我孤獨〉

童偉格：我猜想這篇作品書寫的經驗應該沒有超過作者個人，其中有一種真摯的聲音。在讀過第一頁非常密集的、得的不分之後，第二頁開始作者有試圖找到屬於自己的修辭方式。這個修辭方式放在這個主題裡面很有啟發性，因為這篇作品用很輕盈的方式在談校園霸凌的問題。可惜結尾有點走在命題作文的偏鋒、企圖給予一個非常明確的結論，其實我們都知道小說可以不用這樣寫。但因為在描述方面確實誠懇，還是願意幫它拉票。

陳　雪：其中一個角色不太像真人。可能是寫他有一個幻想的朋友，是更好的他……如果是這樣的話還不錯，但如果那個角色是真人，就覺得寫得不好。如果角色是幻生出來的，這是一個比較特別的霸凌寫法：這霸凌不是別人對他，而是他跟自我之間的拉扯。不過結尾還是不好。

胡淑雯：我不支持這一篇的原因是作者設計了太多超載的暴力。有一段描述主角要轉學，全班輪流呼他巴掌，這份暴力超載到反而讓我覺得作者不了解什麼是暴力，因為校園暴力的形式不是靠著這種漫畫式的暴力運作的。這份對於校園霸凌的想像，對我來說偏移到有自我戲劇化的疑慮，最後才會來到偉格說的命題作文式的結局。我一直被很強烈但不真實的東西踢出故事。

〈女也〉

蔡素芬：文字很有個人風格，描述精細而精準，談女性傳統上的宿命觀。從對女性親族的觀察、家務分工的觀察，來反抗女性傳統、母親的宿命。文字相當深刻，成功在語言上做出轉化，「女也」從字形上看宛如有蛇去攀附著「她」，難以逃脫，角色態度反抗但無力做什麼，因此態度是靜態的，相當沉著在寫這一切。

童偉格：這應該是我第三次在文學獎的作品中看到「女也」這個小說標題。一看到這個標題，我就想作品中應該會有一個主題是描述女孩經常要被告知什麼事情、應該會有一個片段要寫月經來潮，結果一讀果然是這樣。對我而言，這些細節和套式都是相對比較陳舊的。我承認作者有一定的書寫能力，但作為出發點的小說創造，我會建議作者不要從這個套式來。

林俊頴：故事中主角的爸爸是工人，媽媽是家庭主婦，重男輕女的問題應該真的是很嚴重的。但現在是二〇二〇年，細節還會是這個樣子嗎？我很認同素芬剛剛說的諸多優點，但這篇作品對女性的反省很容易流入情緒化的瑣碎抱怨。本省父母親的切入點滿好的，整篇表現中上，我可以列入考慮。

胡淑雯：比較不同意俊頴剛剛說這些主題是情緒化的抱怨，這些題材其實都是經典的，但問題就出在這裡。作品中形塑的那一個非常父權、社會關係很緊密、女人沒辦法透氣的環境，可能在某些地方還是存在，但在文學上是被過度書寫過的。對我來說這篇是九〇年代各式各樣的政治正確大集合，比較不是我們在新世代渴望呼喚出來的視角。

蔡素芬：很多題材都是一再被書寫的，這些題材要看作者如何去給予新生命。高中生的作品裡我會比較注意語言使用能力，對我而言那是更珍貴的。

林俊頴：我覺得作為一個高中生，作者應該沒有那麼強烈的政治正確意識。所以故事中這些日常的瑣碎，我傾向是作者真實遇到的處境。

陳　雪：我並不排斥寫月經，雖然我自己後來也不寫了，但這真的是很多女性最大的困擾。如果不從政治正確的角度看待，它的優點是描述了鄉村各種無力的場景，用獨特的文字把這個氣氛烘托出來。這氣氛確實就是過時老舊，但難道沒有人活在一個過時老舊的狀態中，承受著過時老舊的痛苦嗎？假設這是作者看重的議題，雖然他沒有思考出解答，但後半段處境寫得也還算明白。

胡淑雯：我剛剛所謂的政治正確，並不是意指作者有意識地去抓這些經典的主題，而是這個寫作的思考過程，我並沒有讀到新的角度。並不是說作者有意要用政治正確說服讀者，只是沒有新的觀點。

〈日常〉

林俊頴：其中的真誠打動了我。主角父母是臺商，把她丟在家，這題材是老哏，很多高中生處境如此；但這個女生角色面對她和阿嬤的隔代教養關係，最後的引爆點是阿嬤偷看她的情書，這個處理不灑狗血。

胡淑雯：這篇我率先附議，是這次非常少數完全沒有不當野心的作品，就只寫和阿嬤的故事，幾乎快要變成流水帳，但因為有實存的矛盾在其中，讀者還是可以讀到張力。最好的一點是故事最後給了一個完全沒有原因的原諒，「反正家人就是這樣」，我覺得很自然。

陳　雪：把很多充滿戲劇性的東西用一個日常方案寫出來的，很清新。和奶奶的關係可以做得很戲劇性，但是作者沒有這樣做。文字並不是很老練，但是讀來舒服，引導出角色的困惑、痛苦、猶豫，以及彼此的那種寬諒。

蔡素芬：寫小說還是要有一點技巧和企圖。祖孫相處、父母離異的日常其實都不特殊，阿嬤偷看她的信她氣得要命，但最後又奔向阿嬤要吃阿嬤做的菜。對我而言，文字應該還要再精煉一些。

童偉格：我認為這篇作品只要做到一件事就可以成立：說服讀者主角「K」是一個從小就和阿嬤一起相處的人。這個小說發動是在高中，如果能夠證明K確實和阿嬤相處了這麼久，作品就具有充份的說服力。但這就是我讀這部作品時最大的困擾，很難相信K是從小被阿嬤照顧的。生活上的盲區和缺漏太多，關於她和阿嬤之間就只發生偷看信這一件事，沒有其他的互動。就這個單線發展上，這個和解本身不太自然。

〈在水中的日子〉

林俊頴：這二十篇裡頭關於同志的書寫總共有四篇。在同婚通過之後，還出現這樣的作品我有點嚇一跳，可是也理解高中階段「如何面對自己的性向」有它的基本盤。這篇的文字風格相對來說很獨特。

在文學獎裡，我越來越害怕看到作品有過度的、太用力的設計，而這篇幾乎八成的設計都能說服我。我同時懷疑這是一位女性作者寫出來的男同志作品。文字風格偏內斂節制，也很細膩，但或許略嫌保守，這是我猶豫的地方。

故事一開始設計獅王鬥魚躲在水族箱，對應傳統同志在櫃子的說法，算不算是一種隱喻上的進化？最後投海自殺未遂，設計就有一點點走火入魔了。

陳　雪：作者選擇用一個成人的視角回溯自己學生時期的感情，但在同婚通過之後，這樣的書寫會讓我感覺對現實世界中同志的狀態不太理解。

蔡素芬：寫得太清楚了，什麼都講完了，沒有讀者提出疑問的空間。

童偉格：和〈路的盡頭有蟬聲〉問題有點相似，最重要的一個問題是人物太過樣板化，彷彿一切都在攝影棚裡，包括最後角色去投的那個海，也非常像片場風景。

反過來看，這部作品有它的娛樂性，主要是因為所有這一切都是可預期的，而人物的情感不知為何被催發到非常濃烈，成為一種滿特殊的戲劇。這樣的抒情會需要稀釋，是因為它處理高中畢業之後，直到他暗戀的這位直男結婚之間的這段時間，理論上這兩個時間點間應該有很長的時間，這段時間中主角對於這件事可能有的省思，這個敘事位置才是重新發動小說應有的位置。如果能夠對這一點作出假設，就有機會把作者建造的攝影棚拆毀，讓人物相對立體一點。

〈稻田裡的郵輪〉

蔡素芬：從題目可以看出指涉，稻田裡的郵輪怎麼駛得出去呢？當然駛不出去。窮鄉裡家中的稻田被淹沒，所以主角的家庭一無所有，他唯一的慰藉就是那部音響。當城市來的董事長介紹郵輪，場景鋪陳很可愛：大家椅子拼一拼，禮堂就變成郵輪裡面的大廳，接著透過投影片去想像正航行在大海中……這是在講窮鄉僻壤跟外面世界的斷絕、出路無門。主角父親為了幫他偷電而亡，小時候他還不懂得悲傷，最後在禮堂裡面他想到父親的過世而哭，董事長卻誤以為是他認為自己很偉大；接著，把模型郵輪放在家裡父親照片旁邊，小說的象徵性就顯現了：他唯一可以用來祭拜他父親的，是他可以往外走的想像。

童偉格：我認為這篇是二十篇裡在編劇上出最大紕漏的作品。很多細節設定都不太合理，嚴重影響這整部作品的構成。舉例來說，在一個窮鄉，父母會為了照顧他而不願意離開這個沒有辦法耕種的田到外地工作，而造成家庭的貧困？這樣的選擇其實會需要多一點細節才能夠說服我。

此外，這個小孩帶著 CD player 回家，整家人摸索了半天才發現那個 CD player 要插電，我也覺得不太合理。

最後，為了讓小孩聽音樂，所以把家裡的物件一件一件拿出去換成現鈔……在很窮困的情況下，這已經不是溺愛可以說明。最後的停電，為了要讓小孩聽音樂，爸爸被電死了，這個設定我閱讀時也無法被說服。

這個作品有一個重要的核心，就是主角意識到父親死亡的悲傷，但因為它全程設定都不太合理，最後會覺得這份悲傷是為了戲劇效果去製作的。

蔡素芬：我的理解是，當作者為了達到一個目的，很多不合理拼在一起，最後就變成一種象徵。我個人可以接受這樣的書寫，因為談荒謬性，本就不一定完全貼合現實。

胡淑雯：我認為它確實是要寫一個黑色荒謬的故事。小說中城市來的上等人介紹郵輪過後，角色用一種鄉下出身者的反應、摧毀了環境裡的高級感，這段書寫我很欣賞。但我覺得它這個優點，也還沒辦法說服我把票投給它。如果整體要做出荒謬喜劇感，必須在文體上面、語言上就做到這件事情，但這篇並沒有做到。

陳　雪：我也滿喜歡董事長來了之後的一切，如果作者能夠用董事長來了之後的這個語調來寫前面，可能就會成立。部分情節我也會被困住。如果故事中需要一個悲劇，父親不一定要過世，斷一根手指也是可以成立某種痛苦的；另外，寫到父親如果活過來他要牽一臺發電機，我會思考為什麼不把電費繳了就好？

蔡素芬：發電機象徵一個理想吧？

林俊頴：我的思考是，一個寫作上的新手如何去做一次好的小說操練？作者可能可以想到一些很好的點子，但實際操作會是一個很大的考驗。臺灣這麼小，城鄉距離其實沒有我們想像中那麼大。基本上我還是喜歡這篇小說，但我有很深的猶豫在這裡。

胡淑雯：就算這篇最後並沒有得到獎項，我覺得它是這次唯一一篇去寫貧困跟美學的關係的作品：窮人是聽得懂音樂的、窮人的父母也會祝福孩子的喜好；貧困者設法去跟美學相處的這個主題，是一個很好的故事，成熟以後會是一個很好的作品。

二票作品討論

〈獨白課〉

蔡素芬：這篇很可愛，是一個獨白劇。主角在回家路上不斷遇上老師同學，他從這個過程中尋找自我，到底我是一個什麼樣的人？這是孩子的一種追尋，也表達他在追尋過程中的困惑。故事中反省性很強，又有一種孩子的天真和自戀。

林俊頴：完全同意素芬。剛開始讀會覺得彷彿蓋房子的竹架沒拆乾淨，但後來會一一原諒他寫的不成熟的東西，因為他的可愛就在於稚嫩。從「我要怎麼介紹自己」，到提出「我希望成為更好的人」，像一部勵志片。

陳　雪：敘事方式沒有那麼刻意要去營造劇情，雖然用一個屁孩的方式在講話，但這種風格滿切合他的主題。

胡淑雯：我對這個作品沒有感覺的原因是，它有點像一支三分鐘的ＭＶ，描述一個人參加一場試鏡的心境。這個書寫要好，就要在形式和內容都有風格，但我沒有讀到。

童偉格：這篇我有很強烈的既視感，非常像同學們在考戲劇系的時候繳交的面試資料。如果把所有的資料都排在一起，你會知道這樣的想法本身並不特別。我會覺得這篇作品缺乏小說意識。

〈**獵場**〉

童偉格：這一篇讓我對高中生的技術心生敬意。在十多歲能夠把小說的虛構元素操作到這個程度，使我願意在細節上接受它可能有的紕漏。這位作者確實在用自己的方式思考虛構到底是什麼。

整個故事的敘事場景非常簡單，兩位角色在一個他們稱作獵場的鐵皮屋，也許在從事援交，再往前追溯到主角父母離婚另組家庭的過程。一方面暗示了主角其實是個父親控，另一方面又非常隱約寫性侵或是性方面的關聯，隱約程度恰如其分。如果我們仔細去檢查它的句子構成，會發現主題在描述過程中得到充分暗示，包括爸爸是獵人、包括藏不好會被殺死。實踐到這樣的地步，我個人滿推薦這篇作品。

胡淑雯：主題非常困難，所以作者不可能有那麼強的控制力，我們確實可以在裡頭看見他失手的地方。但從他介入的美學形式，包含語言的使用，都是思考過又沒有過度匠氣的。

這個題材非常容易寫得很濁、很俗，充滿體液跟血、怨恨，以及自我展示傷口的氣氛，但在這篇裡全部都沒有。對性的思考也沒有落入簡單的是非對立。它的批判性就建立在它沒有用二元對立的方式去看人和性的關係、家庭和性的關係。

陳　雪：我可以支持這篇，但對劇情有疑慮。語言上我認為沒話說，但性交易的橋段寫得有點夢幻。不過，如果不從寫實的角度來談這篇作品、把內容純粹視為象徵，它的設計和它要比喻的東西已經很完善地寫出來了，描述的劇情也足以乘載它要談的東西。作者始終沒有把痛苦點破，用一些很淡的句子讓人感到恐怖。

蔡素芬：我認為這篇寫法比較虛無飄渺，想像性高過真實性。當然也可以說是以迴避的手法來寫直接發生的事，但如果這麼解讀的話，有些部分又寫得太清楚了。例如有段描寫一個父親的形象位置，以小說的設計，這應該是要被讀者讀出來、而不是主動去解釋父親在她國中以前扮演什麼角色。

林俊頴：剛剛我們談小說的虛構性，我會在意的是一篇作品就算在技法上有稚嫩的地方，也仍要有堅實的現實基礎。這篇我感受不到這份現實基礎。爸爸是個卡車司機兼賣色情光碟片，會和主角有怎樣的衝突？這位父親有怎樣的失敗？只文藝腔地敘述如「擺放全家福的照片，像一座燈塔」、「我朝著他游過去儘管恨之入骨」，說服不了我。作品對性的態度是什麼？經營性交易所為何來？這些不能夠用虛構涵蓋過去。

陳　雪：它的缺點也是它厲害的地方。通常作品會把因性的侵犯而導致尋找性的意義這件事明確寫出來。沒有講出來讓我們有想像空間，但也無法明白到底是什麼樣的傷痛，導致父親變成客人、客人又像是父親？敘述上看起來只是父親不在家、後來外遇，但實際上最大的問題並不是這個，而是父親對她做了什麼。

胡淑雯：對父親的恨有一個滿核心的鋪陳：父親長期不在身邊，她想要搞清楚有父親的生活是什麼。

我們都說不出這個父親對主角做了什麼行為，但我認為這是這篇的優點，留了一個東西讓讀者填補。小說寫到父親從不會踐履他的承諾、輕易失約，還在外面另組別的家庭；應該要給她贍養費，但一直拖拖拖，最後用「補繳」這個詞，彷彿是一個制度性的不得不然，對於一個女兒來說是很傷心的，這其實有足夠的線索讓我們去理解恨父親這一點。

作品中所謂「爸爸也可以自己找」的意思是，「我」要去找別的叔叔；「我」會跟別的叔叔，演繹出跟爸爸類似的關係。就我的理解，一個年輕人，跟父親有過這樣的矛盾，她會走回這條路其實是合情合理的，因為她必須要不斷不斷地重回那個現場，去理解爸爸到底在對「我」做什麼。當然我也同意作品裡頭有很多細節有問題。

童偉格：細節上還要在琢磨是肯定的，但我對這樣的小說寫作還是會產生一個特別的心情，是因為它有可能可以推翻我們既定的成見。我們會將性當成生命中的一件事，這意味著我們將生命分門別類，每件事的範疇和邊界都很清楚；但這個作品幫我們描述比較前緣的青春生命經驗，在這個階段，性不是生命裡的一件事、而是浸潤幾乎全部生命的那件事。主角通過性的感覺，通過性所得到的聯繫，就是她所能感受到的生命細節。如果能夠接受這個邏輯，這篇小說就像很多特別的小說，它的情感邏輯其實就是它的現實基礎。它並非在這裡建構現實的問題，而是在處理一個我們一般認為無疑的問題了。

〈橘子〉

陳　雪：用橘子來隱喻很多複雜的東西，這是我覺得厲害的地方，開頭結尾都寫得非常好。但有一個比較危險的處理是，貓到底有沒有死／女朋友到底有沒有死？媽媽到底有沒有死、殺她的是誰？

小說從頭到尾瀰漫的氛圍以及敘述方式，會讓我把它放在一個小說的現實裡頭：這個現實可能脫出了我們所知道的現實。也許看起來像死亡的東西，其實都並不是死亡。小說中看起來很日常的東西，都包含奇怪驚悚的成份。

我會思考，某些細節到底是作者不會處理，還是會處理、但是把它弄得很隱諱？無論如何，其中又有一種美感，例如「她的血液還在流動，但是她的頭髮不會再生長。」我覺得年輕作者寫出這樣的東西是美——他們還不知道現實是什麼，但會找出一個東西來比喻現實。

童偉格：我同意陳雪說的，純粹是美感問題。我選它是想要幫風格化的寫作和相對比較健全的情節編排方式找一個範本。這篇有點像最後忽然發現主角殺人的村上春樹小說，情節沒有任何因果關係，但它最後證明一件事，就是這位作者就是很帥。（眾委員笑）他有能力調動一些非常類型化、風格化的情節，把它們組成很幽暗的作品。

林俊頴：我提供一個線索，我不知道大家記不記得二〇一五年有一則社會新聞，臺大澳門僑生虐殺一隻叫做大橘子的貓？我覺得這篇作品是依照那個大橘子事件去想像出來的。但就因為是純粹幻想、設計出來的東西，裡頭有很多漏洞。要處理和不要處理是一個問題，但會處理和不會處理又是另一個問題。

胡淑雯：剛剛我們討論〈獵場〉，我覺得它很輕盈地給出暗示，我有收到，但這一篇的暗示我就都沒有收到，可能因為不是我的語言，我的美感經驗吃不到這個。

林俊頴：不管是殺貓和殺媽媽，都完全沒有動機。

胡淑雯：確實是在寫一種非道德的事件，所以沒有動機。〈與我孤獨〉也都沒有動機，我們只看到一個承受者。

陳　雪：它把死亡當成一種美？殺貓的動機，是為了保存，讓它永久……這個真的只能用美學理解。

蔡素芬：這一篇我把它當成驚悚類型來看，因為製作標本等等行為都沒有理由，重點是氣氛和手段，而非要表達什麼。

〈中繼站〉

陳　雪：這一篇又跳脫剛剛寫實不寫實的討論，這篇很寫實。這次很多作品都在思考意義啊、人生到底是什麼，而這篇用抽菸做一個象徵，很輕巧地寫一個似乎正在吸毒的大人，說著自己從亞馬遜回來之類很扯的話，反而吸引到主角這位徬徨少年。

主角對他的家庭，對他媽媽和另一個奇怪男人在一起這件事非常不滿、痛苦，他的解脫就是他聽這個大叔說一些光怪陸離的事情，這是小說打動我的地方：講家庭悲劇，卻又不直接講一個家庭悲劇。主角唯一的寄託是一個不知道說的是真話還是假話的陳叔。他最後甚至想：搞不好陳叔說的是真的。

胡淑雯：我對這篇作品的評價很高。這次所有作品中，這位男主角形塑得非常生動，而且生動的方式是非常臺灣式的、下階層的憂傷。比如有一段，主角媽媽竟「像是安錯了神經忽然問起他的事」，卻又不記得他什麼時候要考試；主角回答七月一號才考，但今天是畢業典禮，媽媽就很驚訝主角怎麼沒有跟她說；又問以後就不用去學校了嗎？主角說上上週模擬考完就沒有再去了……荒唐之餘，他又對媽媽說：媽我很好，別操心。其他幾乎所有作品都用心理描繪的方式來說憂傷，這篇是很少數用對話來說憂傷的作品。

和陳雪稍有不同的解讀是，我認為主角是非常想長大的，他不得不長大，因為沒有人幫他想未來。他在成長過程裡找到了一個無聊的儀式，就是買包菸抽。主角可能也知道陳叔在鬼扯，但那就是一種中繼的狀態：我如果不能夠穩住自己，我就會變成一個被送去監獄的少年。在和陳叔的互動裡頭，好像得到了一點點「我不要變成像他那樣，但我可以變成什麼？」的領悟。

蔡素芬：後面轉折太快，彪叔看起來人也不壞，家庭為何導向這樣的結局？前段和後段完全是不同的東西。前半部主角和彪叔的對話比重很長，母親忽然宣布要和彪叔結婚之後的家庭感，和前面失落感卻出現落差，要串有點勉強。

童偉格：這篇作者或許應該和〈橘子〉的作者開個會商量一下〈眾委員笑〉，因為〈中繼站〉有生活中真正粗糙的、切實的哀傷，這是橘子沒有的，可是〈橘子〉那種率性不解釋因果的寫作方式，應該比較適合〈中繼站〉。細節審酌上，〈中繼站〉的作者會有點下不定決心，要不就解釋清楚，要不就不要解釋了。

其中最大的懸疑反而不是剛剛提到的角色，而是那個一直睡覺的妹妹到底怎麼回事？

陳　雪：那個妹妹到底幾歲啊？

林俊頴：後來又出現一個嬰兒座，為什麼？

胡淑雯：會不會是刪字刪錯？妹妹可能很早就生小孩，那是他妹妹小孩的嬰兒座。也可能是彪叔和媽媽生的小妹妹。

蔡素芬：後面的關係真的都沒解釋。

童偉格：他有一個關鍵的細節：「唯一在考試過後問他成績的人，是那個把手下小姐搞大肚子、讓女友繼續賣酒陪笑的男人。」這個男人應該是彪叔，但我們的困惑是手下小姐和女友是不是同一個人？媽媽到底在做什麼？真的不如就用〈橘子〉的寫法。

三票作品討論

〈面海〉

陳　雪：我很喜歡這篇的氣氛，但我的疑慮是故事到底發生在哪？不往寫實看的話，會覺得還滿有意思的，不過忍不住會被一些東西打斷：人名、氣候，場景有中藥行、有廟，這些都是很清楚標明某一種文化的物件，可是作品的氛圍感覺卻像是異國島嶼，和臺灣很不同。

在城市裡工作的主角回到這個地方，描述看到的風景與生活的點點滴滴。最後那片海，對照他回到城市之後依然把那片海攜帶回來的狀態，都寫得很好。

假設空間是澎湖或蘭嶼，或澎湖的一個小離島，或者金門，其實都會給我不一樣的內容；如果是蘭嶼，不會有中藥行。找不到參照點，但我可以假想它是融合了各個小島特徵的架空島嶼，有特殊的文化，過著簡單的生活。這樣的生活成為角色的想望和寄託，也是可以成立。

蔡素芬：描寫景物非常生動：靠岸的家鄉，沿著山坡的房子，商店都改自住家只掛了一個小牌子，這些細節都非常靈活。我不覺得需要找到一個特定的地點，小說如果有帶領我們往情感的目的走，其他東西都是可以虛構的。

我認為故事重點是主角和「娃娃」的感情。為什麼娃娃只在小說中出現一段？回到家鄉之後，娃娃沒有出現，後來在除夕傍晚主角帶著狗去看海……它有些東西沒有寫出來，我覺得那個沒出現的娃娃才是面海的目的。

林俊頴：我一開始也會去想要把離島把它具體化，但很快就放棄。作者寫一首回鄉的安魂曲，娓娓道來，用上好的鏡頭，某方面讓我想到電影《雷恩的女兒》。唯一疑慮是，這篇小說好像只是一個開頭、沒有寫完？整篇小說其實沒有故事。

童偉格：作者打定主要要寫一個沒有事發生的描述，這是相當難的。但我看完之後，還是覺得省略的狀況有點嚴重，嚴重到讓人不確定這樣稀薄的回憶本身、我們針對回憶所想的事情是不是讀者自己的附加。

例如過年回家，其實主角自己也不是每一年都回家，距離上一次他來到這裡已經有兩年多的時間。這個人作為小說的主角，他全部的經歷留白，會讓人有點擔心。

另一個重要的問題，是蔡素芬老師提到的，對兒時同伴娃娃的回憶。我們很自然會想像結尾是對娃娃的哀悼，但這在小說的技法上這是一個最不需要花心思的描述，因為在這裡出現的景物自然都會產生關聯的意義。如果是一首回鄉的安魂曲，我認為很多細節需要增生，很難想像一個人童年的細節就只有一個娃娃的回憶。

胡淑雯：這是接近散文式的小說，文筆變得格外重要。我認為作者文筆確實滿好。大部分的篇幅都在寫景，通過景帶一點點心裡的東西，我讀到的是一個返鄉的人的第一天，但真正的重點好像是第二天和第三天。

〈活蛤與火鍋〉

童偉格：這篇和〈獵場〉是參賽作品中我個人最極力推薦的，它們表現了兩個寫作上的可能方向。相對於〈獵場〉的氛圍經營，這篇用最明白的文字、嘗試最大限度呈現出角色所經歷的事情。

對於剛剛開始的寫作而言，這是一個很好的思考方式，原因有兩個：一是證明小說不僅只是文字藝術、修辭的問題，還有作者可以呈現深思、賦予觀點的空間。二是這部作品在主題聯繫上比它表面呈現得要成熟很多：講述兒時被哥哥性侵、或是在性遊戲當中被侵犯的狀態，而這件事情因為家庭體制而無法伸張，對此的省思也是小說標題的來源。小說明白地將這一點呈現出來，而不去渲染它的戲劇性。

陳　雪：用活蛤和火鍋來象徵「性」，寫到「食，性也」；很生活化的過年圍爐場景，主角的哥哥說丟到火鍋裡面的蛤蜊都是活的，乍看之下會覺得這怎麼會對主角造成這麼大的創傷，實際上很隱約地講這個家庭不只是性，而是不管什麼事都覺得「很正常」，所有「不正常的事」，父母都要她接受。

有一些句子很知識性，但作者對食、性、愛等等人生的體悟是超越同齡人的，所以才能用好像僅是吃喝拉撒的事來切入。在她筆下火鍋充滿殺戮氣息。要把什麼東西丟進去煮熟吃掉，引申為人對生命的一個選擇。

雖然剛剛淑雯有講到「共犯結構」這類詞彙的使用，但我覺得作者在這裡沒有要藉此印證複雜的東西，就是在講這個家。她用很多篇幅、很複雜地告訴讀者她的痛苦，卻沒有把痛苦直接講出來，這是厲害之處。

文筆沒有什麼很漂亮的字，但效果很準確。很多對話和敘述都讓人震驚。

胡淑雯：所有的人都認為把活蛤丟進火鍋煮熟來吃很正常，事實上這對蛤蠣來說是非常殘忍的，但因為大家都視為正常，所以我們不去問蛤蜊的感受。這平行類比了人對性的態度，也指出了一種雙重標準：性也很日常，其中卻也很有秩序。當有人要去追問這個秩序的問題，就會得到「只要在正常的範圍內，都不要去計較」的回覆。

從這個主角的角度來看，「我還是可以活下去」。換言之，「我」也知道正常的秩序是什麼，「我」也可以活下去，但「我」很難活得好。而要如何活得好呢，人和人之間有什麼微小的責任呢？就是試圖去做減少別人痛苦的事。這是一個腦袋很好，也很複雜精緻的作者。

文筆有一些不均勻的感覺，有些段落很乾淨，有些段落很濁，很像在練習化妝。

童偉格：淑雯剛剛說的不均勻，放在這篇小說上是我可以接受的，原因是這篇作品很像某種日本小說，比如向田邦子寫過蛤蜊吐沙——有人插了一個鐵器上去，讓這個蛤蜊能夠更順暢地吐沙，這類意象的衝突、鐵器的堅硬與生冷和柔軟蛤蜊的區隔，當這些細節進入心中的時候，讀者其實能感覺到寧靜意象中的衝突。為了要呈現這一點，又要在有限的字數中展現，所以我們會有一種不太和諧的感覺。但好像也只有這樣才能體現那個非常幽微的世界。

這篇的意象聯繫是跳接的，例如火鍋店的菜單表面流動的光，使角色想起了浴室的燈泡，我們要把這兩個場景在腦中兌換，才會看到其中主題過渡的方式。

這個女生最大的困難不是哥哥給的性的障礙，而是發現這整個家庭就是一個更大規模的性的訓練場。「她如果要帶男生回家，一旦深入一想到與男性交往的樣子，例如帶回家吃飯等等，這件事情就好像宣告自己有性的能力。」對於一般女性而言很尋常的事情，主角因為在這個家庭中所受到的性整治，而無法不看到這個世界一切都閃著性的光澤，是這個對她構成性的艱難，而不是她的內心創傷。這個作品已經超過高中生規格了。

蔡素芬：性侵相關的題材，我自己讀到頗為疲憊。有很多這方面的閱讀素材。作者用蛤蠣和性做連結，對我而言是一種一廂情願的連結，我讀起來那個密合度不夠。此外，她和哥哥的關係是半推半就，在一知半解的情況下、不見得是被動的。也許她的性啟蒙是來自於哥哥，但那是一道傷疤嗎？不一定是。

後面安排的相親，對話有點牽強。例如主角不吃蛤蜊，相親對象回應說：「我不是那意思啦。就只是選擇做不做而已。」我認為這是刻意導回小說的命題，因為平常應該會用「吃」這個動詞？當然這是精心設計的，但我覺得這位相親的男性也太過工具化了。

林俊頴：我的疑慮之處是剛剛提到的帶有「練習化妝」的語言；原因可能是她強加了很多不是小說的用語，比較學術化的、社會學的。「文化脈絡」、「共犯結構」、「支配」、「奴隸」、「異化」、「自主權的侵奪」、「作為客體存在的本身」……小說裡頭要用這些東西的時候，對小說是好還壞，要具體思考。

我和素芬一樣不覺得是哥哥侵犯主角。這也是大家剛剛一再討論到的問題：你到底要不要寫？沒寫的東西是不處理，還是沒有能力處理？我唯一讀到的是他們一起讀色情漫畫，這冰山下面是什麼？我傾向素芬的說法。火鍋店的相親，設計和強作解人的意味太重了。如果能夠只停留在「現階段的我」對性做的種種省思，就很足夠了。後續這些非小說用語、重鹹的作法，對這篇小說造成某種程度的傷害。

四票作品討論

〈歿年〉

蔡素芬：可以感受得到小說經營的，一個停滯的小鎮氣氛與虛無感：但這些所有事情、對小鎮的體會，都是兩個人的對話講出來的，這部分少了豐富性。對話中把廢棄停滯寫得很好，但情節用講的來表達，太清楚、太簡單了。

童偉格：這篇作品的小說化處理相當特殊，用寓言體的方式寫一個荒廢村鎮比現在更荒蕪的未來。故事已經進入一個敗毀的回憶階段，這是小說啟動時兩位主角相約在童年時常逗留的遊樂場的原因，顯示小說的發動和組成上有作者通盤的思考。唯一可以挑剔的是，在寓言體的寫作上，細節應該要再減量，以避免不必要的附生義。所以，它的人物命名方式和很多時候細節描述的方式要再琢磨一下。

陳　雪：我猜想這篇會用兩個人的對話而不用客觀描述，是因為它是一個寓言，重要的是這兩個人看到了什麼。以夾娃娃機作為象徵。意象很鮮明；每個人都變成臺主，好像每個人都在守一座墳墓……這些不太日常的句子，把末日世界展現出來。有一些東西會比較over，比如說連神像面前都坐滿了醜兔子娃娃，但醜兔子也是一種象徵。結尾也沒有說教，也很好。

胡淑雯：我覺得他寫的是小鎮生活的空洞化。重要的意象是破破紙和娃娃機。娃娃機是在一個地方沒有人要租的時候，在完全不用付裝潢費的情況下、一個月房租幾千塊，非常小的營生，背後就是生活巨大的空洞。

主角的工作是把他珍視的東西戳破：他其實很喜歡泡泡紙，但他只能戳破它；小鎮裡賴以營生的勞動也不成立了，連抽個菸都會被無所不在的黑洞般的現實沒收。最後他們要去找菸，到底找不找得到？寫得很細緻。

我會強烈建議作者把主角名字改掉，也建議把「假貨幣故作姿態」這個詞改掉，這在敘事是一個很大的瑕疵。

小鎮自欺欺人地好像有生活、生產，人們用沒有意義的貨幣去交換沒有意義的東西，再用沒有意義的東西去祭拜沒有意義的神，聯繫得很自然。

林俊頴：這篇表現也超乎高中水準，光是形式就給讀者很大的詮釋空間。我一開始有做筆記，「這是一個臺灣寓言」，其中所有的指涉都是一個蘿蔔一個坑，但這樣就沒意思掉了。

這兩個名字怪異得不得了的人物，會不會像是等待果陀的那兩個傢伙？

胡淑雯：但這裡虛無不是存在主義式的，而是很現實的。

林俊穎：是，不過形式上應該有師承。我覺得它在無意義中尋找意義，有其後的憤怒和執著。

第二輪投票

委員決議，第一輪投票獲二票以上的七篇作品，以及獲一票作品中〈女也〉、〈日常〉、〈稻田裡的郵輪〉三篇，共十篇作品進入下一輪投票；每位委員從十篇中選出八篇，累計得票高者進入最後一輪評分。

〈面海〉　（林、胡、陳、童、蔡）

〈女也〉　（林、童、蔡）

〈歿年〉　（林、胡、陳、童、蔡）

〈日常〉　（胡、童）

〈獨白課〉　（林、陳、蔡）

〈獵場〉　（林、胡、陳、童、蔡）

〈稻田裡的郵輪〉（林、胡、陳、蔡）
〈橘子〉（胡、陳、童）
〈中繼站〉（林、胡、陳、童、蔡）
〈活蛤與火鍋〉（林、胡、陳、童、蔡）

委員決議，第二輪投票僅獲二票之〈日常〉確定淘汰，獲三票的〈女也〉、〈獨白課〉、〈橘子〉進行範圍投票，每位委員從三篇中選出一篇不支持作品，累計得票高者淘汰。

〈女也〉（胡）
〈獨白課〉（陳、童）
〈橘子〉（林、蔡）

因〈獨白課〉、〈橘子〉票數相同，委員決議二篇再進行範圍投票，每位委員選擇一篇支持，累計得票高者進入最後一輪評分。

〈獨白課〉（林、蔡）
〈橘子〉（胡、陳、童）

至此，八篇獲獎作品確定。

第三輪評分

委員分別對八篇獲獎作品給分，各自作品排名依序給5、4、3、2、1、1、1、1積分，最後統計總分，決定獲獎作品名次：

〈面海〉（林4、胡1、陳1、童1、蔡4，總分11）

〈女也〉（林1、胡1、陳1、童1、蔡3，總分7）

〈歿年〉（林5、胡5、陳4、童3、蔡2，總分19）

〈獵場〉（林1、胡3、陳3、童4、蔡1，總分12）

〈稻田裡的郵輪〉（林1、胡1、陳1、童1、蔡5，總分9）

〈橘子〉（林1、胡1、陳2、童2、蔡1，總分7）

〈中繼站〉（林2、胡4、陳1、童1、蔡1，總分9）

〈活蛤與火鍋〉（林3、胡2、陳5、童5、蔡1，總分16）

評分結果，由〈歿年〉名列第一、〈活蛤與火鍋〉名列第二、〈獵場〉名列第三，〈面海〉、〈稻田裡的郵輪〉、〈中繼站〉、〈女也〉、〈橘子〉同列優勝。

散文獎

散文獎 首獎

潮間帶生活

吳昕愷

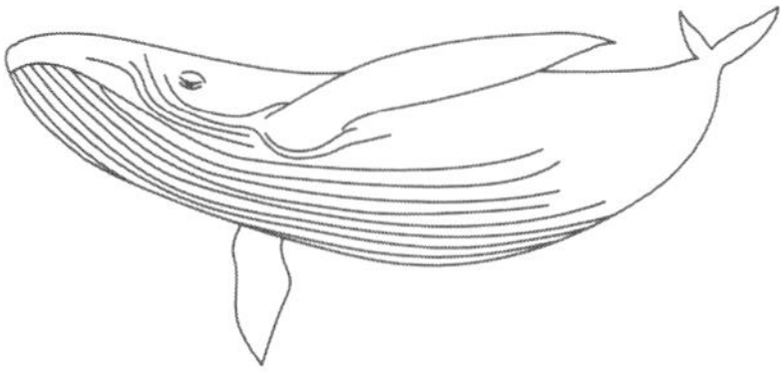

個人簡歷

2001 年生，臺中一中三年級，即將升上政治大學法律系。
在臺中山上隔絕了十八年，之後要到臺北的山上繼續同樣的生活。半夜生活裡最喜歡的是超商打折的即期飯糰。
短期目標是寫出短篇小說，但每次都寫成散文。

得獎感言

原以為沒有獲得散文獎項，後來才發現通知躺在垃圾信件裡，興奮非常。過去偶有散文投稿，多數落選卻苦尋不著訣竅，本次獲獎也應參雜著運氣成分吧！
分外感謝主辦單位的努力與評審老師的青睞，也感謝在文學道路上一同分享的夥伴。
無論是夜晚的潮間帶，還是白日的沙灘，願各位可以找到自己習慣的位置，長居久安。

邁入升學大考的夏天，青春的樣子從各自的身上徹底剝離，亞熱帶的炎熱高壓把全臺灣的高三學生送入無風無波浪的沙漠氣候。路上的每個人都像蜥蜴——乾燥、沉默、粗糙，盡力在不斷重複的景色中找尋綠洲。

暑假的大部分時間，總覺得我不應該也不是蜥蜴，缺少爬行及耐熱的功能，反而像由爬蟲類退化的品種——某種在淺海尚未上岸的水生動物。我的生活是離沙漠很遠的水域——典型的季風氣候潮間帶，每每把頭伸出水面呼吸，我就像飲料杯裡的吸管，硬生生被光和水的折射拗成兩截。

賃居的小套房坐落在商圈的某個轉角裡，門口的柏油路散落著其他房客的菸蒂，進門閃爍不停的逃生照明燈跟充滿霉味的樓梯間刺得感官麻痺。從圖書館歸來的傍晚，我往往得用最快的速度衝進房間，才不致半路暈厥。

就像每個老舊公寓裡的房間，充斥著一些質量糟糕但不致無法生活的家具，許多住客的痕跡深深咬在上面，灰塵堆疊的冷氣機、滾輪生鏽的五斗櫃、泛黃的床單以及轟隆作響的洗衣機。窗外的垃圾時不時從袋子裡探出頭監視我，彷彿生氣蓬勃的青苔，踏著時間快速的生長腳步，有時甚至快穿過紗窗，躡手躡腳的侵入房間。

這兒是淺海區裡不停被侵蝕而成的礁石洞，破舊的八坪長方體，椅子上堆放一團又一團廉價的衣服，櫃子裡藏有一些詩集，一些空間拿來存放我的孤寂，最後把自己的肉體不留縫隙塞進其中。緯度越高越乾冷，則這裡應該是負緯度的國度，比赤道上任何一座熱帶雨林都更濕黏難耐；時間的維度不起作用，我住成日夜顛倒的模樣，可能是月球的另一面，光照不到的地方。

房間內的開口除了門就只有一扇落地窗，窗外陽臺被白晃晃的鐵窗包圍，逃生口的鑰匙被之前的房客弄丟了，徒留一只生銹的大鎖。大半日的時光窗外都在漲潮，熙來攘往的遊客與商家讓水位淹的高漲，永不停歇的浪花打在牆壁上，像一種規律的節拍器，用比秒還細碎的單位記錄我在都市的日子。

潮汐就像要把我從房間裡拖出去，將內臟、肋骨、腦袋壓縮成都市該有的繁榮樣態。不難想像上個房客弄丟鑰匙的原因，任誰都寧願密閉窒息，也不想逃到嘈雜煩人、粗劣鄙陋的商圈氛圍裡。

忍耐到人潮散去，大約落在晚上十點到午夜，也是光與潮退去的時刻，街上店家陸續收攤，生物氣息輻散而去。整日的雜沓與鹽分牢牢粘在牆壁與每寸肌膚上，難以刷除，只有此時我才能溜出房間。這是少數有正當理由的時刻，能逃離晦澀的古文、圓與切線的關係、分詞構句的變化，當然還有令人反感的潮濕以及靜如死水的房間。

我常常只拎著鑰匙、手機，匆忙從皮包抽出兩百塊塞進口袋，趕在午夜將至的前十五分鐘離開房間，衝到超商買打折的即期飯糰跟豆漿，就像魔法快消失的灰姑娘，但沒有王子跟玻璃鞋。

一邊吃著食物一邊逛人聲褪去的街道，飯跟海苔與牙齒黏膩的攪和在一起，就像我與街道，沒了燈的道路跟人，被整片夜空籠罩成同個顏色，只有模糊的輪廓能勉強分辨彼此。

我極度厭惡老生常談的都市意象，那是一種多數人共享的想像，不免廉價流俗。然而深夜裡空蕩蕩的商圈誠如退潮後的潮濱，藤壺、礁岩、利石與致命的生物都明白地浮現出來，可能因為稀罕少見，這種畸形而莫名的生態圈，多少彰顯夜晚與孤獨的價值。

沿著筆直的柏油路往盡頭的十字路口走去，我會點開手機裡的伍佰精選輯，將音量調到最大。〈牽掛〉、〈白鴿〉、〈浪人情歌〉、〈夢醒時分〉、〈挪威的森林〉一首接一首輪迴，大聲呼喊著每句歌詞，街道每個角落被肆無忌憚地填滿我的聲音，感覺世界原有的法則輕而易舉被我攻破。

到了路口右拐進入巷弄，全日營業的娃娃機格外亮光刺眼，像某種逃生指標，標誌都市與異世界的出入口。當街道沉沒於黑暗，娃娃機又像是安康魚頭上的燈，人們隨時會被吞進血盆大口，絞成自己怎麼也看不清的碎片，搭著不絕於耳的歡樂配樂，卻異常吸引人。

或許是某種本能，晝伏夜出的人們都會聚集在娃娃機店。我們冥冥之中長成特定的樣子，帶著少少的物件，同樣隨便的穿著。通常是三五成群的年輕人，一邊聊天一邊抽菸；也有不少中年男子拿千元大鈔換了零錢，就獨自在娃娃機前站上若干小時。我常常想像他們是從哪種房間偷溜出來的？有沒有電視、電熱水器、洗衣機，或是一面採光良好的窗戶、一臺變頻式的冷氣機？還是有一盞接觸不良的桌燈、一臺風力微弱小的電風扇，窗外充斥著不討喜的聲音、房間裡也儲放了一些孤寂與憂鬱。

這樣的夜晚，人與人的差距反而被失眠的通病縮減得很小，很卑微的小。各方的人都被黑夜同化，身分的痕跡被擦得不清不楚，像小學鉛筆盒裡的橡皮擦，往往把課桌椅上的髒汙越擦越髒，無論何處皆混濁成一塊。

全臺灣無數的街道上，可能都有一群人，來自不同的礁石洞，趁著退潮，冒出頭覓食、呼吸。回溯幾個甚至幾十個年，這群人維持這樣的生活模式多久了？超商或娃娃機尚不盛行的年代，他們如何度過不見日光的時光？科學家永遠不會發現這群不顯眼的生物，更不會有人討論這種生物的演化過程。這些問題時常在腦中流轉，隨著在道路上折返的次數不停發酵，直至把每條街道踩爛踩斷了，才慢慢踱步回超商。

若習慣性失眠是演化的契機，那麼長期的格格不入應該是突變的基因。有些人原本在陸地上，後來變成另一種物種，不能用肺呼吸；有些人則是一出生，就一直都在水裡，無法離去。

只有我和店員獨處的超商，電臺不斷傳出西洋音樂，時常重複，我難以分辨電臺裡的英文歌詞到底說了什麼，卻能精確的哼出下一個段子的旋律。

我的夜晚生活、超商店員、燈下聚集的人們，跟這些不斷重複輪迴的歌一樣，似乎沒有一個這麼做的意義，但就如此一直迴圈下去。這樣的生活大概是梅比烏斯之環，將無盡且線性的時空強力扭轉成更複雜且不易窺透的樣子。

我的生活會一直是如此嗎？考上大學之後，我會上岸，還是待在海裡？大學畢業、長大成人之後，是否還會在深夜偷溜到街道上？那時我會在進化與退化之間來來去去拉扯；抑或無法呼吸直到死去？

不下百種未來曾經在腦中發芽，卻無法篤定哪一株最終能開花結果，只是靜靜在超商坐著，看著天漸漸發亮，麻雀開始在電線桿上盯哨。

早晨，無解的難題隨著越來越大的潮聲暫時遠去，外頭的潮又要打上來了，周而復始，毫不留情蓋過我在路上拖行的氣味與足跡。我的生活就這樣在潮間帶裡泡的軟爛，如陳年卻牢牢卡在牙齦的齲齒，任憑酸痛而無力改變，只能等到它自己掉下來的那天。

我唯一能做的只有回到房間，緊緊蓋上棉被，期待一場好夢。夢裡的白日靜謐，街上只有零星的人群，那裡我已經上岸，光在地上把我照出長長的影子，模樣清晰。

名家推薦——

這篇寫繁瑣的生活內容，將環境鉅細靡遺地呈現出來，也反映了對未來的思索，有思考深度。——廖玉蕙

將世界萬象轉換爲「潮間帶」，完整延伸潮間帶的關連物象，意象環環相扣，細膩、工整。——封德屏

本文令人想到美國「垮掉的一代」。對夾處在商圈中的房間描寫得很好，擅長捕捉細節。——鍾文音

散文獎 二獎

原來是一池的荷花

洪心瑜

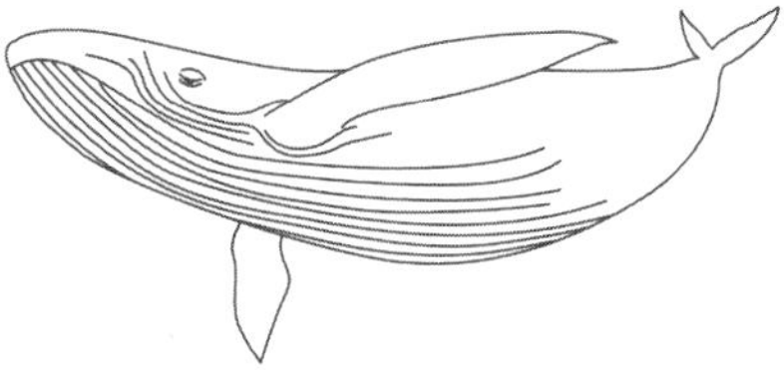

個人簡歷

2002 年生，就讀屏東女中三年級，是寒冬出生的夏天的女兒。比起細雨更喜歡陽光，比起鬱鬱的山林更迷戀湛藍的大海。喜歡（也不得不）在數學課上神遊，喜歡聽故事、說故事，喜歡在嘈雜的人聲裡沉默獨坐；喜歡美和詩。

得獎感言

很高興有筆錢可以用來買書，我想收藏一套鍾理和全集。實在沒有想過會得獎，老是覺得自己的文風太雕飾了，拖泥帶水的，大概不會有人喜歡吧。第一次投稿失利的時候，還想著再也不要寫了。知道得獎的時候非常激動，謝謝評審，謝謝台積電。特別感謝我的老師，在文學傳統的流變上、文字與情感的感知上，給了我莫大的啟發。

背著手走在菩提樹下，踩著一地細碎的陽光。

我慣於這麼窺伺田間一些挺拔的鷺鷥佇立。他們偶爾啣水順下羽毛，偶爾俯身去撥弄風裡柔軟的稻苗，或者信步幾個碎腳助跑，振翅飛向隨便什麼地方去。這樣雍容儒雅的一群，有時看上去倒像一支昂然的鶴之陣列，而非一干鷺鷥了。

踱到田埂中央的木棧板上，踩得朽腐的木頭咿呀響，以某種過氣的心境撫觸，感慨著這塊白松大約是歷經數次景物更迭後留下唯一的舊東西了罷。接著我認出他——那頭上有著鵝黃穗狀羽的一位。良久，一雙深邃的眼眸循老偉士牌一二五遄飛尋來，我倆隆重對視，迎來驀然的一陣心驚——那份漫無目的的疲憊與我的是相似的節奏、相似的頻率、相似的質地。沉思。他款款注視著遠方陌生的人影，搜索我裡面僅存的一點寂寂的空鳴。

前日我乘車上山，遙遙望見一副蓬頭垢面的傢伙牢實鑲嵌在雨後的泥壤間。鏈帶的齒痕隱約縱橫其下，機械的氣性顯得昏昧愚騃，然而蟲魚鳥獸遊走依舊，天猶是天、雲猶是雲，溪逕自奔流，一塵不染。突兀像個籃球賽下場的青年誤闖巴洛克的宮廷宴會，而尷尬搔著頭杵在舞廳中央。那樣難堪而不知所措——啊，一場黑色的荒謬！

這兒曾經是處荷花池，如果我沒有記錯的話。

一個山間的鄉村午後，唧唧的蟬、青綠的山、斗笠掩著半張臉打盹的老頭用呼嚕聲附和著山巒的肚皮起伏；公雞闌珊踱著步，閒散啄著菜葉；老狗蜷伏工寮，半睜著眼伸出濕濡的舌頭黏蝨子。陽光自山上烤出一條帶焦糖味的河，牛眠山斜臥，也昏昏欲睡。

一座荒煙蔓草中的荷花池，亦是一座隨山的吐納而甦醒的、邊緣泛著琥珀色微光的荷花池就在夏日午後靦腆展顏——是上帝遺落的一顆翡翠墜子虛掩在埔里山中，明淨委婉如寶鏡新拭、倩女靧面。風起，半池的芰荷、半池的睡蓮和水仙搖曳，親切廝磨，發狂的蛙聲爭先恐後自荷葉間出逃，震耳欲聾。蓮有穠麗和纖細的，豐腴的是貴妃出浴，清癯的都亭亭裊裊，把寧靜安詳的山村引逗得霎時雀躍起來。

孩子們還沒有荷花高就在這裡上上下下地玩，把荷葉盛滿一季珍珠光澤的晶瑩，悉心呵護著、奔跑著，叫著笑著，在興奮的微顫中遞給一旁的玩伴。玩這種接力遊戲須要小心，不僅得全神貫注保持手眼協調，才能從池塘一路傳到老狗妞妞的水盆裡去；不仔細一個踉蹌摔進田裡，還要被池底的淤泥鑄成一尊泥塑的小沙彌。

農閒的老婦則佝僂移步採蓮蓬回家，取來板凳圍在一起剝蓮子、挑蓮心，熬鍋銀耳蓮子在溪澗下閒閒冰著，只消一個下午就有一盅適於請客的甜湯。阿媽每天採一把新鮮的荷花，走兩三里路上山，到山徑盡頭的菩薩廟供佛。夏日濕黏的風一躡手躡腳從窗縫竄進來，蓮花曖昧的香氣便攀著廚房炊煙的蒸騰高踞，像淺紫色的蟬翼紗長裙款擺。烘乾的蓮花瓣在白毫烏龍裡悠悠浮沉、油亮的排骨肉湯浸潤粉色的嫩藕、荷葉呵護著油飯出蒸籠，確保米粒香香軟軟、把春天的盎然生機殘留在唇齒之間……。蓮和女人們一起，無私而溫柔地奉獻全副的形體和氣力去成就一鍋湯、一壺茶或一道菜，也許是這崇高的氣度，讓我在學到菡萏、芰荷之前，還跟著村裡喚這花叫「佛祖花」。然而這些都是很久很久以前的事了。

迅速抽換的風景隔著車窗掠過，定睛，一雪白的身影在挖土機前默然悄立。晚禱似地，靜靜咀嚼著那份無涯的悲慟。我注意到他正端詳著什麼。一條涸轍裡的魚？我猜？

有沒有魚，已沒有印象了（應該要有的，樂府詩背書過，說「魚戲蓮葉間」），但確實沒有亭臺樓閣、沒有假山流水，只有天成的樸素而略顯粗糙的造化。可是不要緊，一池上好的蓮花不需要這些——一塊足夠肥的地，一幀足夠緻麗的風景，花葉便能夠蓬勃地生。

像所有世間有形的物，滿池的荷花而今只剩一抹朦朧的殘影，在無涯的異次元裡低迴溢流，虛弱單薄如旗幟飄盪風中：最教人魂牽夢縈的，往往是那些最朦朧的夢。清泉依舊，突破山壁汩汩淌出，稜線偶爾攫住一些疏朗的雲，扯成縹緲的白絮；地上是一畦畦四四方方的藍天，一面再也拼不回的水銀鏡的破片。蛙聲還在——一個時代的喧囂都自蛙聲裡來——只是變得有點纏綿悽惻。

我甚至開始懷疑這裡是否曾經有過一處荷花池。你難以知覺地景的變化，正如你難以察覺人們逐日變質的心。不知是生疏了還是熟悉了，情感濃了或是淡了，就是習慣了，所以不去看了，回神盼望已面目全非。平凡卻深刻。

怪手，真貼切。是歌劇裡魅影擄走佳人的殘暴卻令人憐憫的雙臂；是巨蟒絞殺一頭無辜蹬羚的強健肌骨；是小學低年級的美勞課，男孩蠢動的手撞翻了女同學色彩分明的調色盤。怪手持續在斑斕的彩盤上肆虐，這一次，沒有老師打手心。

天空刺眼地藍著，白雲自顧自地飄，冷冷地帶著諷意。一些淡遠的山環繞。

怪手麻木，兀自朝拜一樣地，一頭一頭磕向更高的地方去。猙獰的長臂粗魯刨掘我熟悉且陌生的土地，驅動履帶以一種可笑的義無反顧向前捲動著。鷺鷥的眼光與大個子的觀景窗交接——他們正面交鋒。怪手僵硬向左右各稍轉五度，打了個機械式的顫慄。鷺鷥退後一步至能清晰仰視挖土機全貌的位置。

我揉揉眼，沒有看錯。他是又往前站近了一步，軒昂地、錚錚地，堅決而強悍。兩軍對峙異常平靜，怪手沒有妥協，鷺鷥眼中也沒有驚懼。履帶一格接一格前行，輾過一吋又一吋飄散荷花香的土壤。

我轉過身，佯裝要回三合院晾衣服，其實只是不忍卒睹。

使勁握住長竿，強烈地渴望去感受一種紮實安穩的現實感。肩上隨意披掛著潮濕的衣褲，出神地想，如果當年天安門前站的是隻鷺鷥，坦克會不會心軟？擁有一顆過於慧黠的心靈和過於清澈的眼，無疑是危險的。

血色的雲布滿整個天空。那是我最後一次看見荷花池——或者說，荷花池的遺骸——乾癟的葉被砂石覆壓得東倒西歪，掌狀的血管已經乾涸，末梢虯結的紋理漸次萎縮，像蓋了一床平時塞在衣櫥角落的褥子，厚重，飄著陳腐的氣息。「池子用紅毛塗罜起來啦！彼排樹仔早晚嘛要剉掉。」養蜂的素珍姨婆終於捎來答案，她也出售了一塊池邊的農地準備作為停車空間。珍珠項鍊斷了線。「市裡來的，講欲起一座佛祖廟呢，哪會知。」

哦，原以為蓮花是佛家的花、菩提是佛家的樹呢。我垂眼，低聲呢喃。倚向身後貼滿禮佛大會宣傳單的電桿，遠眺北面聳立的佛塔、西南的精舍，四望慘然一笑，頓時感到佛光普照起來。許多年後的一個冬天，我們也摺蓮花座送走阿媽。這些日子已不是蓮花的季節，只怕再結實飽滿的蓮花都黯然失色了。蓮池的死，死了我心裡的一個大千世界。

在這個世界某處，該也有那樣一個類似的午後，蟬鳴歡愉而急躁，把正午的烈日照耀扯得支離破碎。一群孩子在菩提樹下安睡，待烈日烤乾他們的碎花洋裝、南風吹散了沾在額上的髮絲，佛真正降臨。一個被雨洗過的傍晚悄然而至，只有地平線還泛著霞色。一雙白鷺會翩翩掠過長空，朝新生的荷花蕾飛來。孩子們還認得鷺鷥，還曉得高聲齊唱：

白翎鷥，車畚箕，車到溪仔墘。跋一倒，抾到一先錢……

名家推薦——

荷花池的象徵貫穿全文，亦充滿對土地的情懷，沒有激烈語詞，善於凝視，能沉靜書寫。——鍾文音

藉由荷花池講滄海桑田。自如的運用古典詞語，文字典雅，有《千江有水千江月》般老派美感的風格。——唐捐

粉紅

散文獎　三獎

賴宛妤

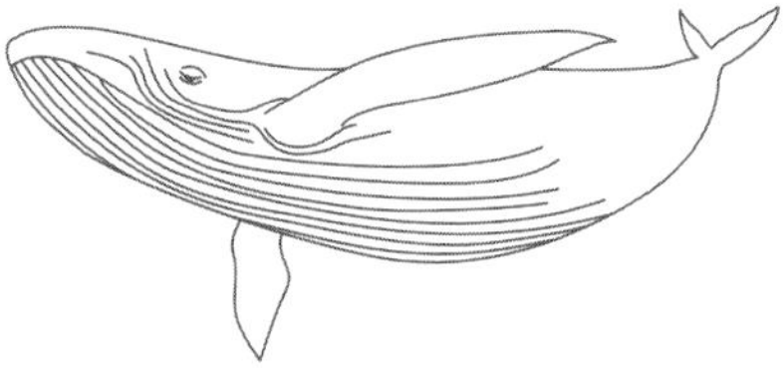

個人簡歷

2001 年生，土庫商工三年級。星座運勢顯示，牡羊座 2020 年下半年火星進命宮，有貴人相助。喜歡不一樣，特別，獨一，覺得當文青很矯情，一不小心就灰飛煙滅，但還是文青般活著，用力。

得獎感言

謝謝評審賞識，淑娟老師幫助，歲月大大小小堆疊，十九歲像一瞬間變老的年紀，再也不能投青春組了，謝謝台積電文學獎，讓十九歲的秀髮，永永遠遠，烏黑美麗。

聯合副刊打電話來時以為是線上學習網，又要叫我補習，差點說出「不好意思我現在有點忙」然後掛電話，幸好耐心聽完，那聲音太像常打電話向我宣傳課程的男子了，到現在都還覺得獎項是不是被搞錯，其實有另一個賴宛妤。

我趴在浴缸看剛洗好的內衣流汗。

打Lin啦！打Lin，聽起來像「打妳」。轟鬧聲音切開夏天，悶熱竄出形成了大凹洞，凹洞濕爛腐臭，凹洞裡抱著躲避球的女孩是Lin，長滿青苔流域中，光曖昧模糊，亮了起來。

小橘帽，白衣，藍吊帶裙，升旗時稠稠熱氣一直冒，恍如白堊紀的夏天我蹲低盯著Lin的後頸，頭髮被剪得好短好短，後頸毛跟汗水黏在一起，陽光一針針刺著，讓人無法閃避。小學某段時光我總和男孩們一起嬉鬧，沒有待在女孩們建構的潭水中，那個國度，維持水質優良最有效的辦法就是交付，擁有最多祕密的女孩成為女王，女王總有女孩貢獻女孩的祕密供應咀嚼，交付儀式進行時會瞬息長出粉螢光的水草，跳躍，擺盪。

最後一次和Lin講話是在小學同學會，她改名，交男朋友，頭髮留長，我們在KTV唱歌，說著摸不著邊的話題順其自然的結束。過後很久，Lin去了桃園的工地打工，她說她不喜歡順著人們認為的軌跡走，雖然在工地裡很累很累，流很多很多汗，但下班回家，洗澡，逛夜市，吃飯，作息很規律，過得很開心。她一點一點擦掉白堊紀的灰塵，像蝶，沒有蛹，沿著香氣，飛很久很久，我那時比別人早一點考上大學，度過很薄很薄檸檬水的空白時光，澀得痲痺，每天蜷在位子看課外書，老師講出的話還沒進到耳就在空氣中瞬間萎縮成屑飄走，夜晚，我混著白開水一點一點喝掉白堊紀的灰塵。

這個月經期少得發慌，另一個我從白堊紀的背脊上長出來，像是浴室突如其來長出一團有五官的香菇，跟著一起生活，洗澡，發呆。小學五年級時月經來得早，那時廁所罩下黃紅色，浪潮般，拍打身體，先是淹過肚子再來心臟，最後衝進鼻，我把衛生棉藏得隱密，從書包最裡層翻出，放入口袋，總選有口袋的衣物，好讓一切變得安全，心裡密實，沒有口袋保護時，就把衛生棉裹幾層衛生紙，躲掉男生身影，最好他們不要在我正準備起身去廁所時叫上我問要不要去玩躲避球，接著一個人走出教室，走在走廊邊邊，握得好緊，覺得衛生棉快被我掐死。有次去廁所時，忽然發現衛生棉從口袋消失，我硬著頭皮用僅有的衛生紙墊在媽媽拿給我的深色生理內褲上，多了層防水布料，防止經血滲漏與不易清潔的困擾。沿著原路尋找，它掉在五年三班外的走廊，好像在等我，我沒有撿起，第三節下課，被男老師撿到垃圾桶裡丟掉了，那天太陽像蛋液般流出混著一些蛋殼，我沒再與男孩們快步跑下樓，算準上下課時間玩躲避球，而 Lin，她並不忌諱，她一樣每天下課與她喜歡的男生玩躲避球，但男生們總喜歡捉弄她，嘲笑她，我多半靜觀，或者跳入泥裡，試圖清洗自己的自卑，舒緩經期來得較早的膨脹，那種膨脹有種羞恥的寂寞，帶來大片大片搔癢的溫熱，我開始與男孩們一起，捉弄她，感覺自己還是散著金色細毛的小獸，就像把衛生棉遺落的上午，沒有撿起時就以為黏稠的事可以離自己很遠。我在靜觀 Lin 的當下冒出我跟妳不是同一種人的奇妙感。那時 Lin 背後除了被汗水混濕的後頸毛還有若有若無的內衣輪廓，Lin 身上寫滿符號，汗臭，多毛怪，凝聚成團。

白堊紀結束後，有時仍會像霧般滲入生活，而 Lin 的符號，後來慢慢變成跳蚤長到我身上，精緻的殼開始龜裂，我開始潛意識抗拒，小心翼翼避開符號，可是身體成為土壤，草越長越高，大片搔癢再次，再次襲來。

待在高中少女建構的潭水中，話題如泡泡一個一個冒出，怕泡泡破掉，我活得彎曲，毛髮漸漸演化成觸鬚，一起回家，交換祕密，課後一起去廁所，小學例行公事沒少去任何一樣，但我更加微小了，開始撿拾漂亮的一切果腹，可總吃不飽。高中少女介意的是潭水是否清澈，環境是否得體，活得乾淨成為唯一準則。

每到夏天時我就把媽媽買給我的德國百靈除毛機拿出，準備洗澡時帶進浴室，接著脫去內衣褲，先是洗身體後是洗頭，洗完頭護髮期間有段空白期，把內衣褲沾溼擠上手洗精刷洗，擰乾後掛在洗手臺，拿起除毛機，它有種曬過頭的聲音，噪，我開始往大腿手臂塗滿泡泡，穩定刮除，隨後看見一根根黑毛髮縮成一坨，用灰靡的姿態捲入水槽，我覺得我變得好乾淨，完美，白皙雙腿踩著水發出青春的酥脆感，洗完澡後用衛生紙把卡在水槽的毛髮捻起丟棄，把擰乾的內衣褲拿到頂樓晾，他們滴水的樣子像流汗。中南部的太陽不太需要脫水機，較小件的衣物晴天放在通風處曬，過中午就可以乾，還會黏上暖烘烘的味道。

有日發現大腿內側長出一條淺淺紋路的河流，黑色素沉澱讓我想起 Lin 脖子後的膚色。與男孩們玩躲避球的球場塌陷成夢裡的小山丘，海水淹沒陸地，小山丘像少女隆起的乳房，公路游滿中生代魚種，花木退化成蕨在海中張口呼吸，氣候溫暖，我十九歲的身體坐在漏水的潛水艇，男孩們五官盡失，只留下名字，他們坐在我身旁打鬧，醒來後我感覺自己嗆到，憋氣很久的嗆，但很開心。夢裡沒有 Lin。我搜尋一個個國小同學姓名，遞了交友請求，與我甚好的那位男孩始終沒答應，他的生日是十月二十七日，不知他如今變得如何。

Lin 常常在社交圈發她養的倉鼠與男友的合照，頻率最高的是倉鼠，有時還會打一連串文字抱怨高中同學，有時我會神經質以為她在說我，我問她還記不記得國小那些事，她說她完全沒印象。我扣上鈷藍色內衣，堅硬地勾勒出一整個，少女世紀。

名家推薦——

每一代都有「少女學」。這篇的身體書寫很迷人，例如除毛的自我凝視對身體的細察，作者擁有渾然天成的文學感。——鍾文音

本文語言大約能分兩個層次，耐心細緻的寫細節，以及開頭「打 Lin」的口語感，隱約形成獨特風格。作者以身體感的描繪，將少女形象精準布局。——唐捐

散文獎　優勝獎

仙佛在的地方

張羽晴

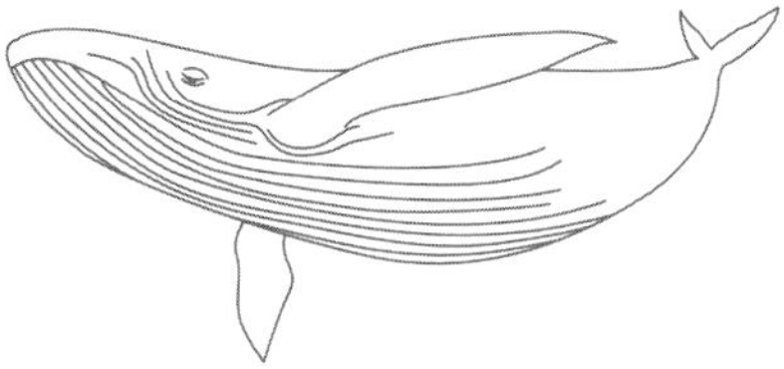

個人簡歷

2004年出生，北一女中一年級。文字是我的摯愛，不過幾乎每篇散文都是為了交作業而誕生的。喜歡光影、喜歡聲音、喜歡風，沉迷神話與語言學，以及除了畫畫以外的所有事物。

得獎感言

原本只期待這篇文章不要浪費評審時間，沒想到竟然得了獎，真的好驚訝。謝謝評審願意給我這份肯定。謝謝威寧老師，我真的是因為您才投稿的。謝謝所有讓我走上寫作這條路的人。這大概是對我意義最重大的一篇文章了，得獎反而使心情五味雜陳起來。或許人生中發生的每件事都有其意義吧，期許自己有一天能靜靜把它們化為文字。

我永遠不會忘記佛堂的光。

那如陽光般的金黃，從木製的天花板灑下，讓潔白的、一塵不染的地板和牆面，彷彿被人拿著蘸了水的畫筆，將顏料在其上暈染開來；粼粼光影在神像、佛桌，和一片片的玻璃落地窗上流動，偶爾閃現的亮眼白光浮浮沉沉。連空氣似乎也染上了淡淡的、可見的，閃著金的黃色。

我想我聽得到佛堂的光。那樂聲因光而生，似是古典的弦樂，音拉得十分長，裊裊地纏在梁柱上，迂迴鑽入牆邊角落和各式物品形成的極狹長的隙縫；那一絲拉長的樂聲，由金幻化而來，但凡踏入佛堂中的人，大概都會感覺其在耳邊徘徊繚繞不散——佛堂和佛堂的光似乎容易使人幻聽。

佛堂不像個應在人間的地方。

佛堂裡擺了三座佛像，每一座都須仰著頭望。中間最高的，是挺著大肚笑得開懷的彌勒佛，右手邊是觀世音菩薩，左手邊則是搖著蒲扇的濟公——我們都稱祂「濟公活佛」或「濟公老師」。小時候我常跟著阿嬤去佛堂，周圍坐滿和阿嬤差不多年紀的道親，人人專心聽著臺上的講師講道。可佛堂對我這個孩子而言從來便不是間聽課的教室，明師指點、三曹普渡、行功了愿等等字眼像掠過腦海的輕風只留細微的漣漪。我去佛堂，僅僅因為在那裡仙佛離我很近。我不時抬頭望向神桌上的仙佛，祂們看著我，我也看著祂們；孩子一臉嚴肅而認真，仙佛則滿臉輕鬆的笑意。那眼神的交會，一種深沉的凝視，讓所有人和聲響都離我遠去，褪色淡入朦朧的背景，此時似乎身處仙境又好像不是。空氣染上金光，耳旁徘徊著幽微的仙樂，只有仙佛和孩子。

從小阿嬤便以仙佛教我關於人生和這個世界。她說肉身雖是父母給的，但人的靈性卻是老母孕育而生，而我們都是濟公老師的徒兒。她告訴我要存好心、說好話、做好事，講了一遍又一遍。她說仙佛看得到每個人的一舉一動，知道每個人心中的每一個善念和惡念，好好行善修道，仙佛才會高興。而我對此深信不疑。

當所見皆善時，做一個好人其實很容易。阿嬤的教導成為我心中的圭臬。小時候我體貼而樂於助人，從不對任何人口出惡言；我會避免傷害螞蟻和昆蟲、主動撿起地上的垃圾、與被排擠的同學成為最好的朋友，每隔幾個月便將零用錢全數捐出。我相信公理和正義，崇尚道德和善惡分明的故事。人們說意念會影響水的結晶，而我想當時我體內的水一定都能結成完美的六角形。我幾乎可以想像仙佛看到這樣一個好孩子時，臉上欣慰的笑容。

那時我的心就像玉石，溫潤而潔白。我善良，並且天真。我不懂仙佛為何會稱我們這些凡人迷了心性，我不懂為何濟公老師會如此痛心他的徒兒找不到回天的道路。相信如此簡單，行善如此簡單，保持純真如此簡單。我或許沒有聖人仙佛這麼偉大，但阿嬤家各種道書佛書所說的做人處事之道，我似乎都照著做了也做到了大多數。我不懂為什麼大家說起那些義理，感覺起來仍像個無法達成的挑戰。

我真希望我仍這麼認為。

後來我慢慢長大，升上了國小高年級。那年我們重新分班，我的新班級的種種事蹟很快就鬧到全校人盡皆知：上課時同學站在教室兩邊玩扯鈴，午休用水果砸黑板，每隔不久便上演一次全武行；一個男生被霸凌到每天眼淚潰堤，一個女生則在某天毫無來由地請假，聽同學傳聞說她不敢來上學。那個學期我偏偏當上了風紀股長，負責管秩序，從此成了眾矢之的。同學為我取各種綽號，包括「賤人」、「猴子」和「邱風紀」；不時有人把我桌上的書撥到地上；我曾被打、被約到走廊談判、被用虎頭鉗夾手指、被人拿針在大腿劃出一道淺淺的紅色傷痕；當老師誇讚我時，我只想找個洞鑽進去或消失不見，因為接下來便會有聲音叫我別囂張。而印象最深的，則是有一節下課我正要進教室時，一個男同學本來靠在門上喝水，看到我經過，他將一大口水含著漱了漱，「噗」地一聲便全噴在我臉上。我還記得水沿著我的臉龐流淌下來，溫熱而黏稠。

我沒告訴任何人學校發生的事，因為我看過大人處理類似的問題，而問題從來沒解決過。這使我學會不要相信說自己可以解決問題的人；原本我堅守從幼稚園便學到的公正形象，毫不寬容地將座號記上黑板，但後來也決定放鬆管束讓自己和同學都好過一些，從此學會公理必須向現實妥協。我學會除非你讓別人恐懼，否則無法確保沒人繼續欺侮你，又因此學會了打人和罵人。我還學會不管事就不會有事，自此看到被霸凌的同學從未出手相助。

我心中充滿了懷疑、恐懼、憤怒和怨恨，我幾乎可以感覺到我身上長出一根根的刺，隨時防備地豎起，卻只能傷害我不想傷害的人。陰影在我體內擴大，當我望向鏡子，我開始擔心回望我的眼睛，會像電影裡那般血紅而充滿殺氣。

不知為何我仍未放棄對仙佛的信心，或許阿嬤近十年的循循善誘已讓信仰成為潛意識的本能，否定仙佛的正確性甚或存在光想就像褻瀆的罪行。我緊抓對仙佛的信仰有如溺水者緊抓救命的浮木，深怕一鬆開手便會淹沒在名為世界的染缸。我還是會去佛堂，因我仍舊渴望那只有善能存在的地方和空氣中流動的金光——可那光卻也讓陰影更黑。每當踏入佛堂，我便更意識到自己心中的惡念。我曾祈禱自己能做到原諒和遺忘，但恨和信仰一樣難以放下。我的心仍像玉石，溫潤而潔白，只是它蒙上了一層厚厚的灰，被狠狠地摔了又摔，因此裂開了好幾道深深的溝痕。我只是不希望自己成為讓濟公老師心痛的另一個迷失的徒兒，而我終於了解這件事為什麼這麼難。我感覺得到仙佛正在看我，可我不知道祂們臉上是否還有那輕鬆、寬容的笑容。

我參加了佛堂的獻香禮。道親在自己的拜墊前排得整齊，上下執禮則輪流喊著明明上帝十叩首、彌勒祖師五叩首、南海古佛五叩首、活佛師尊五叩首、起、作揖、跪、一叩再叩三叩首……

「再叩求老母慈悲 真心懺悔 一百叩首——」上執禮喊出。

「一、再、三、四、五、六、七、八、九、一、一、再、三、四、五、六、七、八、九、二……」下執禮開始數。

我伏在拜墊上，手抱「合仝」，頭反覆地往下點著，享受著這近乎自虐的體力勞動，竟有了種贖罪的快感，卻也有些淡淡的哀傷。一、再、三、四、五、六、七、八、九……慢慢地，我感覺到周遭的人和聲響逐漸離我遠去，褪色淡入朦朧的背景。空氣染上了金光，流動著，在牆面、地板、桌椅和佛像上，暈開成溫暖的黃。一縷悠揚的樂聲，音拉得很長，鑽入隙縫和角落，在我耳邊徘徊繚繞——我聽得見佛堂的光。

在叩首的空檔中，我抬起頭，正好和濟公老師對望。祂還是笑著，輕鬆而豁達。我覺得祂知道我在想什麼。

阿嬤說，濟公老師永遠不會放棄祂的徒兒。

對焦

散文獎　優勝獎

夢真・阿嬪・法蕾蔸

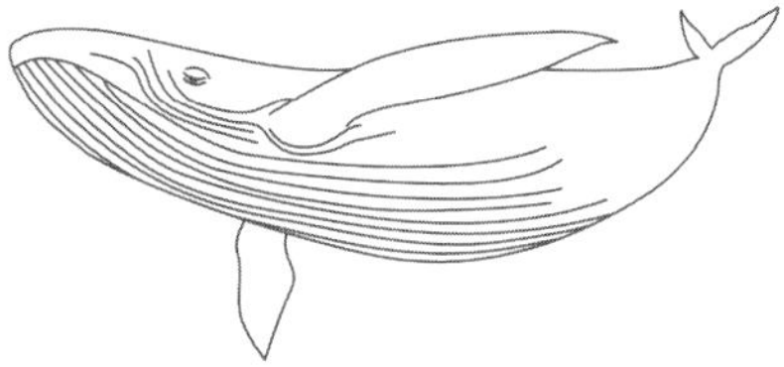

個人簡歷

2002 年出生，師大附中三年級。喜歡秋天和夕陽，希望變成自己喜歡的樣子。

得獎感言

感謝評審老師，感謝曾經鼓勵過、教導過我的老師們，也感謝愛我的父母。關於創作、文字和情感，還有很長的路和很多的事物要探索，我會繼續寫、繼續思索，試圖深刻而溫柔地生活。

那是有點寂寞的落日。

透過鏡頭，無法對焦的脂紅散亂著，虛浮地飄著。我想它可能無法被感光元件完美地定義，在方框裡找不到合適的定點，只好攏成一團焦急的光暈。按下快門的瞬間，它似乎困惑地朝我眨了眼。

結果那張照片模糊不清，也許是不知道該屬於哪裡的朦朧。

「再拍一張啊，妳要學習對焦。」

父親看著我拍出來的一團光暈說。他的照片裡，總是不會有任何猶豫的殘影。

我說這樣就好，之後再學。但我知道我大概是學不會的，我唯一學會的事只有想像。

父親喜歡攝影，家裡各個角落都堆著他眼中的記憶，相片、錄影帶、光碟，我喜歡窺探那些片段，從花蓮到臺北，想像自己站在鏡頭另一端，安靜地透過他的眼睛看、透過他的耳朵聽，彷彿這樣就能學會些什麼。

可是我不喜歡看他拍我。據他所說，每次讓小時候的我看自己的影像，我總是否認螢幕上的那個人是我自己。確實，五歲的我看著襁褓中的我，怎麼看都不會覺得那團醜東西是自己。但是大一點之後，我逐漸被說服，看著影像中搖晃學步的人，也試著假裝自己可能還殘餘一點印象的片段，想著想著，幼時的我就成了混雜著第一人稱和第三人稱的記憶碎片。

所以每當他提到部落，我腦中就會響起火車匡啷匡啷的聲音，感覺自己搖搖晃晃地遠去，同時看見一個堅持坐在靠窗位置的女孩，她的側臉映在窗上，用細微模糊的聲音說，她想回家。鏡頭後的聲音回答她，快到家了啊。她抿著嘴角轉頭。接著就會出現爬著巨大螞蟻的水泥地、玄關處多而凌亂的鞋子、漢語和族語交雜的談笑聲、燻煙滾滾的烤肉味，同時又掠過一幕影像——女孩緊抓著自己的衣角，綁著整齊的辮子，怯生生地站在客廳和廚房的交界處。

記憶到這裡暫停了一下，於是我開始想像，想像我很快就學會怎麼適當地打招呼、怎麼用族語流利地加入族人的談笑，學會找到自己的位置坐下；想像那個女孩像其他孩子一樣，他們會一起奔跑嬉鬧，直到整齊的辮子都散開，她會露出沾滿泥土的笑容。

但父親拍下的影像，總是推翻我的想像。那個女孩還是穿著整潔而格格不入的洋裝，綁緊的辮子沒有一綹散髮，站在滿是裂痕的水泥地上演奏小提琴，乾淨得不帶一絲塵土，琴聲卻模糊朦朧、戰戰兢兢，僵硬的弓桿顫顫巍巍，換弓時還會出現猶豫的停頓。破碎的音符停息，原先熱絡的氣氛沉寂下來，談笑聲變成小心翼翼的掌聲，大概是因為陌生而沉寂，卻又因為應該熟悉而小心翼翼。碎片在我腦中浮現，我記得那時候緊盯著腳下的水泥裂痕，覺得自己夾在兩塊地面中間，急著想找個適合落腳的地方。

幾年之後，我的琴聲不再斷斷續續，有時站在光滑的舞臺上表演，卻仍舊感覺自己的腳下滿是粗糙的裂痕，琴聲模糊，迷失在目光的亂流之中。腦子裡有足夠儲存空間的我，不再是記憶的碎片，而是個體的碎片，妄圖在不同的畫面裡撿拾自己。

再次回部落時，我也試著像父親一樣拿著攝影機，不過我只是拿著，看觀景窗裡那些被父親調好的焦距，這讓我感到安心，好像自己已經不再是那個鏡頭裡怯生生的女孩。

沒關係，我幫你們拍吧，我說。一、二、三，喀嚓。在父親調好的焦距下，他們的笑容很清晰。

父親喜歡拍人。他拍的相片裡是黝黑的笑、黝黃的背、暖橘的手，鮮豔明朗，偶爾有灰暗也構圖明確。林林總總的片段勾勒出他眼中輪廓，我總笑稱他粗獷，他也沒有反駁。我曾經偷偷拿相機對準他，卻發現唯一變得清楚的是他的皺紋，只好若無其事的關掉相機，說我還是學不會對焦，你什麼時候再教我吧。我知道我跟他不可能相同，他能一下子抓準距離，族人的笑彷彿帶著山裡的氣息，在他的影像中顯得熟稔而懷念。其實我是清楚的，那不是粗獷，是皺紋裡的年輪。

妳還記得部落吧？他常這樣問我，通常是在整理照片的時候。

我盯著桌上的照片笑起來，說當然記得，你在那裡都把我拍得像個都市小孩。他也笑起來，沒有反駁我，好像忘記了我本來就是都市小孩。

再過幾年，我們就回家吧。他的聲音裡，好像有部落的烤肉氣味。

我已經不能再當鏡頭裡那個抿著嘴角的女孩，於是假裝自己知道哪裡是家，假裝自己十幾年的困惑都已經消失，點頭說好。

和父親不同，我拍的相片，十有八九都是模糊的日落。從我房間的小窗、火車搖晃的窗戶或捷運潔淨的玻璃窗看出去，那樣稠重模糊、濃淡不一的顏色總令我沉醉，有時是哀豔、有時像自憐，我幻想夕陽自己也不確定該染上什麼色彩。相機裡映出朦朧的顏色，總覺得看見一絲慰藉，隨即又感到矛盾的悲哀。

是啊，它出沒於日與夜的縫隙裡、亮與暗的交界處，自顧自地搖擺浮沉，又有什麼好寂寞的？斜斜的澄光灑在我不黑也不白的手臂上，光殘影動，我突然希望自己能像影子一樣黑，好像這樣就能讓碎片照進同一個軀殼裡，它們會知道自己該往哪個方向聚攏。

如果有一天我也能自己拍出清晰的照片，也許那就是碎片被縫補完整的一天。

在火車上，我拿著相機對準窗外，掠過山、掠過河，模糊而朦朧；在捷運上，我拿著手機對準窗外，掠過高樓、掠過車流，手機裡的自動對焦抓住那些殘影，可是還是看不清。

我關掉相機程式，側臉映在窗上，抿著嘴角，滑開通訊軟體，文字框裡打進四個字，又刪掉。

快到家了啊，好像有個聲音這樣說。

落日依舊在窗裡朦朧。

散文獎　優勝獎

我見過神的髮色

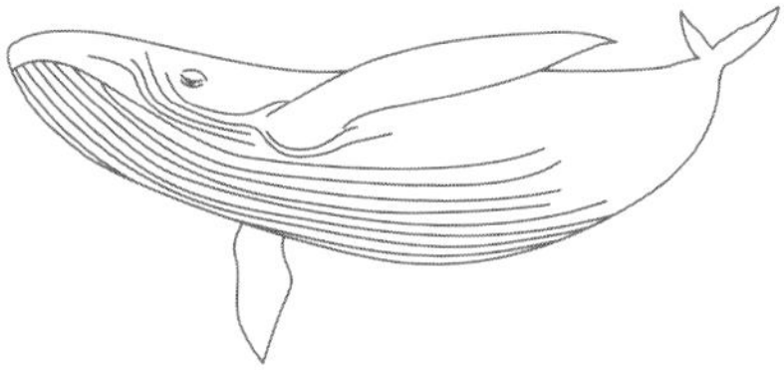

蔡佩儒

個人簡歷

2000 年生，現年十九歲的臺中人，惠文高中三年級。筆名露娜曦，暱稱露露，至今奪得十一項文學獎獎項，目前喜愛的作家是顧城及策蘭。

得獎感言

謝謝母親、社長大人及晨德一路的陪伴與拯救，也謝謝主辦單位，讓我有幸在超齡前拿下台積電文學獎的詩、散文、小說三項獎項。

我常常看到神，尤其是發病時。發病無關乎周遭，無關旁人，或許有點季節色彩，在春秋時常急症。無可控制的悲哀從鼻腔翻湧，我在校園中行走，意識在心底墜落。心理的憂鬱不是最大的困擾，生理病痛才是毫無慈悲的雷，從頸子蔓延至全身。

高一確診重鬱症以及其他併發症，沒有升上高二，休學在家靜養，原以為是再正常不過的憂鬱症——畢竟這般長期低落在社會上也不少見了。爾後逐漸緩下來的生活節奏讓人感到詭譎，一切都像是不會前進一樣，小說在那頁停留一天，房間的燈閃爍一個星期，眼前的人數著每一天，我數著年。時間還在前進，但我在原地停下來，我沒有和世界一起轉動的想法。

復學後，像是我的懶惰被懲罰一樣，我開始不停觸電。從後頸散開到四肢的麻木感向來不放過我，我起身，轉身，蹲下，只要有大幅動作，它總會在我的頸子上用力戳一下，瞬間便四肢麻痺，儘管短短不到一秒，但連續的動作便會被干擾，從此我只能緩步而行。最嚴重時，我坐在地上因疼痛而哭泣，被同學攙扶到保健室休息。那時我想，憂鬱症也會有這種症狀吧？無需大驚小怪，否則就像在與自己爭執，尷尬且讓人困擾。因為我害怕特異，也害怕周遭的人帶著「怎麼會這樣？」的探究心態來關懷，我終究無法完整回答，而生病會是恥辱與印記。

幾個星期後，我開始抓撓大腿，搔心的癢處卻埋得很深，入骨一般，直到皮膚表面瘀血，仍然沒有改善。睡前更加騷亂，絲毫睡意都會引起腿部疼痛，如果不捶揉肌肉，腳就會不自主的抽搐，那時只有景安寧能拯救我。前往診所求助，醫生說我姿勢不良導致，按照醫生所說改善生活習慣，卻沒有改善病情。

一段時日之後，無意間得知「不寧腿」的存在，循著線索前往神經內科診所，最終確診不寧腿，並且服用了醫生給的樂伯克，一查仿單竟然是帕金森氏症的專用藥物，我想我不會是被神選中的病例吧。在二十歲前罹患帕金森，想來也是不可能的事情。

那時我誠心希望能從這場誤會中倖存。

神內科的醫生將我固定服用的精神科藥物全面換成劑量較輕的款式，我覺得客氣了，這些藥沒太大的效果。必替憂不像萬憂停那種洪水猛獸只要三粒見效，劇烈減輕的副作用讓我免了不少煩惱，但一同降低的藥效使我倍感痛苦。開始服藥的頭兩個星期我看似痊癒了，正當我為了這份轉機雀躍時，那些蟲子再度找上我，夜夜無法安眠，於是我前往醫院的神內科求助，想以大刀斬斷這糾纏不清的病因。

進出腦神經內科的人，幾乎都上了年紀，我的傴促便更加明顯。看著身旁滿是坐在輪椅上的老人，多數眼神迷離呆滯，下體牽著一條暗黃的尿管，皺縮的皮膚印出陰影。生命到了終末就會變成那樣嗎？人必須是什麼模樣？何時我也會在輪椅上，想像裡對應了我時常不聽使喚的雙腳，如果和人偶一樣再也不能行動……至此，我有片刻的恐懼。

感受著這個世界的大腦損壞了，還會是人嗎？

這趟旅途艱難並且疼痛，早上六點到醫院抽號碼牌，近中午時終於叫號。過程中醫生安排我進行MRI及基因檢測。造影結果顯示在螢幕上，醫生彷彿憐憫般的遲疑，更多的是困惑。「你看右邊，這塊都是紅色的。」原子筆在影像上筆劃，接著平移到另一半的腦上。「但是左邊，紅色的區塊，剩下三分之一。」

醫生宣判我的左腦黑質受損，愛默森曾說：「人把世界裝在自己的頭顱裡帶著走。」但在我的頭顱內，世界有個缺口。黑質是中腦的神經核團，其中的多巴胺神經元，會分泌大量多巴胺至基底核，而基底核則負責運動訊息的調節。批價單上寫著：「非特定的錐體外及動作障礙障礙症。」

憂鬱症細分許多種類，其中血清素缺乏會使人無法快樂，而多巴胺缺乏，導致的是我不會主動去找快樂。在我有感受愉快的能力，但它彷彿被囚禁，因為我絲毫沒有慾望行動。我希望只是懶惰作祟，卻沒有從中倖存，唯一能慶幸的竟然是這足以反駁「妳明明會開心，怎麼有憂鬱症！」的論斷。

在漫長的求診過程中，不停轉換的希望使我反覆重生，儘管人不是那麼輕易死亡，但每次的回診都是哀悼，偏方也成為救命稻草，醫生說，目前無法治療。

時隔半年的基因檢測報告出爐，得知這一切並非遺傳。原來我是家族首例，而憂鬱症只是作為併發症出現。醫生問診時提到，我是否惡夢連連，是否會在沉睡時揮手動腳，是否會說夢話。

「國二開始，會每天做惡夢。」至於醫生描述的症狀，我逐一吻合。國中時以夢中自殺來逃避每晚一模一樣的惡夢，驟醒引發的心臟疼痛至今仍然深刻，線頭或許從此開始。這場憂鬱症的案情逐漸有了輪廓，我不是想太多，我不是自卑，我不是怠惰，更不是悲觀。做惡夢也不是因為我愧疚而日時思想，夜裡呈現。是因為作為人類核心的大腦，損壞了。

無藥可醫，並且需要長期追蹤，在這幾年內觀察大腦惡化的速度，盡可能延緩，這是目前的醫療技術能給予我最大的寬容。或許是對這個稍微能看見美好的世界有所留戀，我還是希望退化速度能將人生的掌控權還給我，至少不可能是這般下場，帕金森氏症，然後成為年輕的骨灰罈。

帕金森是一種很慢的疾病，或者說它是一種死亡拖延，在ＭＲＩ結果出爐的那一刻我已經被宣告死因。我的痛苦因生命的短暫而濃縮，而文字的純度，也同時被濃縮。那些凝練的文字，總在這些死亡之中，在腦部的缺口颯颯飄動、閃著金光，有神的髮色。

神會托著滿手的時間，在生命的秤子上剝奪與恩賜，人生就是這一切的總和相等——給你腦內的缺口，是贈與你的文字出口。神讓疼痛的人是清澈的模樣，讓哀傷的人不被遺忘，讓靈魂中損毀之處，成為一種明亮的灰燼，直到最後一刻。

或許註定早逝，那我希望是情深而不壽，那讓人可以選擇怎麼活，可以死得有尊嚴。

我仍在無期的追蹤過程中，但也一次次見到神的髮色，那是密織的文字滋長，是纏綿的生機，是抵抗死亡的最後武器，是世界的邊緣。是神，愛我的樣子。

散文獎　優勝獎

溫室雜草

蔡庭綸

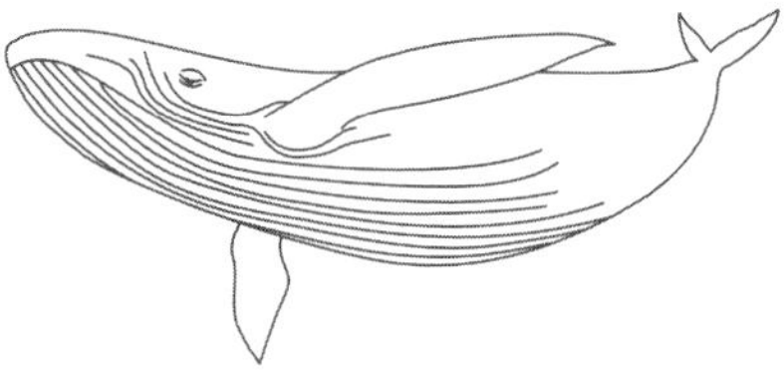

個人簡歷

2003 年出生，新竹高中二年級。

得獎感言

用文字記錄的自己，有時候不知道怎麼面對，有點稚嫩，但是很愉快。

1

今晨醒來是 4:27 分，臥室的白日燈還亮著，固定頻率的躁音如蚊蠅，繞著纖細的神經打轉後，癱軟在藍色棉絮上。毛骨悚然的軟被，褶皺蹭著掌心發麻，輾轉身軀捲伏地望向茫茫夜色，睡意液化成一攤汗漬，落寞的像初醉的清晨。剝開藥平放於床頭的藥，吞下後的時間來到 10:15，來電通知打斷整夜斷續的睡眠。

「你在哪？」接起電話後，我伸直了雙腿。

「房間裡。」

「比賽開始檢錄了，馬上給我出現。」教練的嘶吼在掛下電話後，仍餘繞在房中。

走進浴室，濜的一聲，整個世界濃起了水霧，濺灑在慘白瓷磚的水滴，顫抖猶豫的滑下，我已經習慣了唇舌幾盡乾涸時，熱水從耳後奔騰過的轟隆聲，在身體中空蕩的回響著，而麻木與現實交折，在布著水霧的鏡裡顯得不這麼刺眼，我擦乾浮凸骨骼上的水滴，從衣架拉下泳隊隊衣。

冬日裡走在泳池的地磚上，還能稍稍感受到陽光的餘溫，影子倒在如格子般整齊的磚上變得能計量長度，雜鬧的池畔在我耳裡，卻如此遙遠。鳴槍前，我蹲下身子沾濕蛙鏡，彩色鏡面反射出對岸的曲線，遙望著拉起泳褲的繩，下腰觸及池壁的一小部分，鼻息吹著身體而顫抖。

蹦！

蹬起躍在水上的瞬間，地上的影子拉的更長，隨著身軀鑽進刺骨的水中，劃出一條用泡沫構築的路徑，周圍的喊聲像是離得很遠似的，耳邊水的流動占滿整個世界，只剩仰頭換氣的剎那，午寐重新映上臉頰的温。伸直手劃開水，延伸到擺動的腳，小腿牽擾著腳背的肌肉。水面下的渦流，揉捏著扭曲我的臉，滑過似冰的空白池底，跟醫院的慘白隔間相比，一樣令人窒息。

「你為什麼喜歡游泳？」醫生問到。意識稍稍的脫離，耳中殘留的水讓我憶的不太清晰。

「水中就像房間一樣。」我回答道，一邊抖了抖腳，「就像在一間狹小，沒有光亮的房間中，用斷斷續續的睡眠度過明天。這是一種安全感，即使是失眠的。」

「你為什麼只在水中快樂？」他放下手中的筆，鏡中的他動作也是一致的，讓人很難不注意到全身醫師袍的連動。

「現實空虛而麻木，與其面無情緒的去接受，不如在水中無人觀望的向前。」

泡沫在水中擴散的形狀，亂了喘息的節奏，波紋無情細膩地築起界線，在身後不斷延伸，卻觸及不到我，某個華麗的轉身後，留下一部分的自己成為影子，隨著波紋緩緩地破碎在池畔。

爬上岸看著腳尖，不斷深呼吸，想讓情緒平和，但那股衝動的熱氣，卻在我鼻腔和胸口打轉，讓我的呼吸聲變得短促。水像是要滲透身體般服貼在皮膚上，讓全身感到冰冷。身旁的吶喊在耳內纏繞著，間格許久才傳進腦裡，我抱著顫抖的身體，跑進淋浴間的蓮蓬頭下。

2

倚靠在布滿水垢的牆，模糊的觸感抵著赤裸的背，定神看了看從縫隙奔騰而下的液體，想想才明白是溫熱的感覺，但相對於池水顯得有點陌生，我反手推開門，探頭望向空蕩的更衣室。

空懸的木製吊扇，那腐朽的旋轉聲，抵著牆面摻進壁癌的縫。瞇起眼從貼服的睫毛望出去，仰頭觀察吊扇上，細微的木花紋。癱坐在塑膠長椅上，聽著外頭頒獎的樂聲，搓著椅上的塑膠屑顯得格外粗糙，就像伸手在舊玩具箱翻弄著遺棄似，讓人不太自在。稍稍扯開帽T的領，讓頸部繃緊的血管稍稍舒坦。

一股莫名的溫熱撫上胸口，化開在脖頸旁的領口，而後扯開外套的拉鍊。賣力的張開眼，嘗試忽略服貼在眼皮內測的更衣室場景，斜眼望向倚靠在肩膀上的隊友M。濕軟糾纏的長髮，殘留的池水滴落在，沒被淺藍泳衣遮掩的大腿內側，視線隨著起伏的尼龍編織游動，胸腔的悶熱轉移到鼻尖而擴張開來。

「我不用安慰你吧？」在外頭雜亂的樂聲下，我只能靠沾在M嘴角的髮絲震動來判讀。

「言語上的。」說著撥開浮貼在她頰上的細絲，斜向的撫上她，因池水皺起的嘴唇。隨著M喘息的節奏，在浴巾下輕撫著塑膠材質的凹凸，我猜測著那軟膩的觸感，用指尖止住癢。

稍稍鬆開緊繃的唇，抵著額頭互相喘氣，取暖著顫抖的軀體，摻了點染上體溫的池水，相對於四肢無力的癱坐，親撫迎來的沉重更失意。舌尖擾動脖頸上的髮梢，身軀壓著手臂貼上M的那層柔軟，突起的點刺激掌心的神經。M咬上我耳根的剎那，翻下淺藍的肩帶，像是蛹在破開前的亢奮，只是在我的掌中顫抖著。

「好多了嗎？」M一邊挑整凌亂的衣肩，語氣模糊的道。

「我們下次不要再這樣吧。」我拿起口袋的髮圈，束起了M的馬尾，外頭的樂聲也戛然而止。

3

「明天要做什麼？」

回到家，鬆開手中的背帶，散落下一地的衣物，未乾的泳衣隔著布料滲出一地的漬，癱軟地陷在沙發上，這個問題總是在空虛的夜晚浮出，抱著枕翻覆在椅上依稀憶起明日的鬧鐘，跟那些該上的課。

「明天要做什麼？」第二次我說出口。

「做你該做的。」從廚房傳來姊姊翻找冰箱的回覆。

「妳知道我說的不涵蓋這些事。」

夜晚總會被思緒打敗，顫著牙感受胃液的翻攪，不斷逼迫著橫膈膜的壓力，在胸口打轉讓喘息迴盪在房中，窒息的冰冷穿透胃壁，我忍著痛翻下沙發。打開冰箱找些東西，卻不見得吃，好不容易在深處翻找到瓶啤酒。油膩的金屬瓶身，沾黏著指尖倚靠在陽臺上，從七樓往下望去的樹影搖晃，往上那月色茫茫的零晨，啤酒和夜雨從來不是憑空出現，但搖晃酒瓶幾次後出現的抑鬱，讓我用著凌亂的步伐爬上床，乞求睡眠將一切歸於零。

我在社群發出限時的動態更新，乞求別人的回應。

漫漫晨夜裡，現實與夢的邊際，遊走的光影波動擾起腦神經，加快著呼息頻率，張開口像是窒息般吸著僅剩的空氣，揉著被枕，試圖用幻想M來壓抑住，回過神才發現捏著的手臂，早已泛起紅暈的血絲。夜半的掙扎和窗邊微亮晨色的幻象，兩者時而水乳交融，時而涇渭分明，可往往是現實打敗了夢境，破碎的如啤酒花一樣，凍起了陰鬱的夜空，卻也在早晨讓淚水沸騰地起泡。

「你還好嗎？」M的訊息傳來，我伸直了卷曲的雙腿。

「沒關係。妳做的夠多了。」手機亮起抑鬱的藍色，配著臭酸的燈光，攤在敲擊鍵盤的手指上。

扭曲面容無聲的吶喊，能感受到唇形擴張到極限，滿溢的痛苦液出裂縫，凝結在虎口的皺摺。起身時腹部異常的腫痛，跪坐在地上，珍惜僥倖走過的夜晚，壓著腹一直喘著氣，眼淚在地磚上逐漸凝聚、堆積著，折射曦陽的光線。

早晨洗下一晚的倦容，盯著浴室的鏡，在昨夜的浪下，上頭的皂垢有些撥落，有我悄然倖存的指紋漬，下意識觸及到灘頭砂礫的粗操，岸上蓮蓬頭液出的水張開透明的網，捕捉到廚房麵包機跳起的異響。

「昨天還好嗎？」姊姊的呼喊在水聲下，稍顯得不太起眼。

「跟平常一樣，反正不是第一次……」我的聲音逐漸模糊在外頭甦醒的喧囂裡。

收起散落地上的空瓶，喀噠的聲響扎進掌心，不新鮮的日光照射在收拾的動作上，很模糊的觸感映照在制服，緩緩攀上胸口學號的溫熱，還在嘗試化成言語。推開門的剎那，緩慢地被吞入早晨的光，細膩渺小地拐出巷口的彎，擺動著手臂，抑著鼻息奔跑，看著兩旁無名的雜草野花，蔓延在筆直乾淨的柏油路上，踏穩腳步在顆粒上奔跑，用著僵直的手臂潑灑初春的脆弱感受，身後芒草破碎的如白絮紛飛著，似乎要吞沒我沿著堤防奔跑的身影。

張藥師

散文獎　優勝獎

張嘉恬

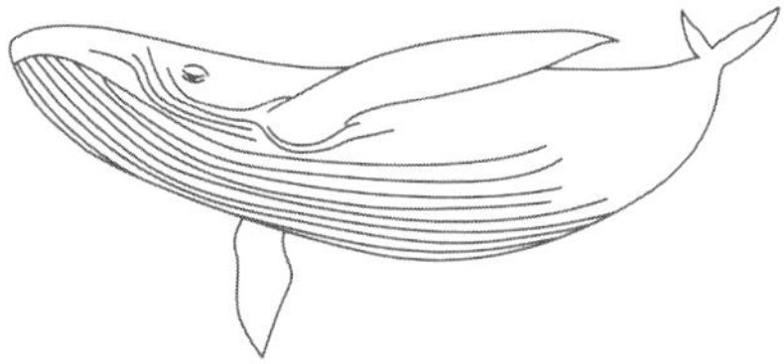

個人簡歷

2001 年出生，國中、小在臺南就讀，目前就讀文藻外語大學西班牙語文科四年級。

得獎感言

當初完全沒想到會得獎，因為想說是台積電欸！這麼多人欸！我也看了一些歷屆作品，有些滿有深度的，我真的看不懂，就想說我的文字淺白，不然這次投稿就當磨磨筆也好吧！很開心受到評審老師青睞，給我很大的鼓勵，又有了繼續寫作的動力！謝謝！

讀朱自清的〈背影〉，就想到黑布馬掛，千篇一律的國文考題。多年後，走進車站，回頭一望，穿白色汗衫的他揮揮手讓我快進去，上了月臺，我又回頭，這一次，人群層層疊疊將他淹沒，才知道那橘子的滋味，是酸的。

「補精要喝、B群、鈣要吃。魚油要不要帶？感冒藥有拿了嗎？葉黃素早晚各一顆。」行李箱一角，塞滿各種瓶瓶罐罐，我一邊將它們歸位，一邊提醒自己一定要記得吃。櫃子上新舊藥瓶摻雜，上回的還沒吃完，他又給我新藥。有個藥劑師爸爸，家裡什麼不多，藥最多。多到坐我後面的同學有次課堂上昏昏欲睡，我遞了條保養品給他，「這個吃了補腦、補體力，甜甜的不會苦」，連說詞都和他有幾分相似。

小時候，一天中見到爸爸的時間五根手指頭數的出來，匆匆準備上學時，他還在床上打著響亮的鼾聲；等月亮高高掛起，全家都鑽進被窩，大門才喀拉一聲，宣告男主人的歸來。要是恰巧我們還醒著，他會指指櫃子裡的藥品：「鈣有吃嗎？葉黃素顧眼睛的。」我或媽媽敷衍的回個嗯，他點點頭，就慢慢地走到沙發邊，長吐一口氣便陷了進去，大話新聞在電視上聒噪起來。從那個時候開始，沒由來地，我就討厭吃這些補品，葉黃素補眼睛又如何？他怎麼不多帶我們出去玩、多看綠色植物？吃鈣會長高，假日他怎麼不陪我們打籃球、跳跳繩？吃再多B群有什麼用？電視看著看著就打起呼，還要我叫他起來洗澡！若小公寓是水族箱，他就是石縫間兀自飄搖的水草，一肩扛起光合作用的重責大任，當魚群追逐嬉鬧時，卻又無聲無息地融入背景。當他開口，話中有藥，也只有藥，一串串爭先湧向水面，魚嘴輕啄，水草隱形般安安靜靜看著一切。

人前，他是披了白袍的張藥師，俐落的分裝一瓶瓶眼藥水，收健保卡、拿藥單、包處方簽。「早晚各點一次，阿伯順行。」「大姊，嘿維他命點落，眼睛卡袂澀澀啦！」「弟弟，讀冊揪忝齁，這罐乎哩伍精神，擱送哩一罐維他命！」「太太哩甘冒喔，愛喝蜂膠，嘿德國進口欸！」

街頭巷尾都知道，這個張藥師足阿莎力。人後，白色汗衫配寬褲，領口布料被洗衣機扯得拖線，熊一樣厚的背黏了三張貼布，全身沙龍巴斯味。寒流來襲，聽到他哈啾哈啾，卻堅持不去醫生，說喝喝薑茶、噴噴蜂膠很快就好了。「醫生也只會給你吃吃抗生素而已。」也是，在藥界打滾多年的經驗，這點小感冒殺雞焉用牛刀。二十載光陰，日日三診，九點到九點，醫師那邊的藥單一張一張的打來，虎尾寮的房子一棟一棟的買。爸爸他，每日顛仆三十分鐘，紅色機車修了又騎，騎了又修，每月初一的薪水袋，還是老樣子。竟也餵飽了三張嘴，還會跟他耍嘴皮子！

二十載的光陰，改變了什麼？那天在電梯裡那日在電梯，爸爸對著鏡子嘖嘖說道：「以前從不會注意喲，現在吼，都不敢說老囉！」傻傻一笑，魚尾巴爬上眼角，深刻的輾過我心頭，我在逐漸茁壯，在飛離六樓小公寓，而他在頹萎，耳鬢新生的銀絲在向歲月低頭。我見過他和外公豪邁的乾杯、見過他下班回家大啖鱔魚意麵、見過他一路睡到九、十點的假日早晨；現在的他，給我公園裡那些老人的錯覺，他開始煮起了中藥，說要顧肝、要顧肺；念起了佛經，說要看淡、要放下；戒了酒，說要運動、要減肥；還向醫生爭取禮拜六晚上休息，那個沒日沒夜打轉的陀螺，終於慢下腳步，虔誠的，步入半百。我房間桌墊下靜靜躺了一張泛黃照片，我坐在他微凸的啤酒肚上，自然捲淘氣而猖狂，三歲的眸子，像他的髮一樣黑亮。

最近，爸的話變多了。飯後泡壺茶，茶香裊裊，話匣子就這麼打開，多半是一些無關緊要的日常。

「大悲咒要念哦，是真的會有感應。」

「好。我心經有背。」

「最近你媽喊腰痠，都太少運動，太晚睡了，叫她跟我走路還不走。弟弟在抽高，那個鈣要每天五顆。」

「嗯，他們上學太匆忙，都忘了吃。」

「你高雄那邊還有補精？」

「有，還兩盒，不用給我。」

小口小口啄著杯緣，我像聽老師講話的小學生，如果時間是沙漏，此刻那沙正細細碎碎地篩下，我希望它越慢越好。

「那天我一個朋友來藥局，問我有沒有賣安眠藥。」

「太扯了。」

「對啊，我說我沒有賣著種東西，有也不敢賣給他，他肖肖的。」

「你的朋友都怪怪的。怎麼莫名其妙的事都被你遇上？」

「嘿啊，欸明天我們五點就起床，去燕巢，去我國小同學那裡採芭樂！他種好多水果，反正不採也是爛掉，人家也很大方。」

「每次都去給人家拿水果，你也好意思。」

「老同學了，我們以前都去他家控窯啊、過夜。暑假有芒果我們再去採，而且早起空氣好，像你媽他們睡這麼晚，你看半天是不是就浪費了？」

「一到五上學累了嘛！」

「沒有沒有，還是要規律，明天陪我早起去樓下走路。我都齁，自己走一個小時，流汗完沖個澡，舒服！」

「臭死了。看我爬不爬得起來。」

「說到底，你們體力都太差了，給你的藥要吃啦！」

諸如此類無厘頭的對話，上演在周末深夜。日本有《深夜食堂》，爸爸像開回憶當鋪，我們漫無目的地走，偶然拾起某個記憶碎片，可能是今早發生的，可能是昨天、上個禮拜、幾年前，時間軸拉近又拉遠，一盞茶默默見了底。

偶爾在午夜時分，想起我的小時候，三場畢業典禮他都缺席了。國小作業不會寫我只會找媽媽。但是半夜肚子餓時，他隨手一煮的泡麵竟是最懷念的味道，有蝦餃、燕餃、魚丸，還堅持要加一顆蛋。國中時每天載我上學，他總是對我的早餐頗有意見。「再買個優酪乳配吧！」「吃這樣第二節就餓了吧！」「吃這麼少？該花的就花不要省。」他還默默記起了我喜歡軟的芝麻糖、國華街的邱家小卷米粉、郵局對面的燒餅油條、吃麵要吃刀削麵……，偶爾他問起功課，心思卻不在有沒有漂亮的分數，更在乎我有沒有熬夜讀書。多年後，我才明白一罐罐胖瘦瓶子裡裝的不是藥，是名為父愛的B群。

偶然看見龍應台的〈目送〉：「所謂父母子女一場，只不過意味著，你和他的緣分就是今生今世不斷的在目送他的背影漸行漸遠。」我該慶幸，我是被目送的那一位嗎？從兩掌膝蓋觸地，七坐八爬九發牙，到每個腳印堅決獨立地輾向前方。背後腳步聲從穩重到錯雜，帶點氣喘吁吁的追上，又小心翼翼的忖度著距離。我曾揚帆破浪地前行，如今開始頻頻回頭，不是累了，是怕一閃神，就看不見一高一矮的身影，亦步亦趨。

又是星期日，沙丁魚似擠上南下的車廂，在窗邊的位置放下一袋水果。不是橘子，也不必風塵僕僕跑過鐵軌。哨聲後門關，擋下月臺喧囂，擋下他小紅漸遠的嘶吼，沙啞而固執。我想起了他也像一列火車，唯獨漸慢的旅途中，好想倒帶回播，再看一次來時路。

二〇二〇第十七屆台積電青年學生文學獎——散文組決審紀要

時間：二〇二〇年七月四日
地點：聯合報大樓會議室
決審委員：鍾文音、唐捐、廖玉蕙、封德屏、柯裕棻
列席：許峻郎、宇文正、王盛弘
李蘋芬／記錄整理

二〇二〇第十七屆台積電青年學生文學獎散文組，剔除一篇不符資格者，來稿共一四七件。初複審委員吳鈞堯、盛浩偉、楊佳嫻、楊隸亞、廖志峰、蔡逸君共同評選二十一篇散文入圍決審。本屆作品關懷面向廣泛，在常見的散文主題之外，也能聚焦臺灣本地風土民俗。整體小說感較強，具有匠心與藝術創造的自覺。偶有作文套式的痕跡，但在面對舊題材時有新的觀察角度。

決審委員推舉唐捐擔任主席，主持會議流程，發表整體審閱意見後，選出心目中最佳的五篇作品，再依票數逐一討論，最後評分決議得獎名次。

整體意見

封德屏：題材豐富是可喜現象，部分文字太雕琢，有無法企及情感之處，我期待看見如實能反映情感的文字。

柯裕棻：從中看見生命樣態的擴展，不囿於自身經驗，能沉靜地觀看世界與自我，亦有直面自身苦痛的書寫，都有相當自制而冷靜、不致崩潰的態度。

廖玉蕙：各種題材分布平均，偶有稚嫩的表現，但我很珍惜這種特質，普遍能冷靜、自持的處理創傷生命經驗。

唐　捐：散文作者都在架構自己的世界觀，當中不只有語言，也有故事情節，作者對生命經驗的選擇與書寫，就體現了他們對世界的感受方式。本次作品語言風格多樣，或華麗、或樸素，都有其觀之處，最重要仍是「精準」與否，以及文字和題材的相配合度。

鍾文音：有些直探禁忌的作品，與其說勇敢的書寫，也是尚未明白懸崖下方的危險。或者未能好好拿捏「散文」這一容器，讓小說的成分大量滲透。散文所處理的情慾和傷痛是迂迴的，這次的作品呈現較多「憤青」感，然而，文學仍有隱喻、有煙霧彈，因此評審過程讓人思考多時。

唐　捐：依照以往的決審規則，第一輪投票選出五篇優秀作品。

第一輪投票

三票及以上作品

〈原來是一池荷花〉（封、唐、廖、鍾）

〈潮間帶生活〉（封、廖、鍾）

二票作品

〈花草心臟〉（柯、唐）

〈對焦〉（柯、廖）

〈我見過神的髮色〉（廖、鍾）

〈粉紅〉（柯、鍾）

〈張藥師〉（封、廖）

一票作品

〈世界的裂縫〉（封）

〈你走了以後，我的單人旅行〉（唐）

〈仙佛在的地方〉（唐）

〈檀香〉（鍾）

〈建造〉（唐）

〈我拒絕祝你生日快樂〉（封）

〈狗與鈴鐺〉（封）

〈溫室雜草〉（柯）

○票作品

〈懸日〉、〈丟了故鄉的人〉、〈福龍宮〉、〈紅梅〉、〈蟲此以後，幸福快樂〉、〈初慾〉

決審委員決議先針對得票作品稍作討論，再決定保留與否，先由得一票作品開始。

一票作品討論

〈世界的裂縫〉

封德屏：文字直白但不等於淺薄。作者心思靈慧，語言雖直截淺白但讓人喜歡，表現出符合高中生年齡的真誠。

廖玉蕙：他用俏皮的方式寫出關懷，文末鋪陳得很好，我珍惜這種青春的稚氣。

鍾文音：描寫河豚之處非常動人，但中後段的感性被理性議論沖淡了，通篇嘲諷成人世故的意圖太明顯。

〈你走了以後，我的單人旅行〉

唐　捐：常見的失戀題材，情感控制有致、語言成熟，是平穩之作。

鍾文音：開頭的抒情文字不錯，但轉向內在的憤怒時有過多情緒渲染。

廖玉蕙：有刻意誇張情感的意圖，似無必要。

封德屏：轉換場景時有許多散亂的隱喻，使用外在景觀當換場時，意象之間缺少連結性，結尾的「頓悟」又太快。雖然充滿著靈光閃現，沒有串連為整體印象。

〈仙佛在的地方〉

唐　捐：以一貫道為背景，語言風格有藝術感，描述生長空間的段落佳。敘述推演和文字掌控都恰到好處，也沒有太誇張的表現。

鍾文音：將佛堂仙境描繪得很好，但結尾收束太快。作者經歷過「惡」，卻直接抵達了「善」，沒有將善與惡之間的拉扯與經歷寫出來。

封德屏：校園霸凌經驗寫得很立體，但沒有將其間的掙扎、思辨與救贖的過程呈現出來。

廖玉蕙：原先對於宗教的善念與信仰，遭到現實生活的挑戰，作者誠實發現「恨和信仰一樣難以放下」，這題材對高中生來說很難，

〈檀香〉

鍾文音：臨終告別很難寫，這篇作品讓我想起井上靖《我的母親手記》。父親最後問作者：「我帥嗎？」這一句話打動了我。

唐　捐：前半部與父親的衝突，描述不夠完整。包括父親生前的故事，其實都可以鋪陳得更多。

廖玉蕙：作者描述他和父親之間「築起無形的牆」讓我困惑，父親的疾病反而成為一道隔開他們的牆嗎？

鍾文音：我認為那是出於作者對疾病的恐懼。

封德屏：更大的問題是敘事邏輯混亂，狀似懸疑，但難以使人共感。

〈建造〉

唐　捐：以詩的方法寫散文，富有戲劇性和表演感。所謂「建造」是定錨於某個記憶中的時刻，完全不是敘事，而是抒情，語言頗具風格，已形成美學。

廖玉蕙：我讀了很多次，也許作者想表現一段建造記憶的過程，但仍無法歸納出完整意義，他採取了實驗性寫法，我沒有看懂。

鍾文音：它讓我想到羅蘭．巴特的《戀人絮語》，創作意識強，有潛力，「模糊」恰恰是他的魅力。一個語言燦爛的人，他飛翔到某處的目的，不一定是要求被理解。

封德屏：實驗性和企圖心很強，但最終仍要讓讀者有理解的途徑，意識流手法掩蓋了敘事和意象的連貫性。

唐　捐：若能靈活地用這一套語言來說明事情，讓散文和詩的語言相配，具有與讀者溝通的功能會更好。

柯裕棻：很有才氣、文字漂亮，他會是很棒的創作者。將羅蘭巴特式的法文文體轉換成中文後，仍需適當調整。也得將文章唸出來，目前是視覺型的文字，缺少了聲音的要素。

〈我拒絕祝你生日快樂〉

封德屏：表現步入成年的困頓與抗拒，留戀於嚮往和拒絕的拉扯，渾然天成。但是，這種成長的苦澀或許只是一種執拗的抗拒，他未把這些概念具象化，讓這份執拗顯得尷尬、模糊。

鍾文音：有許多佳句，但少了整體感和生活互動的真實細節。

唐　捐：語言風格輕快，語言本身就具有獨立欣賞之美感，是一青春童年眷戀的主題。

柯裕棻：文字好、有修飾，但缺乏細節。

〈狗與鈴鐺〉

封德屏：動人的真情流露於日常瑣碎之中，轉化了巴甫洛夫之犬的經典象徵，自然展現手足之情，很有新意。

廖玉蕙：遣詞粗糙，口語化成分多。散文語言雖不需華麗鋪張，但要清晰簡淨。

唐　捐：這是較少見的寫法，將哥哥作為敘述對象開展出不少篇幅，雖然細節豐富，但偶有零碎、瑣碎的現象，「奢侈」地使用了太多文字。

柯裕棻：描述方式不夠到位，但很仔細地處理了情節與細節。

鍾文音：結尾好，但斷句不夠簡潔，括號的意義也未能彰顯。

〈**溫室雜草**〉

柯裕棻：寫一個參加游泳隊的人因為失眠而表現失常，情節轉換很漂亮。隱晦地寫了親密行為，顯然是在一個安全範圍裡處理，拿捏恰當。

封德屏：集結了漂亮的畫面，缺乏可供串連的線索，作者降低自我意識的主體性來觀察外界。或許與水相關的意象，更適合當作本文題目。

廖玉蕙：寫得很委婉，語言細緻，但曖昧不明，再加上錯字多，影響閱讀感受。

鍾文音：本文的美學有一種《霧中風景》的氣息，當中的模糊讓心被挑起了漣漪，有奇特的小說技巧和朦朧的情慾描寫。

唐　捐：非正規散文寫法，有小說感。可能含有虛構成分，但真實與虛構之間的含糊、曖昧，是構成藝術性的因子，也讓本文呈現出獨特的風格。

二票作品討論

〈花草心臟〉

唐　捐：描寫性夠，也有類似莎士比亞戲劇獨白的語氣。花與土的象徵雖刻意，但真正的問題是沒有點明它們的意義。

柯裕棻：在精短篇幅中處理大量議題，有愛和生死，卻能有層次的梳理，善於描寫內心糾結，多少有些雜亂，仍能節制情感。

封德屏：散文要能使讀者共感，意象太過跳躍，例如蘭花、飛翔的隱喻，只出現了一次而不知所蹤。

廖玉蕙：他背負原罪的自責感讓人不適，提到「自殺未遂過三次」，但後續篇幅並沒有呼應這件事。

鍾文音：作者懷有母親因自己難產而死造成的原罪，非常戲劇化，語言也充滿宣示意味，然而我認為真正的、血肉的哀傷是難以說出口的，但其中張揚、控訴的憤慨淡化了文學感。

〈對焦〉

廖玉蕙：以「對焦」寫家族情感，「我」是在城市成長的原住民孩子，但「對焦」永遠無法準確，也談到認同焦慮，以設計感強的攝影隱喻心中的模糊與清晰。

柯裕棻：沒有堆砌與纏繞的文字。以「對焦」寫自我輪廓的模糊，又透過攝影來理解自己終究是「外人」。以焦點來談論自我形貌與認同，看似簡單，卻是我們討論認同這一話題時經常觸及的的側面。

唐　捐：主題關乎父親和「我」觀看山水、故鄉與部落的過程，非常擅長描寫「觀看」這件事情。

封德屏：初看很喜歡，但沒有交代攝影如何讓人找回原鄉或人生的焦點，反而讓人感覺「失焦」。

鍾文音：相機和部落沒有關聯，原本很期待父親的觀景窗和「我」的觀景窗的對比。

〈我見過神的髮色〉

廖玉蕙：寫一再進出醫院的經驗，文字靈動、凝鍊且有秩序，另類的詮解人生，在絕望中夾有希望，將複雜人生寫得井然有序。

鍾文音：將疾病的苦痛轉化為神愛他的樣子，結尾則提升到了另一高度，當疾病成為日常，它會吞噬人的意志力，作者仍關照著細節和信仰，十分難得。

唐　捐：本文的神應是一概括性的指稱，而非特定宗教神祇。內心複雜的思辨是我比較好奇的部分，例如他如何獲得這份支撐自己的力量。

封德屏：題目和文章的關聯不高，結尾力度也偏弱。

柯裕棻：題目拋出很高的預期，確實將疾病寫得很好，但最終金黃的「神的髮色」沒有清楚解釋。

〈粉紅〉

柯裕棻：寫女孩情誼，人物鮮活立體，掌握得很好。

鍾文音：每一代都有「少女學」。本文的身體書寫很迷人，例如除毛的自我凝視對身體的細察，作者擁有渾然天成的文學感。

廖玉蕙：這是很少女的寫法，但第四段的大量類疊詞太過稚氣。

柯裕棻：那是回到小學生的語氣，在模擬小學同學會的情境，我覺得很棒。

封德屏：熱帶般的黏膩語言很多，但題目「粉紅」的意思沒有彰顯出來。

唐　捐：本文語言大約能分兩個層次，耐心細緻的寫細節，以及開頭「打 Lin」的口語感，隱約形成獨特風格。作者以身體感的描繪，將少女形象精準布局。

〈張藥師〉

廖玉蕙：將年老寫得真實動人，作者的父親透過「藥」來表現親情。

封德屏：以個人經驗注入千篇一律的〈背影〉典故中，可見功力。結尾不夠凝鍊，引用〈目送〉似不必要。

鍾文音：對話太多，也不夠精確，除卻文中引用的兩篇散文和對話之外，具體情感和人事描寫所剩不多，有刻意的作文感，但對父親張藥師的形象刻畫仍很立體。

唐　捐：以市井庶民為題材是好嘗試，也有SNG的臨場效果。但第二頁中父親的囉唆，似乎直接轉嫁給了讀者。

柯裕棻：優點和缺點都是對白，但他把〈背影〉和〈目送〉夾在開頭、結尾兩端，無法展現特色。

三票作品討論

〈潮間帶生活〉

封德屏：「潮間帶」已不是新鮮隱喻，但他寫得細膩、工整，將世界萬象轉換為潮間帶，完整延伸潮間帶的關連物象，用環環相扣的意象連接而成。若要吹毛求疵，就是過度工整所造成的匠氣。

廖玉蕙：觀察細致、內容豐富，對細節的描摹淋漓盡致。寫繁瑣的生活內容，有思考深度，將環境鉅細靡遺地暴露出來，反映了他人對未來的思索。

鍾文音：本文讓我想到美國「垮掉的一代」。對夾處在商圈中的房間描寫得很好，擅長捕捉細節。

唐　捐：能化繁複為單純，沒有複雜事件，善於描寫「狀態」，也絕少情感強烈的語言。雖寫出商圈的共同點，但若能標記出一個特定商圈的特殊性，會增加趣味。

四票作品討論

〈原來是一池荷花〉

廖玉蕙：畫面感很強，環境議題處理得很好。

鍾文音：所有的事物都和蓮花池有關，手法高明。充滿對土地的情懷，沒有激烈語詞，善於靈視，能沉靜書寫。

封德屏：文末揭曉其實開發商要在此地興建佛寺，這一荒謬對比，將原本可能顯得單調的憑弔之情，有層次地凸顯而出。

唐　捐：有《千江有水千江月》老派美感的風格，自如的運用古典詞語，還沒中文系就已經中文系了！讓我想到管管也有一首詩〈荷〉，同樣藉由荷花池講滄海桑田。

柯裕棻：有久違的古典感，以非常抒情而溫柔的方法寫城鄉變遷，固然有公式化之處，但也有個人觀點，是一篇很好的散文。

第二輪投票

經共同商議後，計十篇進入第二輪決選投票，包括二票及三票以上作品〈原來是一池荷花〉、〈潮間帶生活〉和〈對焦〉、〈我見過神的髮色〉、〈粉紅〉、〈張藥師〉、〈花草心臟〉，以及一票作品〈仙佛在的地方〉、〈狗與鈴鐺〉、〈溫室雜草〉，封德屏放棄〈我拒絕祝你生日快樂〉，因此本篇不納入投票。決審委員們以排名順序給予8到1分（第一名8分，依次遞減），選出前三名與五篇優選作品。

評分結果

〈原來是一池荷花〉 28分（柯4、封4、唐8、廖5、鍾7）

〈潮間帶生活〉 36分（柯8、封8、唐4、廖8、鍾8）

〈對焦〉 12分（柯5、封1、唐0、廖6、鍾0）

〈我見過神的髮色〉 14分（柯3、封0、唐2、廖4、鍾5）

〈粉紅〉 25分（柯7、封3、唐7、廖2、鍾6）

〈張藥師〉 16分（柯0、封7、唐0、廖7、鍾2）

〈花草心臟〉 9分（柯2、封2、唐5、廖0、鍾0）

〈仙佛在的地方〉 11分 （柯1、封0、唐6、廖3、鍾1）

〈狗與鈴鐺〉 10分 （柯0、封6、唐1、廖0、鍾3）

〈溫室雜草〉 19分 （柯6、封5、唐3、廖1、鍾4）

最終投票結果統計，〈潮間帶生活〉獲首獎，第二名為〈原來是一池荷花〉、第三名是〈粉紅〉，獲優選的五篇作品是〈對焦〉、〈我見過神的髮色〉、〈張藥師〉、〈仙佛在的地方〉和〈溫室雜草〉。

新詩獎

留神

新詩獎　首獎

陳其豐

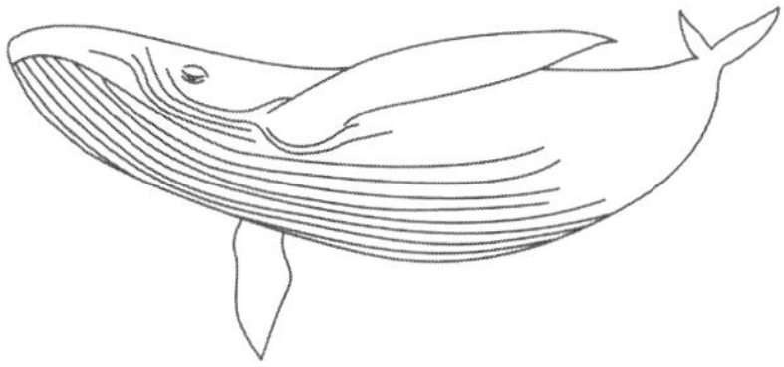

個人簡歷

2003年生，建國中學二年級一（異）類仔。國學社社長，二年級時加入紅樓詩社。笑點詭異，經常自嗨。即使寫字很醜，仍然喜歡寫字音字形認識怪裡怪氣的字。

目前跟隨老師們努力學寫詩。

得獎感言

如果連簡單生活都被生活本身緊迫盯人，無力行大道行小道還得如履薄冰畏葸不前，我便只能期待道途的縫隙裡能長株小草甚至是一絲光線也罷，讓自己能夠緊緊抓住以為憑藉。於是一路走來無可奈何同時又帶著點求仁得仁的小妄想走走停停，學習不怨（逝者已矣，何怨矣？），不驚、不怖、不畏，心平氣和地，在一切有情事物中留神。

祂似乎曾經來過

趁夢境尚未。定型
那些過於細碎的文字
藉由彼此的調動
與抽離，構建原始而
神祕的場景

有人忙於掏空身體
作容器，以承接
每一個過於輕盈的意想
與祂的聲音
更多人在一旁冷眼
一邊囁嚅著不可理解的語言
而祂叮囑我不必

執著於探求
一如一場愉悅的性事
當下只需盡力承歡
所有裸裎的瞬間
便可以被一一呈露
，收納

但我始終不解
一滴赤貧的雨露
何以灌溉一片蓊鬱的森林？
破碎的意念
又是如何鑄成不壞的金身？

祂莊嚴、冷靜
在輪迴中超逸出輪迴
從表象裡辨明運命的眞理

卻令我無從指認
祂來往的痕跡

名家推薦——

楊牧有〈疑神〉，陳育虹有〈閃神〉，這篇談〈留神〉，很多人都寫過論詩詩，但這首詩確實有找到新意。前四節很有層次，標點上也有細緻的安排，最後一段還眞有楊牧風。——陳義芝

留神是一個雙關語，是要留下神，或是要人小心注意，兩種詮釋都能夠打開這首詩的不同向度。從題目開始就具有詩意，內容的掌握也非常熟練。——許悔之

女森

新詩獎　二獎

胡可兒

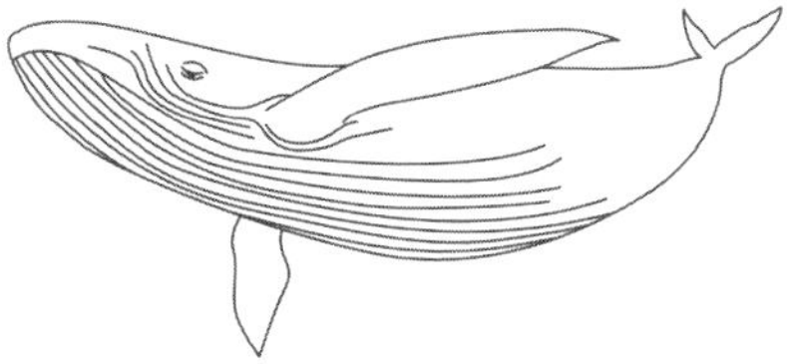

個人簡歷

2001 年生，末代板中語資，高三生，女生，總在截稿日前才逼自己寫東西的拖延症患者，升學主義裡的半失敗者，喜歡在校內文學獎偷渡心事的壞分子。

得獎感言

有時候作為女生是一件很森 77 的事情，或者當我們擁有一種身分的時候，框架就必然存在，於是這些衝撞與憤怒與難過都成為我不成熟的文字，重新創造出我自己（能夠被喜歡和解讀的感覺太快樂了）。

我害怕你看見我
從我雜亂無章的腋下生長
便以爲世上所有花園都是這樣
即便你不曾爲我澆水、施肥
也能恣意評價
一朵玫瑰應拔去尖牙才符合美
倒映在馬路上

我想在無數雙眼睛裡找到我
行走的客體母體主體物體裡框定
自己的骨骼
牛仔褲或者連衣裙都無關於起風了
盛開該是什麼樣貌
你看見我但你並沒有
看見我

要做就做詩集裡
描寫春天最放蕩的詞彙
無法單獨成行，只好重複大聲朗誦
消費一整片粉色的荒野
夏奔赴一場遠方的成年雨季
我在這裡被打濕
都是再自然不過的事情

重新塑造一具牛奶味的軀體
用夜色深處的霧編髮
集結清晨的露珠雕刻乳房
黃昏從最泥濘的路走來，於是
生命有了自己的想法
不需要平滑的肌膚與
不諳世事的眼

你不能自顧自走進森林
侵犯一棵樹自得其樂的隱密
果實是因爲風而顫抖、成熟而墜落
愛不具採摘的正義
我也不行

名家推薦——

有一類女性主義的詩，是用較激進的形象去對抗父權的壓迫，這首詩另闢蹊徑，以一種相對柔美的形象去完成詩中的反抗。——陳義芝

作者在語言、概念上都呈現出一種超齡的成熟感。——陳育虹

新詩獎　三獎

記得你

李柏欣

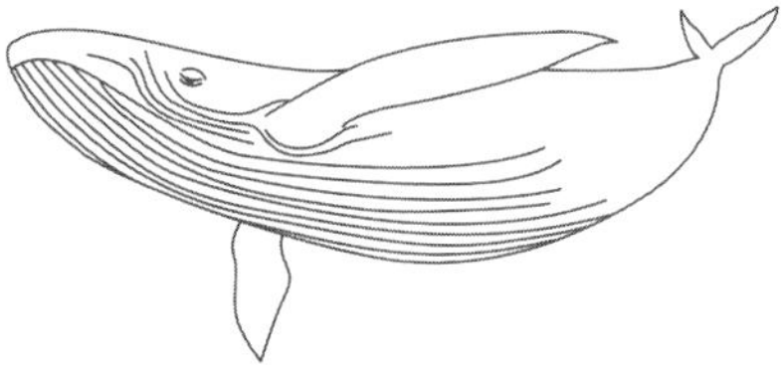

個人簡歷

2002 年生，現就讀市立臺中一中二年級，擱淺在三類組。悖德者。身兼衛道人士，終日內戰積弱不振。

得獎感言

好像該說的都說完了，才發現想要一輩子就這樣說下去的話真正該說的只這麼一點點，然後發現再也寫不出什麼滿意的了。還是要後悔把一切解釋得太清楚，清楚到你就這樣消失了，如果這不是句點當然值得慶幸，但即使是也無妨，它在我渺小的心願裡應該是夠完整了。

也不斷是這樣
迷茫的早晨，早晨的霧
定時燒起來的那幾棵樹

露水浸濕的森林中
漣漪般燎原
焦黑的失去
鑲著發光的邊

光芒在漣漪相遇時抵銷
並列時互相折射的過去
介入時失去彼此的輪廓

回憶畢竟太遙遠。眾多的我分裂
從各自標記的點向外探勘，相會時
我知道，沒有了。

都沒有了。

但每天甜蜜的燃燒仍然繼續
我認得那是有機體的形狀
它們也離開原本的意義
逕自演化

每天的太陽尚且投影出相似的森林
視線後方堆著不堪重複，一再重複的膠卷

留下我。該如何敘述
窗格之間的裂隙。

陽光照著我走過重複的路
隨著身形變小
質疑每一段對白

一再深入深入的縫

一再延展一再拉長
光束穿過漏光的洞
那片我一再沉溺的祕密
也早已不堪負荷更多的岔路

只有或許一些退潮時露出水面的影子
通往季節性的湖

意識緩慢的極限又在哪裡
我使山坡地崩塌
終於有了最靜最靜的靜水域
所有支流互相觸及
所有的我相會而醒始知
再也沒有地方可以去

始終避談這點，嘗試記錄的這些時刻
只是所有所有深入著的忘記

名家推薦——

難以言說的情感，作者寫來有體溫，有脈搏，不僅是語詞的表意，且有餘韻。——陳義芝

作者將這個年紀的情感寫得非常含蓄，很難得。——路寒袖

暗巷

新詩獎　三獎

王泓懿

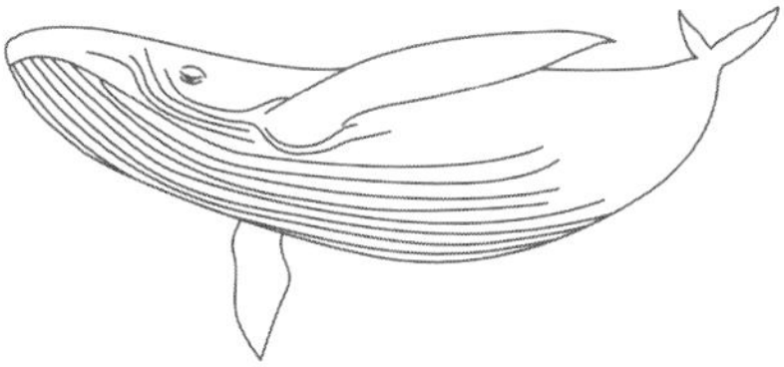

個人簡歷

2001 年生，建國中學三年級，天秤座。

得獎感言

我感覺那裡有一首詩。它迫使我苦惱，謙遜，使我逼近它。
也許永遠無法真正抵達，但我經過它——而後回到我自己。

寫作無須看太重，但更不能僥倖。活著也是。
最後謝謝我的老師們，朋友，以及我的家人。

一日之初我必再次面對它。
暗巷注視我，無聲
嵌入日常的間隙——

我匆匆進入：
一條求索的捷徑指向
牆外閃爍擴張的光
慾望的交通道路。奔跑
再沒有停留餘地。

輕薄的衣褲晾在高處
陰影覆上我
身體變重。

宿命是水窪裡的天空
我踩過它，踏碎它——

濺起，積水複製我的足跡
天空完好依舊。唯有陽光篩落
將白日的夢螢得發亮。

毛毛雨靜止爲蜘蛛絲
隱現，分歧。一只清空的
木鞋櫃默立在旁

我的試探成爲一抹抹身影
塗寫岔路而岔路的盡頭不曾浮現
靜得使我相信終點
僅僅繫於一念。但此刻
只有奔跑，再沒有停留餘地。

兩側老公寓縮緊身體靠攏
排油煙管突出

委頓，垂靠牆面吐氣

呼出一幅炭筆頭像：
不見身軀，面孔模糊
看，那是生命的鬼臉——
一個狡猾的謎，在裂縫間
一朵凋花萌生一株發芽的影子。

而暗巷隱約在後
沒有人眞正停下腳步
——我匆匆跑出，環視

令人目盲的
絢麗的光碰撞，躁動
然而不發一語地
將時間反覆對折

名家推薦——

作者試圖把一些看起來很抽象的事物，收束在日常的寫實場景之中，也顯現了作者高度的觀察力。

——路寒袖

「暗巷」暗喻的可能是某種心魔，或可擴大解釋爲世間的苦厄。特別令人讚賞的是作者對於場景的視覺呈現，能夠在詩中做到不瑣碎是需要功力的。——李進文

我將祕密籌畫你的葬禮

新詩獎　優勝獎

江惇硯

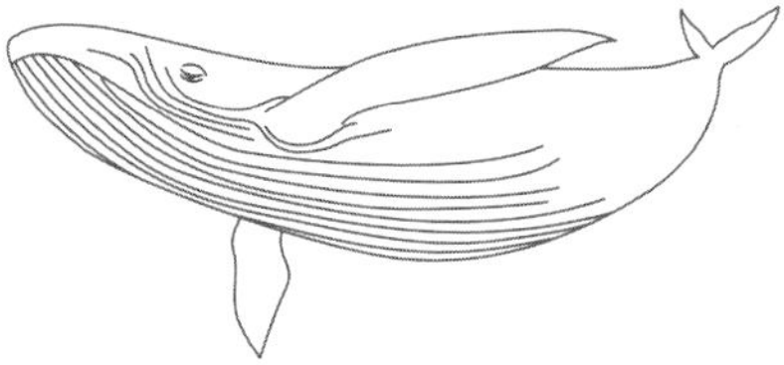

個人簡歷

2001年生，十八歲，臺中一中三年級語文資優班。平時閒來無事喜歡讀詩、散步、寫信。

曾獲全球華文文學獎新詩佳作、中一中女中聯合文學獎新詩首獎、濁水溪文學獎新詩佳作。

有在緊張時刻背誦英文單字和過度頻繁洗澡的怪習慣。

得獎感言

謝謝台積電文學獎的評審。在高中時期的尾聲獲得這個盛大的獎項，讓整段高中生活顯得更像一場夢。還要感謝那些，無意間成為我的寫作靈感的朋友與人生事件，都是我的奇想和詩得以紮根的一片沃土。

這次企圖描寫一段十七、八歲的青澀感情。

這並不是一個成熟的年紀，但有制服、課桌椅，以及大量的情緒與無奈作為我們的見證。

來不及哀悼
你便已離開
離開那年暑假　漫長的下午
雙人床　少年的領地
我的肌膚留有你遺落的鹽分

等待一個沒有恨意
而必須起風的日子
才能吹回你遠走的心意
以及最後一次
坐於床緣
你蛻下的制服
凌亂而無辜
如同匆匆離去時的眼神

彼此習慣性的寬容

被浪漫卻殘忍地濫用後堆放
暗巷　曾在放學後途經
卻未曾意識
那終將成爲我們
各自掩埋祕密的墳場
甚至在其上
跳舞、接吻、發瘋

你向我借而未還的風衣
口袋裡有衰老的情書
對折三次以示謹慎
也隱晦指涉
三年如謊

桌子背面你以自動筆
反覆刻寫　「我們未曾遠離」

字跡是一行空洞的淚
我開始倒數世界末日
三、
重返畢業後的空教室作爲最後的巡禮
（我們的影子與賀爾蒙在牆面交疊）
二、
你將被兔死狗烹地思念後謀殺
一、
我將祕密籌畫你的葬禮
（細心挑選你偏愛的花種以示哀傷）
在確保無人盜墓後
陷入一段長久的懷念。

狼人

新詩獎　優勝獎

郭育嘉

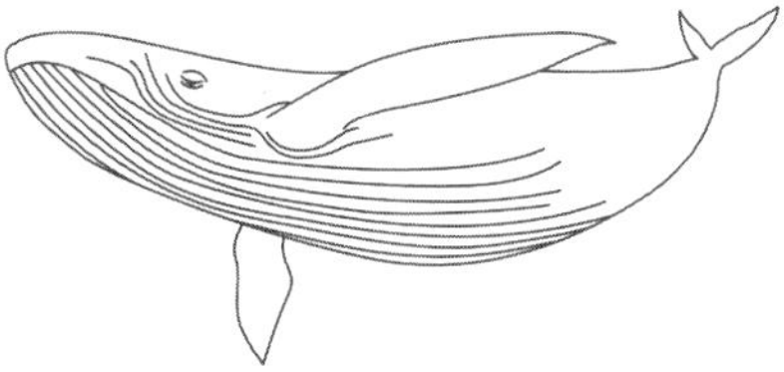

個人簡歷

2003年春末生。現就讀臺南一中二年級，曾任百十青年社長。獲第四、五屆築墨文藝新詩、散文、小說獎。

暱稱水母。在時間跟時間的夾縫努力換氣。願自己學測就上，能找到自己在哪。也希望所有人快樂。

得獎感言

初次投稿即獲青睞，只能說受寵若驚。謝謝陳日堯老師，幫我點出詩中失準之處；也謝謝全身各處的青春痘，雖然不斷冒出來（我會繼續把你們擠掉）。

仍然喜歡大自然，只是目前貪婪地靠書音樂電影，還有朋友陪我。

我就要成為狼人，只希望在城市裡還看得見月亮。我已經不奢望星星了。

被自己的獸性給嚇到了
嫉妒光鮮亮麗的名字
像馬尾游動或
同齡眼神的氣流
吞吞口水抑制自己
抑制成規矩而羞赧的高中生
嚮往形成之初
瑩白粉嫩的月亮

隕石燃燒
墮落成光怪陸離的肉芽
撞穿緻密的體香
兩人瞇眼望著
看月亮細細暈開一座隕石坑
直到她向我耳語
「那片陰影，叫月海」

於是長嚎成親吻的姿勢

月海召喚地球海洋
那或許是玉兔召喚地球的獸
迸生毛髮與
塊狀肌肉
變化斑駁混亂
吼叫衝撞帶淚撕咬
血月漲潮爲狼人的成年
破裂才發現滿手鮮血
爬下指甲
那是透過皮膚排出的初經

疤痕一如月海
遍布臉上
我一直停留在狼人的樣子

海永遠是海
除非回憶偶爾氾濫
而她離開後
不再回來

雨悸

新詩獎　優勝獎

葉芷妍

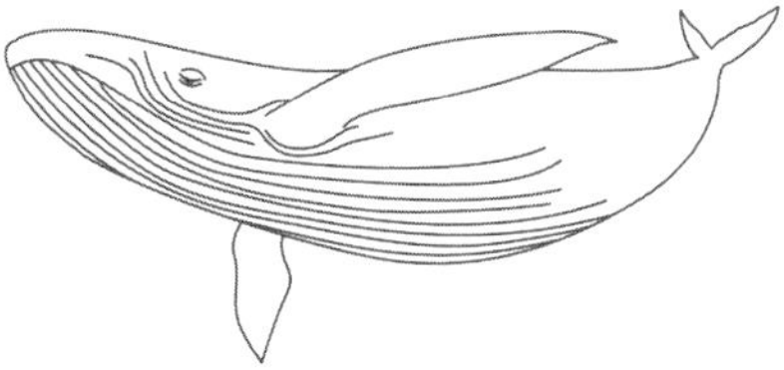

個人簡歷

2003 年仲夏出生，臺北人。板橋高中二年級。嗜書，迷詩，喜歡的花是丁香。像極欲被識破的那種隱喻，矛盾的代名詞。想一輩子在文字、影像、色彩、音律間玩耍，認為美的事物是生存必需，喜歡別人不喜歡的東西。夢想很多，其中之一是保有自己的溫柔很久很久。

得獎感言

這是一首誠實的詩，記錄著自己與他人，自己與自己的關係，很高興自己喜歡的詩也同樣受到了喜愛。二度獲得台積電文學獎，像作夢般不真實，非常感謝給我這個機會的所有人，我最愛的爸爸媽媽，以及所有曾認真試圖理解我的詩的人。慶幸在十六歲的尾端能夠紀錄一點屬於自己的青春文學，詩是光，相信它能帶我到更遠的地方。

如果雨季走來
滴點成線將我切割
使我的結構零散
悶聲落在往復的傘頂
如果驟雨使我透明
穿梭群傘之中
如一個落單的字語
在整齊的句式間游移
無處安放

所有情緒細密紛紛
如果這雨，毛刺般滿覆
清晨時分必經的路上
積涸的水窪已許久都無人再掉進
那我們必然是深知彼此的
深知彼此如熟諳一個生僻的詞彙

熟諳它的音型而不是深意
如果雨讓整座城市的輪廓模糊
通往目的地的路徑明朗
我們都已擅於在行經彼此時
不弄濕腳跟
我匯聚成一首拖沓的詩
如果雨緩緩自滴水的邊沿滲進
細細的浸染，使我的用字柔軟
在日日的行走間
我匯聚交談，匯聚光影與濕度
分流枝節，畫記屬於我的地圖
在裡頭無意識的晃蕩、藏寶、迷路
如果這場陣雨串連我所有的段落
給予指引，卻又轉瞬間流淌而散

風搖擺著垂雲使其乾燥

逐漸輕盈
如在齒間攪滾的雷雨尚未傾盆
便已經安靜
如果雨一點點沒有了聲音
尚未吐出的字句
絲絲凝於起霧的玻璃
我們終於透徹
矛盾如兩個極慾傾訴的隱喻
無論是否正確被釐清
都即將蒸發

新詩獎　優勝獎

夏日的午後散步

吳昕愷

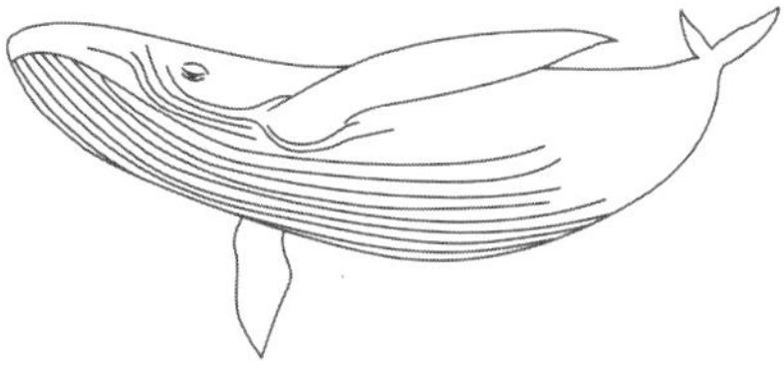

個人簡歷

2001 年生，就讀臺中一中三年級，即將升上政治大學法律系。
感謝主辦單位的用心與評審老師的青睞。
人生暫無崇高的理想與目標，只希望能與文學相隨，持續寫作。
書櫃裡的詩集快滿出來了，希望暑假能夠看完。

得獎感言

感謝舉辦文學獎的工作人員，也感謝評審老師的青睞，有幸能在高中最後一年得到獎項，著實驚訝與興奮。
這是人生中第一首快樂的詩·不知道有沒有第二首。相較夏天，反而更喜歡在冬天散步，便不須顧慮炎熱的尷尬，以寒冷為藉口拉近距離。願各自都能找到愛自己與自己愛的人，在慵懶的夏天裡，某個涼風吹拂的午後，一同出門散步。

熱帶島嶼的午後
七月被融成一座凝滯的湖
湖面上漂流著無聲的印記
遠方傳來微微的雷聲
飄著幾朵無法成形的雲

我和你在湖畔散步
步道被踩踏成金箔
時間也一併延展成
細薄而金碧輝煌的蟲翼

你似乎是某種冰冷的材質
言語穿過後就凝固成
一塊高密度的沉默
咚咚咚掉進水裡

我夢想有天在你掌心種下
密密麻麻的詩句，交纏
如一樹燦爛的軟枝黃蟬
濃濃黃色在你身上盛開
蟬聲唧唧地呼喊你的名字

或者把我倆盛夏的腳印拾起
鎔鑄成
火紅的金魚
靜止的水域裡
微小的尾鰭拍打出一些漣漪

潮濕悶熱的午後
夏日的夢發酵成一團
似是而非的氤氳
遲遲不肯降下

夢外的湖畔，雷陣雨要來了
我折支湖中荷葉作爲雨傘
順手摘荷花，一朵送你
卻不小心把整個夏天的浪漫主義
連根拔起

二〇二〇第十七屆台積電青年學生文學獎——新詩組決審紀要

時間：二〇二〇年七月四日
地點：聯合報大樓一樓會議室
決審委員：李進文、陳育虹、許悔之、陳義芝、路寒袖
列席：許峻郎、宇文正、栗光
廖宏霖／記錄整理

本屆新詩組來稿比往年多一些，扣除不符合資格的共一八二件入選，複審委員為任明信、吳岱穎、孫梓評、騷夏，共選出二十五篇進入決選。複審委員表示，這個世代的創作者顯然更能憤怒、更會表達，也更勇於表達，這或許是這個新世代即將帶來的語言特色，期待未來這些寫作者更成熟之後，會產生出某種更具辨識性的「世代的聲線」。

會議開始，由台積電文教基金會執行長許峻郎致詞，許執行長表示今年是很特別的一年，疫情讓基金會許多活動都暫停，但台積電青年文學獎並沒有受到影響，甚至來稿量還略為提升。而這十幾年下來，陸續有過去的得獎者成為評審，這不僅是年輕創作者個人的努力，也代表台積電青年文學獎確實培育出許多文壇新血。接著，評審們共同推選陳義芝為主席，並輪流發表整體感言。

整體感言

陳育虹：這次的評選跟之前最大的不同，在於我怕「選太多」。我認為寫詩應該要「發乎情，止乎『理』」，道理的理。我們可能一向會先入為主地認為年輕詩人的作品缺乏思考性，也就是「理」的部分，不過在這次的作品中，我卻看到了許多願意深掘一個主題的作品，在這個「只要按讚，就是好詩」的時代裡，非常難能可貴。另外，在評選標準上，我會覺得「怎麼寫」比「寫什麼」更重要，再小、再簡單的主題都可以寫得很好，若能夠有一種「實驗性」在作品之中，更能抓住我的目光。

李進文：這次的決選作品議題多元，有幾篇具備強烈的女性自覺意識，讓我印象很深刻。不過，我認為「議題的選擇」不是一首詩的關鍵，詩對文字的追求可能是各種文學類型中最高的，因此，如何在新的議題之中，找到一種好的語言表達形式，對詩來說，我想才是更重要的事。其中甚至有幾首，讓我看見傳統對於「純詩」技藝的追求企圖，而不僅僅只有「感覺」與「抒情」，這是我非常樂見的一種創作方向。

許悔之：年輕的時候都會有一些摸索，像船的航行，向茫茫大海拋下了一個錨，試圖定位自己也定位世界，這些決選作品就像是這樣的一種拋擲，無論成功與否，我覺得都是非常珍貴的嘗試。不過，畢竟是文學獎，我在閱讀第二次之後，還是試著去找出一套評選的標準，簡單來說，一首好詩應該要能夠戳痛我、陪伴我、帶領我、改變我。在不同的詩作中，能夠達成愈多這四項「關於我」的指標，我會給它的分數就會愈高。

路寒袖：詩是一門語言的技藝，如果在議題上顯得火花四濺，卻沒有找到一種精煉的方式呈現，我覺得非常可惜。這就像一名建築師傅必須從拉水平線、垂直線、抹牆……等等最基礎的工作做起，才能建造出一棟屬於他自己想法中的房子。吳晟曾說過一段童年往事，他說他放學回家的路上有一條水圳，他和玩伴會用近乎是狗爬式的姿勢一路游回家裡，有一次體育老師把他們叫住，教他們該如何游才是「漂亮的姿勢」，如何跳水、划水、踢腿、換氣，其實都有一套基本動作。這次看這些作品，常覺得「生猛有餘，但漂亮不足」，也許就是少了一種對於基本動作的訓練。

陳義芝：文學觀會慢慢修正調整，評審創作也是如此，文學獎的存在因此也有一種推進並記錄下文學觀流變的意義。近一年，我參加了超過十次的文學獎評審，這次特別讓我有一種感覺：「怎麼最好的詩都跑來這裡？」甚至有些詩作與登在報紙副刊上的詩作比起來，有過之而無不及。不過，這同時也反映了另一個現象：「為什麼這些創作者上了大學之後，卻很難繼續突破自己？」另外，我也補充一下我的選詩標準，我認為首重就是「詩的表情」，詩不是資訊或知識，詩要有一定的「氣韻」與「美感」。整體而言，至少有三分之一的參賽作品，都讓我眼睛為之一亮。

第一輪投票

發表整體感言後，進行第一輪投票，每位委員以不計分的方式勾選心目中的前六名。共十六篇作品得票，投票結果如下：

〈記得你〉（陳育虹、路寒袖、陳義芝）
〈留神〉（陳育虹、許悔之、陳義芝）
〈雨季與失眠的距離〉（李進文）
〈孕〉（陳育虹）
〈廁所公約〉（陳義芝）
〈有罪〉（許悔之）
〈我已讀了你的已讀〉（路寒袖、陳義芝）

〈我將祕密籌畫你的葬禮〉（陳育虹、陳義芝）
〈女森〉（李進文、陳育虹、許悔之、陳義芝）
〈我們奔跑起來〉（許悔之）
〈新婚〉（李進文）
〈蚊音〉（路寒袖）
〈暗巷〉（李進文、路寒袖、許悔之）
〈狼人〉（李進文）
〈雨悖〉（李進文、陳育虹、路寒袖、許悔之）
〈夏日的午後散步〉（路寒袖）

第一輪討論

評審們決議，一票的作品若無附議，便無法進入下一輪投票。

〈雨季與失眠的距離〉

李進文：這首詩有一種綿密的感覺，作者成功營造出一種黏滯、緩慢的整體氛圍。

〈孕〉

陳育虹：這首詩像是性別詩的二・○版，或是說加強版，作者單刀直入的開頭，讀來有一種反抗的意味在裡面，整體來說，是一個很坦白的人，有點像是一個舞臺表演，生猛而有力。

〈廁所公約〉

陳義芝：這首詩把「廁所排泄」跟「網路發洩」兩件事連結在一起，我覺得非常有趣，青年創作者對於社會現象的思索是很值得嘉獎的，這個構思創造出了一個情境。

〈有罪〉

許悔之：這首詩有一種雄辯性，反覆地在討論一些巨大而抽象的命題，比如「罪」，比如「存在」，但是作者其實沒有很明確的立場，這之間有一種矛盾的張力出現，可以感受到作者一種「誠意的困惑」。

〈我們奔跑起來〉

許悔之：這首詩我非常喜歡，很細密地在談生滅、有無等二元的概念，作者的創造力很強大，將看起來很分散的元素，編排成一種內心的場景，讀起來好像沒有一個具體的大事件，但小意象的掌握很精緻。

〈新婚〉

李進文：這首詩雖然蘊含了一點反抗之意，但是語言很節制，主詞用「妳們」，也能說是一首同志詩。以這樣的年紀，處理這樣的題材，我覺得處理得很好，

〈蚊音〉

路寒袖：作者用夏天這個看起來很亮眼的場景設定去反映內心的幽微，不斷反覆地自我反省與追尋，我覺得是很細膩的處理方式，最後的收尾也很好，點到為止，符合整首詩的基調。

〈狼人〉

李進文：這首詩應該是用「狼人」來詮釋青春與成長，我覺得很有創意，文字可能沒有那麼好，

但是一個勇敢的嘗試。

陳育虹：如果是投八篇，這篇也在我的選項裡，我很喜歡結尾那種「回不去」的結構安排，沒有太大的修飾，非常直接的，像是一把小刀一樣。

〈夏日的午後散步〉

路寒袖：這首詩語言成熟度也很高，配合詩中的情境也很準確。

許悔之：我很喜歡這首詩。有時候你喜歡年輕人衝得過頭一些，向我們展示他的傷口。我覺得這首詩卻相反，作者很節制，語言成熟，因此會對他產生更大的好奇。

第二輪討論

第一輪討論中，〈狼人〉、〈夏日的午後散步〉獲得附議，接下來繼續討論兩票以上的作品。

〈記得你〉

路寒袖：作者將這個年紀的情感寫得非常含蓄，很難得。

陳育虹：若就情詩來說，我覺得這首詩比〈夏日的午後散步〉寫得更好一點，作者試著去講那個無法言說的東西，寫得很成功。

陳義芝：敘事者應該是一位女性，寫得非常好，有體溫有脈搏。然而，不只是語詞的表意，讀了之後還會有餘韻，我也很肯定這首詩。

〈留神〉

陳育虹：我想這首詩中的神就是「繆思」，作者很成功地將創作過程中，那種如夢境般尚未定型的狀態呈現出來，用字遣詞上，都是相對成熟的作品。

許悔之：一開始我看見題目，想到的是楊牧的〈疑神〉，留神是一個雙關語，是要留下神，或是要人小心注意，兩種詮釋都能夠打開這首詩的不同向度，我覺得從題目開始就非常具有詩意，內容上的掌握也非常熟練。

陳義芝：這首詩是我的前幾名，楊牧有〈疑神〉，陳育虹有〈閃神〉，這篇談〈留神〉，很多人都寫過論詩詩，但這首詩確實有找到新意。前四節很有層次，標點上也有細緻的安排，最後一段還真的有楊牧風。

〈我已讀了你的已讀〉

路寒袖：這首詩最大的特色與優點就是很直接，不複雜，融入了當代人在社群媒體中使用語言的形式。

陳義芝：這首我覺得也很完整，把情愛的面向寫得很深刻，把心裡的伸縮寫得很細膩，這個年紀能夠把情詩處理得如此有節奏感，我覺得還滿值得鼓勵的。

〈我將祕密籌畫你的葬禮〉

陳育虹：我覺得這是一首感情真摯的詩，手法節奏明快但情感連綿，對於這份情感，不只有期待，還有一種回顧融入在裡面。

陳義芝：情詩無數人都寫，但這麼年輕卻可以表現得很有韻味、果決而深沉，「三、二、一」倒數計時一樣，葬禮不是結束或終結，而是永恆的哀悼。

〈女森〉

李進文：我覺得這首詩的概念性很強，簡單來說就是「不要用愛來強迫任何人」，但不流於說道理，語言上有一種陌生化，倔強的口吻也相當吸引人。

陳育虹：我也很喜歡這首詩，作者在語言上或是概念上都呈現出一種超齡的「成熟感」。

許悔之：〈女森〉跟〈留神〉是我覺得這次進入決審的作品中，在語言敏銳度上表現最好的兩篇作品，都能讓我讀完「若有所悟」。

陳義芝：有一類女性主義的詩，是用較激進婆的形象去對抗父權的壓迫，但這首詩另闢蹊徑，以一種相對柔美的形象去完成詩中的反抗。

〈暗巷〉

李進文：首先，「暗巷」暗喻的可能是某種心魔，或是擴大解釋為世間的苦厄，我覺得都有詮釋的空間。特別值得讚賞的是作者對於場景的視覺呈現，能夠在詩中做到不瑣碎其實是需要一點功力的。

路寒袖：作者試圖把一些看起來很抽象的事物、冠冕堂皇的追求，都把它收束在一些很日常的寫實場景之中，我覺得是這首詩最特別的地方，也顯現出作者具有高度的觀察力。

許悔之：這首詩語言上不炫技，但非常有感染力，其實正述說了一件事——詩人之眼如何在日常生活中看見一種新的秩序。

〈雨悸〉

李進文：把這首詩當作情詩或是論詩詩都是合理的，作者就像是在試圖說明，如何把彼此放在「最好的位置」上，無論對象是人，或是詩。

陳育虹：這首詩當中用了一個冷僻字「涸」，如果是有意為之，這位作者應該就如同他這首詩所展現的那樣，對於語言是一個相當細膩用心的人。

路寒袖：這首詩最可惜的地方便在於詩題，這樣的雙關安排與詩本身的連結性不強，甚至改成〈雨句〉可能都會好一些。不過瑕不掩瑜，我很喜歡詩末提到的「都即將蒸發」的意象，就像是在暗示「作者已死」的創作論。

許悔之：我另外還留意到的是這首詩有意無意的韻腳，作者沒有刻意壓很明顯的韻，但潛在的音韻性，讓整首詩讀起來非常舒服。

第二輪投票

經過逐篇討論之後，委員分別就自己最喜歡的九篇作品給分，最高給9分，依序遞減。投票結果如下：

〈記得你〉（李進文6分、陳育虹7分、許悔之4分、陳義芝8分、路寒袖8分）33分
〈留神〉（李進文3分、陳育虹8分、許悔之8分、陳義芝9分、路寒袖4分）32分
〈我已讀了你的已讀〉（李進文1分、陳育虹2分、許悔之2分、陳義芝4分、路寒袖5分）14分
〈我將祕密籌畫你的葬禮〉（李進文2分、陳育虹4分、許悔之1分、陳義芝7分、路寒袖3分）17分
〈女森〉（李進文8分、陳育虹9分、許悔之9分、陳義芝5分、路寒袖2分）33分
〈暗巷〉（李進文9分、陳育虹5分、許悔之7分、陳義芝6分、路寒袖6分）33分
〈狼人〉（李進文7分、陳育虹3分、許悔之3分、陳義芝3分、路寒袖1分）17分
〈雨悸〉（李進文5分、陳育虹6分、許悔之6分、陳義芝1分、路寒袖9分）27分
〈夏日的午後散步〉（李進文4分、陳育虹1分、許悔之5分、陳義芝2分、路寒袖7分）19分

投票結果，最高分33分有三篇，分別為〈記得你〉、〈女森〉、〈暗巷〉；其次為32分的〈留神〉；〈雨悸〉27分、〈夏日的午後散步〉19分、〈我將祕密籌畫你的葬禮〉與〈狼人〉皆為17分、〈我已讀了你的已讀〉14分。由於新詩獎僅取八名，故〈我已讀了你的已讀〉確定無法獲獎。

由於前四名票數接近，且〈留神〉為其中一位評審的第一名，評審一致同意就這四篇作品再投票一次，最高給4分，依序遞減，結果如下：

〈記得你〉（李進文2分、陳育虹2分、許悔之1分、陳義芝3分、路寒袖4分）12分
〈留神〉（李進文1分、陳育虹3分、許悔之3分、陳義芝4分、路寒袖2分）13分
〈女森〉（李進文3分、陳育虹4分、許悔之4分、陳義芝1分、路寒袖1分）13分
〈暗巷〉（李進文4分、陳育虹1分、許悔之2分、陳義芝2分、路寒袖3分）12分

由於最高票有兩篇，經現場評審舉手表決，決定首獎，結果如下：

〈留神〉（許悔之、陳義芝、路寒袖）3票
〈女森〉（李進文、陳育虹）2票

另外，經評審討論，〈記得你〉與〈暗巷〉將並列第三，平分第三名與一名優勝的獎金。

最終名次出爐如下：

第一名：〈留神〉
第二名：〈女森〉
第三名：〈記得你〉、〈暗巷〉
優勝：〈雨悸〉
優勝：〈夏日的午後散步〉
優勝：〈我將祕密籌畫你的葬禮〉
優勝：〈狼人〉

二〇二〇高中生最愛十大好書

由二〇二〇台積電青年學生文學獎所有參賽者票選「高中生最愛十大好書」活動，獲選書籍：

太宰治　《人間失格》
林奕含　《房思琪的初戀樂園》
不朽　《想把餘生的溫柔都給你》
東野圭吾　《解憂雜貨店》
白先勇　《臺北人》
張愛玲　《傾城之戀》
趙南柱　《82年生的金智英》
張西　《二常公園》
余秋雨　《文化苦旅》
曹雪芹　《紅樓夢》

瞄準你自己：

二〇二〇台積電青年學生文學獎——選手與裁判座談會紀實

時間：二〇二〇年八月二十二日　下午一點
地點：聯合報總社一〇一會議室
主持人：楊佳嫻
與談人：任明信、胡淑雯、唐捐
參與學生：陳心容、胡可兒、吳昕愷、蔡佩儒、賴宛妤、陳其豐、李彥妮、王泓懿、李柏欣、洪心瑜
記錄：曹馭博
攝影：記者／許正宏

關於創作，文學獎的參與往往是一次風格的摸索，而評審後，主辦單位舉辦「選手與裁判座談會」，選手與裁判消融了階級，將視野校準於靈光，一同分享彼此的經驗。本次參與的同學較多，可謂盛況，創作者彼此砥礪，與評審們一同談詩論藝，向經典學習。座談期間共分成三輪提問，由該輪的同學們一起提問，再由評審委員針對各個問題，或是綜合性地解惑。

虛構是一朵花，開在亂石累累的現實上

寫作必定面臨著虛構與現實之間的捉摸不定，內容邊界的模糊與否困擾著許多年輕的寫作者們。陳心容問道：「純粹的虛構、摒棄寫實並完全超於經驗的小說寫作存在著什麼風險？」藉此也延伸出，文學是否存在著溝通及其必要性。胡可兒則以自身經驗出發，詢問老師們如何在坦承隱私的前提下，處理寫作情緒：「書寫自身經驗時，如何在坦承與虛構情節中取得平衡？」吳昕愷則是引用海明威的冰山理論，試圖為作品虛實的拿捏做定奪：「海明威曾提過寫作的冰山原則，認為要把不必要的部分刪除，只露出冰山的八分之一，剩下八分之七留給讀者想像，但有時文學獎評審會認為散文需要足夠的論述，否則難以想像故事內的想法與態度。請問評審老師對此該如何拿捏及看待？」

唐捐認為「虛構」不但是內容的問題，更是技術問題。相較於詩歌與小說，讀者在散文中可能會

記者許正宏／攝影

同時探討內容的真實性，所以作者更要留意自己處理現實的方法。虛構即是一種揭露的能力，是妥善改造現實的想像力，其中包含作者如何藉由描寫與敘述，闡釋自己所看到的世界。唐捐也補充道，冰山理論涉及暗示性的問題，讀者與作者的想法必定有落差，這考驗著作者客觀技巧的純熟，但也可能是彼此閱讀經驗的頻率不同；身為寫作者，必須更加勤奮討論客觀技術與象徵系統的差異，如果自己想暗示的訊息總是讓別人難以接收，或產生落差，那或許意味著風格或表現方式須有所調整。

胡淑雯認為，最強的虛構是對過去的虛構，也就是虛構一段「過去不存在的時間」，必須具有相當的寫實能力，才能保存那些消逝於過去的物質世界之中的存有。如同普魯斯特（Marcel Proust）《追憶似水年華》童年與過去是寄存於一塊小瑪德蓮蛋糕，人們必須足夠幸運，在成年之後遇到一朵彷彿從童年飄過來的雲，經歷一場帶著過去物質的暴風雨，最後做出一個微不足道的行動，如同習慣一樣不被察覺，將蛋糕拿起來沾紅茶吃掉。在這一刻，存在於潮濕、被熱紅茶泡濕的蛋糕裡面，那段關於童年的記憶，才會甦醒，重新籠罩。

胡淑雯再舉橋本忍的自傳《複眼的映像：我與黑澤明》為例，強調考據、研究、組織寫實的重要性：橋本忍、黑澤明與小國英雄在寫出《七武士》之前，他們其實是要寫一部探討「武德」的電影。導演要解決的是，兩個各自在外有任務執行的武士必須停下來吃飯，才能激盪出友誼。但他們翻遍史料，卻無法回答「武士出任務會不會帶便當」這個問題。若他們沒有帶便當，中途要怎麼吃東西？又怎麼會在任務中休息，彼此有時間與空間相遇呢？於是，他們推翻了所有劇本，改寫有能力處理的現實，便是現在的《七武士》。

關於寫作者如何處理隱私與情緒，胡淑雯坦言，倘若一個寫作者持續被這個問題困擾，意味著還沒失去羞恥心。寫作往往與人心的黑暗面有關，自我揭露往往充滿羞恥，如同動物蛻皮——脆弱，但珍貴。寫作者必須在過程中維持好奇心，不斷認識經驗，描述經驗，擱置價值判斷，留下經驗本身的曖昧，不參雜太多道德問題，這就是文學可愛之處。

任明信認為創作是為了認識自己，目的是逼近真實。不僅止於文學，包括與情人說話，出門買東西都可以是創作，一切是前往逼近真實的路徑。每個人都有自己在坦承與虛構中獲得平衡的方式，重要的是自己渴望表達的核心為何，而不是呈現他人眼中的模樣。最核心的就只有誠實，虛構可以是用來保持自己內心與健康的距離，展現自己最自在的狀態。

風格是一種對未來的偏移

許多人在經歷發表與批評後，不免會問自己，該如何養成屬於自己的書寫風格呢？蔡佩儒曾書寫一個戰地記者內心的掙扎，但發現戰場細節不夠豐厚，她問道：「在描寫未曾經歷的場景或生活時，我習慣查資料來補足，但仍然與實際體會有所落差，請問如何讓這些資訊不再顯得突兀？」賴宛妤則認為安逸的高中生活無意間成為了寫作的瓶頸：「如果想不到要再寫什麼，我們要進行什麼樣的挖掘才能使自己繼續寫下去？」陳其豐困擾於模仿，害怕思考的途徑與喜愛的作家相似，寫不出自己的聲音：「寫作時若意識到自己的遣詞造句、文章風格過於類似特定作家，而無法展現出自我的風格，應不應該特意避免？若有必要，又該如何避免？」

對於蔡佩儒的掙扎，胡淑雯分析道，佩儒作品的核心並不是戰爭，而是記者本身。如同加拿大小說家艾莉絲．孟若（Alice Munro）〈太多幸福〉的主人翁是一位女數學家，儘管在那個年代女性科研人員特別稀少，但孟若將書寫核心專注在主人翁如何以女性身分過完這一生。掌控書寫的比例感如同跳躍比賽，雙手張開的方式令人以為是A種跳躍，但實際卻是B種；這時我們必須把B種練好，才能讓人信服。

任明信認為，一個人若要持續創作，常常會問自己許多問題，儘管問題往往不需要答案，但自問即是一種回答，例如：為什麼一定要繼續寫下去？為什麼想繼續寫下去？一個人想寫什麼，是可以用想的嗎？當我們有寫東西的念頭，真的是我們想出來的嗎？任明信解釋，自己的創作狀態都不是用「想」的，會與自己的頭腦保持距離，試圖留住最初渴望寫下、被打動的瞬間——最貼近自身的字詞、姿勢與心境絕對不是光用想的就可以到達。如同王家衛的電影《一代宗師》所言，武學的境界文學亦可通同，真正地見自己即是見天地眾生，看到了自己，就會想看更多的世界，持續創作之人必定會走到這一步。倘若每次下筆都想得很清楚，那不是太可惜了嗎？

至於模仿，任明信建議其豐無須心急，坦承自己的創作也有模仿的過渡期，必須安然接受這段旅程，如同基本教育，很少人有本事能夠提早結束。任明信也補充，模仿的當下也是在誠述自己的情感，也是有自己的聲音。風格的建立有三個步驟：認識自己、了解世界或同溫層如何看待自己、自己渴望企及的背影；所有探訪都不會浪費，都是進程，不是結果。也許一個人決定不寫了，但真正的創作才要到來。

關於自我與瓶頸，唐捐認為作家可以簡單分成兩種類型：抒情詩人與劇作家。前者處處有我，強烈地將自我放進作品裡面。後者則是將自我退出劇本之外，客觀完成結構。抒情詩人書寫個人生命樣態就好比李後主書寫他的不幸，想要修正、補齊或對抗人生的匱乏，用文字留住些什麼。劇作家看似沒有在文本中安插自我，但實際卻藉由戲劇展現自己的思維與世界對話，只是沒有像抒情詩人緊密且瞬間地連結喜、怒、哀、樂、愛、惡、慾。唐捐建議，倘若發現自己傾向抒情詩人，反而要學習劇作家的精神；而好的劇作搬演完畢，也常有抒情詩一般的餘韻。寫作不是繳交期末報告，不用勉強自己，必須醞釀，更不必故意讓自己不幸福只為寫作。

唐捐進一步討論風格的建立，建議身為一個寫作者不可能只使用自己的經驗，必須從書籍、音樂與電影收攏各種素材，轉化各個作家的思想精華。這種技術養成的過程，必定會感到焦慮，如同美國評論家布魯姆（Harold Bloom）《影響的焦慮》所言，詩歌的進步乃是一代代詩人對於前驅的誤讀、偏移、抵抗。唐捐進一步舉例，假設楊牧風格有七種特點，也許我們可以只選擇其中兩三個，然後再去看看夏宇風格中，哪一個特點適合自己。畢竟，我們與這些作家的時代背景不同，學問也不同，怎麼能完全模仿呢？

在非常有限的才華裡頭，向無限推進一小格

當人們暫時從寫作的愉悅抽離，便會開始思考自己的作品與世界之間的關係，進一步思考超越文字之外的問題。李彥妮感慨現實的殘酷，深知才華不是用來比較的，但現實卻逼迫彼此競爭：「創作者要如何調適自身的懷疑與自卑感？尤其寫作是件個人性很強的事，才華有無的分界也時常模糊不清。」王泓懿則苦惱於長詩的結構，深怕岔出的敘述使得詩行無序，同時也擔心短詩的意象不夠有力：「請問可以用什麼方式審視寫作的內在邏輯是否失序？」李柏欣困惑於批評者對於年輕世代作家「面貌模糊」的說法，也困惑於自己該用題材服務內心所想，還是以經驗取悅讀者：「確立個人的表達方式、筆調、題材的方向等等是否是一件重要的事？對於書寫的多方嘗試是否還是要歸納出一個最終的路線？」洪心瑜高中期間從事社會參與，但也擔心自己沉溺於描寫社會的快感，少了背後深刻的思考，也思考於楊牧所說的，散文比詩歌更適合處理社會議題：「文學應該是出世的還是入世的？躲起來思考和走入人群，哪個對寫作比較有幫助？」

任明信認為自卑與懷疑也是一種美麗的生命狀態，不管寫怎麼樣的詩（高興、悲傷、憤怒），抒發的過程是無比的愉悅與享受。當足夠了解自己所走的道路，就不會感到自卑與懷疑，如同獵豹知道自己是獵豹，不會遲疑自己為何而跑。任明信進一步強調，人們也需要破洞來審視自己的

生命，如加拿大詩人歌手柯恩（Leonard Cohen）所言：「萬物都有裂縫，那是光照進來的契機」，儘管破洞會讓人失去平衡，儘管跳入破洞後傷痕累累，但也獲得了寶貴的經驗。

至於該如何審視自己的作品，任明信認為泓懿的困境可能不是詩行的長短與結構，而是給自己截稿的預限。每次岔出都是新的世界，每次自亂陣腳都是情感的磨刀石，所有意外與挫折都在淬鍊自己，可以試著在寫作過程中好好享受。

任明信也以奧根・海瑞格（Eugen Herrigel）《箭術與禪心》的故事回應柏欣對於個人表達方式的困惑：狙擊手背景的海瑞格選擇以箭術進行禪修，但一切都是從頭學起，花了五年在抽象的意境中，學習讓自己從普通的人的身體，轉變成弓手的身體；讓身體順從自然，讓弓箭成為自己的一部份。弓箭導師告訴海瑞格：「不要瞄準靶，瞄準你自己」，直到某天海瑞格無意間射出最好的一箭，老師走來，向他頂禮，問他知不知道自己剛剛做了什麼，海瑞格卻摸不著頭緒。老師最後笑笑地對他說：「這樣就對了。」那是當作者、作品，與「作」三者合而為一的美妙時刻，弓者忘弓，琴者忘琴。

唐捐建議十六、七歲的得獎者們不要滿足於寫一篇作品的快感，而要朝著「寫一本書」去設想。如此一來，下筆時便不必把全部的力量、全部的關懷押注在單篇。把野心分散開來，發展空間反而更大。長詩的寫法與短詩的寫法不盡相同，短詩要求密度，長詩要求配置，每種文類都有運作的方法，藝術家必須熟悉材料的運作方法，並且深刻地理解凡事皆有不完滿的地方，不能強求。

至於詩與散文的涉世，唐捐舉哲學家沙特（Jean-Paul Sartre）與海德格（Martin Heidegger）為例，前者認為散文是拿來介入的，詩歌則是純粹的藝術。後者認為兩者是沒有對立的，兩者皆可介入與純粹，最高的文學作品必有其純粹性。有趣的是，沙特是主張介入的思想家，把介入的工作安排給散文，這也代表一個作家勢必會面臨自我定位的問題，以及該把文學放在什麼位置，我們必須做出適合自己的抉擇。

胡淑雯笑著說，寫作者難免自問：我們愛寫作，但寫作不愛我怎麼辦？

若寫作沒有回報我以肯定、獎項、名分，那還要投資青春，情感與勞動嗎？

這是一種難以察覺的競爭意識，也是功利主義，但也沒什麼不好，這就是人與寫作之間的關係，無視這一切反而不誠懇。懷疑與自卑感是自信的藥引子，能牽引出實在感。我們如實認識自己，才能了解自己的邊界所到何處，才能進一步突破，繼續向前，在非常有限的才華裡頭，向無限推進一小格。

作家巡迴校園講座

按往例原預定四場作家巡迴校園講座，
二〇二〇年因新型冠狀病毒疫情影響，
三月後場次全改期。

2020 作家巡迴校園講座

蘭陽女中

小地方寫，寫小地方

【吳佳鴻／記錄整理　黃義書／攝影】

主辦單位：台積電文教基金會、聯合報副刊、蘭陽女中
時間：二〇二〇年三月四日
主講人：郝譽翔、馬翊航
主持人：趙弘毅

第十七屆台積電青年學生文學獎的第一場校園巡迴講座來到蘭陽女中，因疫情緣故電梯停用，拾階走上五樓抵達幽靜的演講廳，午後的光與微風從蘭陽平原透窗拂來。由蘭陽女中趙弘毅老師主持開場後，郝譽翔的演講也從蘭陽平原的風景開始，她自述稍早驅車從臺北而來，穿過漫長雪隧而進入宜蘭的時刻，就像是一趟奇幻旅程。臺灣雖是小島，實際上在不同的鄉村地景，都可以是不同經驗孕生的「小地方」，就像是從臺北到宜蘭，雖然並非是漫長的旅程，但在隧道兩端，也有著不同的風景與生活經驗，而這些不同的經驗與感受如何轉化為文字，就是文學書寫的重要課題。

當我們在地方寫作

如果要問寫作應當「如何開始？」、「寫什麼？」時，或許也可以思考「我在哪裡成長？」、「在哪裡寫作？」郝譽翔談起在大學教授寫作課程的經驗，提及近年來年輕的創作者中，流行的書寫題材往往與科幻、穿越有關。涉及的故事情節固然奇想連翩，但有時也可能在遙遠的異界之中耗費太多筆墨，而忽略了最可貴的題材與情感，其實就在生活周遭、在寫作者成長與生活的小地方。最重要的文學作品，往往奠基生活經驗的深刻體驗與思考。文學如何感動人，或許不是通過架空遙遠他界的科幻故事與穿越情節，而是源自真實個人經驗昇華而成的情感。

另外一類經常出現的題材，則是發生在曼哈頓的銀行搶案或東京咖啡廳的故事。遵循好萊塢的電影套路、異國情調與刻板印象，很容易誘使創作者生成一篇篇模版式的寫作，似乎搶案總是發生在曼哈頓特區，

黃義書／攝影

背後必定牽涉到跨國犯罪集團與白人黑幫；而咖啡廳故事最好發生在東京，人物則皆以某某子命名，彷彿在臺北或宜蘭咖啡廳發生的故事，就不足以成為「文學」書寫的對象。但是，這些寫作的嘗試都忘了，事實上要先具有描摹自身世界的能力，才可能進一步膽寫外在世界。寫作的第一步應當是追問「我到底活在哪裡？」而遵循套路與刻板印象的書寫，則往往無法打動讀者。

以白先勇《臺北人》而言，小說的書寫並非建立於空想，而皆有具體的時空脈絡。臺北雖小，其實仍有地域差異，公館、北投與木柵顯然就各具特殊地景特色，不能一概論之。觀察《臺北人》中的路名，可以發現故事幾乎集中在臺北市東區，大略而言即是東門以東的區域。由於一九四九年以降大批軍民撤退來臺，為解決大批外省軍眷的生活問題，因而向當時仍荒涼的城東區域開拓。《臺北人》所寫的，也正是當時外省軍眷的臺北故事。

除白先勇的《臺北人》以外，像是黃春明寫羅東、邱坤良寫南方澳，或是王禎和寫花蓮也都是例子。王禎和筆下的花蓮並非是田野景致，而是有著許多商家店面的花蓮市區，這正是因為他自小成長在市鎮而非田野間的緣故。從白先勇的臺北東區到王禎和的花蓮市，從張愛玲的上海到楊富閔的臺南大內，人的記憶都脫離不了成長的地方。回憶自身的經驗，郝譽翔敘述自小隨母親北上，所接觸的臺北是城市邊陲的北投，從小望著田野長大的她，多年後回望成長經驗，發現最難以忘懷的小角落正是北投，就像是青春經驗的培養皿，深藏了無限的心事與感動。郝譽翔將問題拋回聽眾：你是否也有最充滿情感的小角落？寫作或許就是打開記憶空間的那把鑰匙。

好地方／壞地方？

馬翊航從楊双子的《花開時節》談起，小說中寫女大生穿越至日治時期的大家族，在層層陰影疊映的殖民時代，重新學習日語與傳統儀俗。在穿越小說的體裁下，隱伏的其實是一系列問題：「為什麼關於自己的祖母、自己土地的記憶，我什麼都不知道？」這背後潛藏的是彌補歷史的缺憾，也是追問個人和土地的連結。

從小在池上長大的馬翊航，回憶起少年時期在花蓮求學，曾被同學笑鬧譏刺：池上有火車、有自來水嗎？這麼說來，成長之地或許不僅有美好回憶，也可能帶來傷害。正如同過往成長的記憶，或許不僅閃耀光亮，也可能處處瘡疤。然而，書寫池上並非出於對土地的驕傲，而單純因為「我只有這個地方」。因而，書寫小地方的意義或許不再於重彈城鄉對立的老調，不再於評判空間的好壞高下，而是發現不同地方之間的細微差異，正如同最好的作品往往不給出評價與結論，而僅僅描述什麼正在發生。回憶起大學時期常在臺北公館一帶以「小地方」為名的小酒館度過許多時光，在挨擠著鐵皮屋、回收車的汀州路小巷裡，總共只有十個座位的小酒店，總是來去著文壇的不同面孔。小地方的經驗，或許就在於它有特殊的時空感受與遊戲規則，給予特別的時空體驗。

從池上到小酒店，小地方牽涉的，或許是甜美又充滿傷害的年少時光，而未必人人都喜歡晶瑩光亮卻可能也尖銳布滿傷害的成長經驗，導致難以驟然描繪、開始敘述。也因此，觀察作家書寫的小地方，重點或許不僅是寫什麼，也是如何在書寫中啟動記憶、走入塵封的小地方。

如果說一般以鄉土為題材的敘事，常常容易陷入套路式的框架故事，反而無法表述具有真實感的鄉土經驗，楊富閔的書寫，則是找到不同的孔徑，在故事中再次成長，重新找回鄉土經驗。

〈暝哪會這呢長〉的故事敘述一個離鄉的姊姊，以及在姊姊部落格化名家族死去老人留言的弟弟。科技在故事中，並不是使人疏離的元素，反而是通過科技的介面，重新展示了舊日的家族網絡，並重新連結鄉土經驗與人際關係。人與年老的關係，乃至逝去的親人，都通過科技界面與古老儀式的混合而再次連結。

在故事最後，當祖孫三人乘上發財車離開小鎮時，小說其實迴避了傳統式的團聚景觀，而展示了鄉土環境中社會結構的老去與變化。因此，相較於訴諸科技與人際的疏離、城鄉的對立，楊富閔通過科技媒介傳遞訊息的方式，傳達出當代情境中具體而真實的地方體驗。在《我的媽媽欠栽培》中，〈我的小學教育〉則寫到鄉下由於人際網絡十分緊密，因此小學老師就是阿嬷的小學同學，上學就像是一種軟性監視。在他的書寫中，並不只是回憶靜態的往事，而是用小學故事來敘述人和人的關係網絡。敘述偏鄉聯絡簿、理想的課表與小學校，其實像是把自己變小，通過文學的技術替自己，也替讀者補課。因為那些經歷過，卻未曾足夠明白的偏鄉，其實都是一生待補的習題。

指認萬物的名字

對書寫地方而言，如何通過細節脫離刻板成見、恢復空間感是重要關鍵。以黃春明〈兒子的大玩偶〉而言，小說中的生活空間充滿細節，勾勒出鮮活的小鎮風景：隨著小說敘事中坤樹的行走軌跡，可以一路沿著火車站、站前路、中山路、民權路再到國小與旁邊的妓女街。在空間中，一切事物的細節不僅清晰可辨，而且可以一一指認出名字：道路、商店、盛開的花樹與招牌皆然。

郝譽翔以自身書寫北投的經驗為例，她曾收到讀者回饋，批評她所聚焦的，根本不是一般印象中的北投。然而她反問，一般觀念中的北投是什麼？是山上別墅、溫泉勝地的北投嗎？或者，是歷史語境中的色情之鄉？她所成長的北投，卻是山下窄仄的舊寓，像是周星馳電影《功夫》中的舊城寨，才是她最真實、不同於刻板印象的成長經驗。

當時母親帶著二姊與自己居住的空間，是六十坪分成十餘房，所有人共用一個廚房及兩個衛浴的分租房。記憶中的北投，是外地異鄉人移居北部，暫時棲居的北投，是油漆工、推銷員與打工族賃居聚集的所在，其中一位神祕的房客，甚至是在報紙上看見他上銬的報導，才發現是一名通緝犯。郝譽翔的北投，頻繁出現的不是泡湯旅人或尋芳客，而是社會底層的販夫走卒。回憶起年輕時從不展閱地圖，心情沮喪時任意隨著一條路不斷攀緣向上，總是能找到陽明山上散心。又或者，往北向著淡海的方向而去。唯有從生活經驗的具體細節而不是刻板印象，郝譽翔才得以指認自己真正認識的北投。

比起刻板印象與現成套語，細節顯然才是掌握文學作品好壞的關鍵。例如有的文章寫到「百花盛開」，可是「開的到底是哪幾種花，或者根本沒有花？開的花究竟是桂花，還是梔子花？」套語的使用、刻板印象的再挪用，都會導致文章只在文字表層上用功，卻未在情感上面對自我誠實探索。郝譽翔叮嚀寫作應該要回歸真實的感受，從溫度、觸覺等細節一一表述。唯有從自身體察的細節，細膩指認萬物的名字，才能締造屬於自己動人的小地方。

在無從解釋的星夜下

馬翊航則從具體的經驗，分享自己是如何感知、觀看地方。在日本三年一度的瀨戶內國際藝術祭時節，馬翊航抵達豐島預備參訪神祕的豐島美術館。由於禁止一切攝影，甚至不允許遊客以有顏色的筆繪畫豐島美術館，因而使得參觀者只能調度自己的眼睛與身心感受館內細節。他走入純白橢圓形的館中，和其他遊客一同屏息俯首，觀看地面上的水珠一一滲出表面，再隨著高低不平的地勢四處迸散又匯流、又迸散……，你必須全副感官投入其中，去感覺有什麼事正在發生。譬如在電視上看連續劇時，我們總是迫不及待想要快轉、直接跳過一切鋪陳抵達結局，但重點卻往往在過程中的細節。

另一個畫面則是高中時即開始有意識學習寫作的他，某一晚在外婆家，凌晨時朦朧醒來，通過老屋的建築看見屋外的星空。他開始試圖給予老家的星空意義，為它鋪排許多解釋。從伽利略開始，編輯許多文字陳述歷史天文，勾勒星空可能的意義，最後卻收穫了一篇失敗的文字。多年後回望習作經驗，馬翊航提醒的是：許多神祕的經驗並不需要解釋與定義，因為經驗本身可能已經在閃現光澤、自我完足。書寫的意義，有時可能不在於替經驗提供邏輯，而在於還原與收容所有可描述與不可描述的繁複感受。

觀察細節之後，進一步的書寫或許是要安排經驗、剪裁或串接材料。但是剪接手藝不見得要化繁為簡，也可以用緩慢的手勢拉長時間，因為唯有緩慢才能喚回記憶。例如，李渝〈朵雲〉中的敘事，寫眼鏡鏡片上的雲，就是時間的悠緩與延宕，通過細節喚回推遲的記憶。從地方感到身體經驗，郝譽翔與馬翊航從自身豐富的創作經驗及閱讀積累，為聽講的蘭陽女中同學們指引了文學技術與感知方式。曾為台積電青年學生文學獎得主，現任教於蘭陽女中國文科的趙弘毅，不只以自身創作經驗認同了講者的提點，也鼓勵在座的女中同學書寫親身體驗的蘭陽故事。唯有開始提筆指認事物的名字、以文字收留所有難以定義的經驗，才能夠真正回到自己的「小地方」。

成為大人以前
二〇二〇第十七屆台積電青年學生文學獎徵文辦法

宗旨：提供青年學生專屬的文學創作舞臺，發掘文壇的明日之星，點燃臺灣文學代代薪傳之火。

主辦單位：台積電文教基金會、聯合報

獎項及獎額：

一、短篇小說獎（限五千字以內）
首獎一名，獎學金三十萬元
二獎一名，獎學金十五萬元
三獎一名，獎學金六萬元
優勝獎五名，獎學金各一萬元

二、散文獎（二千至三千字）
首獎一名，獎學金十五萬元

二獎一名，獎學金十萬元
三獎一名，獎學金五萬元
優勝獎五名，獎學金各八千元

三、新詩獎（限四十行、六百字以內）
首獎一名，獎學金十萬元
二獎一名，獎學金五萬元
三獎一名，獎學金二萬元
優勝獎五名，獎學金各六千元

以上得獎者除獎金外，另致贈獎座或獎牌。

四、附設「高中生最愛十大好書」票選及系列活動，由參賽者選出心目中最愛的臺灣出版文學類書籍。

應徵條件：

一、凡具備中華民國國籍，全國十六歲至二十歲之高中職（含五專前三年）學生均可參加，唯須以中文寫作。

二、應徵作品必須未在任何一地報刊、雜誌、網站發表，已輯印成書者亦不得再參賽。

注意事項：

一、每人每項以參賽一篇為限。但可同時應徵不同獎項。

二、作品須打字列印（A4大小），一式五份，文末請註明字數（新詩請另註明行數）；字數或行數不合規定者，不列入評選。

三、請另附一紙，每位參賽者須列出一至三本最喜愛的文學類書籍（不限作者國籍、語言，但須在臺灣出版），須標明書名、作者、出版社。

四、來稿請在信封上註明應徵獎項，以掛號郵寄（221）新北市汐止區大同路一段三六九號四樓聯合報副刊轉「台積電青年學生文學獎評委會」收；由私人轉交者不列入評選。

五、原稿上請勿填寫個人資料，稿末請以另紙（A4大小）打字書明投稿篇名、真實姓名（發表可用筆名）、出生年月日、就讀學校及年級、聯絡電話、e-mail信箱、戶籍地址並附學生證影本，資料不全者不予受理。得獎者另須提供較詳細之個人資料、照片及得獎感言。

六、應徵作品、資料請自留底稿，一律不退。

評選規定：

一、初複選作業由聯合報聘請作家擔任；決選由聯合報聘請之決選委員組成評選會全權負責。

二、作品如未達水準，得由評選會決議某一獎項從缺，或變更獎項名稱及獎額。

三、所有入選作品，主辦單位擁有公開發表權以及不限方式、地區、時間之自由利用權。前三獎作品將在聯合報副刊（包括UDN聯合新聞網及聯合知識庫）及聯合報系北美世界日報副刊發表，優勝獎作品刊於台積電文教基金會網站及聯副部落格。日後集結成冊發行及其他利用均不另致酬。

四、徵文揭曉後如發現抄襲、代筆或應徵條件不符者，由參賽者負法律責任，並由主辦單位追回獎金及獎座。

五、徵文辦法若有修訂，得另行公告。

收件、截止、揭曉日期及贈獎：

收件：二〇二〇年三月十二日開始收件，至二〇二〇年五月八日止。（以郵戳為憑、逾期不受理）

揭曉：預計二〇二〇年七月中旬得獎名單公布於聯合報副刊。

贈獎：俟各類得獎人名單公布後，另行通知贈獎日期及地點。

詳情請上：台積電文教基金會網站

http://www.tsmc-foundation.org

聯副文學遊藝場部落格

http://blog.udn.com/lianfuplay
台積電青年學生文學獎臉書粉絲團
www.facebook.com/teenagerwrite
或洽：chin.hu@udngroup.com
02-8692-5588 轉 2135（下午）

文學專刊

成為大人以前——十四位作家的閱讀小史

黑洞中的亞列夫

廖咸浩

初中的時候來到了北投，對一個鄉下人來說，這是一個全新的世界，北投結合了一切你關於世界的想像。它有一種神祕感，從你第一次在北投投宿的日式旅館，到美麗的丹鳳山，到那些名字只有兩個字的眷村女孩。

那時你剛剛先後讀完《紅樓夢》和《約翰克利斯多夫》，正對小說語言產生了困惑，《紅樓夢》的語言與寫實主義小說《約翰克利斯多夫》的語言，距離有如已絕天地通。就在這個時候，你翻到了母親書架上的《張愛玲短篇小說選》，隨後不由得一口氣順流急下，無法止泊。因為張愛玲那時為你解決了小說語言的問題。

那個年代，《青年戰士報》的學生園地是媒體少數提供給初高中生的版面。看這一版有如加入了一個祕密社團，偶爾自己也會寫一則無關痛癢的花絮。但私下你有如得了熱病般開始胡亂寫作，雖沒有特意模仿哪位作家，有一陣子卻不知不覺冒出了愛玲體。

然而，生活並不會因為找到寫作語言而變得容易描繪。你發現升旗時擔任旗手的那個女生之後，你注意到每次她出現的時候，都有如一片耀眼的光，根本無法寫實的觀察她。很多年以後，你才逐漸體會到這兩種語言的差別，寫實的語言是去聖向俗的四處漫延，而《紅樓夢》的語言則屬於那退俗返聖的剎那。寫實的語言塞滿了口中眼中，讓人無處可逃，但紅樓的語言又早落紅塵之外許久。俗聖在此沒有高下之分，只有常罕之別。而張愛玲之所以吸引你，或許正是因為她在聖俗之間變動不居吧。

你在初一的暑假參加了北投初中特有的寫作班，由後來成為隱地夫人的林貴真老師擔任指導，你雖還無法以張愛玲的方式觀察那女生，但還是僭用了自以為張派的語言把那女生帶進了你的作業。幸好林老師懂得學生心理，對你多所鼓勵，就那麼一個暑假之後，你意識到文學與一片無法逼視的光有密切的關聯。

但張愛玲並不是唯一的。在小學四年級的時候，你從漁村來到重慶南路，買到了你一生中的第一本文學雜誌《幼獅文藝》，並且發現了現代詩，包括鄭愁予的〈錯誤〉和詹冰的〈綠血球〉，你驚訝的發現，每一首詩於你都似一顆不易參透的多面水晶體。在張愛玲之後你也開始看現代主義的小說，如勞倫斯的短篇。某譯者曾大量的翻譯他的作品，你讀得似懂非懂卻愛不釋手。雖然若干年後看了原文才知道其中錯誤甚多，但這卻意外造成了錯誤的美麗，讓你有幸從斜切面瞥見那字裡行間閃爍的光。

早慧與世故常常很難區隔。你從小愛畫畫，很早就畫了漫畫給弟妹看。但小學二年級正式畫的第一張畫，參加繪畫比賽卻名落孫山，後來得知是因為你的畫用了透視，被認為是大人的代作。但也許評審歪打正著，你雖很早就體會到語言的掙扎，卻始終不似許多冰雪聰明的女孩，從高中甚至國中開始便對語言有了超乎常人的駕馭能力，隨手拈來便渾若天成。如此看來，你更像世故吧——而需與之搏鬥許久。

但搏鬥是必需的。在你成長的漁村，夏天總是燥熱無風，冬天又淫雨不止，但不變的是，一切都近乎靜止，難得有事發生。於是你似乎必須以世故來與那巨大的孤獨感搏鬥。偶爾的救贖就是謠傳某處鬧鬼，或者某處有小偷被村民私刑，或者在無趣的日本演歌突然中斷的剎那，從河那邊隱約飄來的、無名的傳統音樂。

你以為到城裡念書，這種馬緯度無風帶一般的靜止所帶來的巨大孤寂會改變。你到了北投這個新世界，無聲的戀慕著一個眷村女孩；你進了建中，她進了北一女，你還是在三路公車偶爾會看到她的情況下，無聲的戀慕著她；你進了臺大，她也進了臺大，你終於有機會近距離觀察她，而她真的就如張愛玲的語言一樣，游移在俗聖之間：《約翰克利斯多夫》寫實的無情讓你看到她那對明亮的鳳眼真的不完全一樣大；然而她也一如《紅樓夢》中那些慧黠的女子，仍似一片無法直視的光。

你居然還是那麼接近無聲的戀慕著她，雖然你們也說過少許的話。你和其他的女孩來往，但那巨大的孤獨感卻逐漸變成了一個黑洞。雖然你談過幾次戀愛也寫過詩，但似乎沒有寫過快樂的情詩，因為你始終在黑洞邊緣游走。是否因為她就是那黑洞呢？你不願探究，因為怕知道她或許只是一個藉口。

但你讀的是文學系，且時時必須面對虛無主義者尋釁。那一天終須來到。在一個夢裡，你來到了一座巨大的、有無數八角形中空書庫的圖書館，你終於在其中一個書庫找到了寫有答案的那本書，你準備翻開一究是否黑洞就是她，但在那一剎那，書滑出了你的手並急速往八角書庫中間的深淵無止境的掉落。你猛一探頭，彷彿看到她確實在最深的底部，但卻還有無數密布如銀河的人事物，光耀奪目無法逼視，如亞列夫一般。（註）

若干年後，你寫下了這樣的句子：

「在最深的夜裡，街燈下微雨依稀斜織著孤寂的幻影，遠方的森林無故如節慶般起了大火。文學就誕生在這樣的一刻，一種在零度邊緣的救贖。它對讀者發出最低頻的呼喚，讀者偶然聽到，便以為那是從星雲的深處、從物種的源頭而來。遂因此而暫時忘記了他是一個人來到了人世。」

但或許，光真的來自彼處？

註：亞列夫：波赫士的同名短篇小說提到，他在友人家中發現了一個直徑略大於一英寸、光耀奪目的點，在其中可以完整的看到全宇宙。

廖咸浩

臺大人文社會高等研究院院長，臺大外文系特聘教授。史丹福大學文學博士，哈佛大學博士後研究。曾任臺大外文系主任、中華民國比較文學學會理事長、臺北市文化局局長。研究領域：精神分析、後人文主義、比較詩學、《紅樓夢》。著有《迷蝶》、《愛與解構》、《美麗新世紀》、《紅樓夢的補天之恨》等書。

一個人的神聖時間

林俊頴

將近兩年的時間，我不再每一天精衛填海似的來這家連鎖咖啡店寫字。原因很簡單，因為無字可寫。鳥飛在空中，影子落在地上。這樣無根的自由，其實很不錯。

然而，就在新冠肺炎及其謠言蔓延時，我重回咖啡館，慶幸它的生意不受疫情影響，來客一如往昔維持在三四成，戴口罩的也只有零星幾人，小國寡民。至於廁所那常常堵塞的小便斗總算拆掉了。久違卻熟悉，整個清疏的空間讓我們這些久坐者好像水族館裡、窩在角落的不合群生物。鄰座一位我第一次見到的可疑的邊緣人口，娃娃臉的老大叔，拖著四輪菜籃車，裡面滿滿的塑膠袋包裹嚴整的不知什麼物件，且插著一把透明雨傘，他的全部家當？食完套餐，他攤開兩本厚書，先翻閱報紙，很快那厚墩的身子一歪，陷入睡眠的流沙。還好沒打鼾。

我瞪著眼前的空白稿紙，久久不能落筆寫出一個字，移形換位，我認為那老大叔是寫作大神遣來警示我的天使化身。無論是不願寫、或是無可寫的時候，我是那肩著背著袋子沿街遊蕩的人，入目的每一樣有用與無用之物，包括垃圾，我有大志，要在文字世界給他們一個熠熠發光的位子；一旦到了寫盡了的那一日，若不幸比我的死亡更早來到，我將會是如此無處歸位的拾荒老人吧。

我突然發覺，隔著大路，正對面那一棟低矮兩層樓的老舊房屋消失了，圈起綠漆鐵皮圍籬，其上塗鴉的英文字如同九轉肥腸，準備建起新大樓。寫作中遇到難以為繼的時候，我每每無聊興起一個念頭，曾經被實驗過多次，而今只能算是老把戲，找一個熟悉的街口或巷道，每一段時日就相同的鏡位照一張相，持續幾年，時間的粗細顆粒浮起，那會是迥異於文字書寫、訴諸感官的紀錄嗎？

空白稿紙告訴我，我用咖啡館以書寫工作，整十年了。曾經渾身香水與鮮花的王爾德，他的《獄中記》與其說是寫給渣男情人的長信，我寧可認為是他的深刻自省。他在牢獄中的清醒，真像高緯度秋風颳掉前半生的囂張與縟麗，「一個藝術家，特別是像我這樣的藝術家，他創作的質量需要安靜、平和與孤獨。」「最大的罪惡是淺薄。」

安靜、平和與孤獨，其中最大的是孤獨；也為了避免淺薄，我逃到咖啡館寫作。出於土象星座人的內在規律，我設定的條件簡單，必須在步行半小時內的範圍；其次，避免那些強調個性與風雅的，座席多人多無妨，店內所有的聲響於我反而是白噪音的正面功效。因此，連鎖咖啡館是必然的選擇。市廛熙攘，一如小時候老家大竈裡一層爐灰，焐蓋著其下等待復燃的柴枝。有時手賤，拿火鉗拖出，跌地上，只為看即生即滅的亂蹦火星。

《留情》裡，張愛玲是這麼寫的：「炭起初是樹木，後來死了，現在，身子裡通過紅隱隱的火，又活過來。然而，活著，就快成灰了。」二婚的女主人出門前下令傭人，豆腐放在陽臺上凍著，火盆上蓋著點灰焐著。小說結尾祭出金句：「生在這世上，沒有一樣感情不是千瘡百孔的。」

是的，等待復燃。寫作的人，在每一日的死亡裡等待復燃的時候來到。必得全心全意在孤獨中等待，安靜、平和則是濾網。十年過去，我在咖啡館，包括愛荷華大學城鬧區那間總是滿座如溫暖洞窟的Java House，寫成了兩部長篇與一部中篇小說。老實說，十年算什麼呢？人們迷戀十進位的整數，以為藉此可在時間大河定位下航標。但難免思之寒磣，想像在月亮下啪啪翻著這三本書，頸後涼颼颼。

我早早便懷疑我寫的字能夠留存多久？

閱讀時，我們計較一本書的含金量，而每一位寫作者都是鍊金術師，凡是發生在他身上的就是薪柴，書寫即是提煉。卡爾維諾寫得真好，每一個人都是一部百科全書、一座圖書館、一張物品清單、一系列文體的交互重組。書，以如此古老的方式延續它的存在。念及此，我很安心。

然而十年間，被我用過而已消失（我不願誇張說是被我寫倒的）的連鎖咖啡館共有三家，逐一改成超商、牙醫診所與小火鍋店。兩層樓的那家特有一種高懸的隱密感，好像傳說中大隱於酒肆牆上的葫蘆，當窗對著捷運的高架軌道，時間刷刷一去一返加速流失，令我想起李敖寫他坐監時，每當晴天的太陽短暫的進了牢房，分成幾小塊逗留地上，他夸父般將私人物件趕快拿出曝曬。太陽與地球的距離，一億五千萬公里，折合光速是八分二十秒。光中浮游的纖毫，我瞇著癡望，覺得是一微型的光瀑，美極了。

在那只容一人的咖啡館座位，是我一個人的神龕，等待的、枯索的、自問自答卻一個字也寫不出的時間，是常態。我抬眼看遠方，也不能有多遠，不過是隔著車流大街的對面樓房、茄苳路樹，樓與樓之間的狹長天空，太陽光在其間偶或跌宕，我想著八分二十秒的距離，悠長一如永生的詛咒。

孤獨難耐嗎？在他生命的尾端，王爾德給渣男情人的由衷懺悔：「我們在一起的那段時間，我沒有寫出一個字。」

林俊頴

臺灣彰化人，政大中文系，紐約市立大學碩士。曾任職廣告公司與媒體，著作：《我不可告人的鄉愁》、《某某人的夢》、《盛夏的事》，以《猛暑》獲得長篇小說金典獎。

突變閱讀，換位創作

李進文

去年底，初校完新詩集《野想到》，趕在二〇二〇年一月大選投票前，給自己一段旅行，到日本金澤、加賀、合掌村落，打算多停留幾天慢慢走，感受細節，細節對寫作者是一種手感、一種召喚。

旅行的本身就是閱讀，有時也會催化寫作慾望。行前我從網路閱讀不少圖文資訊，每當實際到達目的地，總發現旅行的衝擊性和異國情調被事前的資訊沖淡了，好像只是把虛擬複製貼到真實，不再有著對景色「哇！」那種驚呼，這跟以前沒有網路的旅行，有很大的不同。

以前透過想像、對未知和穎奇的渴求，以及不可逆料的困境，使得旅行常常有驚嘆，初次所見的感覺會鑽進骨子裡，如今的旅行，沒有太多迷路、沒有太大挫折，Google Map 太方便，網路資料太多。

旅行已經或應該從「獵奇」回到「閱讀」，慢慢走也慢慢讀，大口呼吸、撫觸、徘徊、體驗頓挫等等這些「細節」。金澤和加賀山中溫泉，是松尾芭蕉在《奧之細道》一百四十三天過程的留連之處，旅行跟文學結合，自古以來大家很熟悉，芭蕉的俳句是用腳慢慢走出來的。

寫作要有臨場感，亦即有細節才獨特動人，臨場感一方面要透過技藝，另一方面是閱歷。旅行的趣味已非大意象的驚嘆，而在小細節的撫觸，寫作和閱讀也是這樣。對我來說，除了旅行的本身是一種閱讀之外，文字是唯一使旅行變成事實的方法。

從旅途回來，在農曆年前整理書架，汰舊更新，我掃描整面書冊，那是一排我的閱讀史，也可以說是工作史，因為我的閱讀和寫作常跟工作有關。

年輕時當記者，那時已是文學時代的尾巴，我讀詩最多。詩集最適合記者帶著跑新聞，經常移動，時間零碎，作息不正常，讀幾首詩瞬間切換頻道，讓自己安靜下來，而記者接觸人事物的複雜正可以為寫作提供素材。

我喜歡的詩人像墨西哥帕斯（Octavio Paz），他的語言常出人意表，簡單說就是：不守規則或規矩。所謂「確定的說法」是不存在的，因為「每一首詩都是另一首詩的草稿」。喜歡他說：「我寫作不是為了消磨時光／也不是為了使時光再生／而是為了我自己活著和再生」。記者的生活如同他詩中透露出對政治社會的焦慮，所以我也常處理社會和政治詩，讓作品有應世觀或當代感。

我也喜歡德國猶太裔詩人策蘭（Paul Celan），他深刻、哀愁，尤其「讀策蘭的詩不需要詩學」。那時代，有人曾私下說策蘭的詩難懂，傳到策蘭耳裡，他的反應竟是：怎麼可能？——因為他寫的僅僅只是他的生活與生命。喜歡的又如波斯時期的魯米，西班牙的希梅內茲和羅卡，美國的普拉絲，波蘭的赫伯特和辛波絲卡，法國的波特萊爾和韓波，愛爾蘭的葉慈，奧地利的里爾克，義大利的蒙塔萊，以色列的阿米亥，阿根廷的波赫士，智利的聶魯達，祕魯的瓦烈赫等等，當然很多得藉助翻譯。

我第一次讀到美國詩人愛蜜莉．狄瑾蓀，透過余光中的譯筆給我極大的吸引，狄瑾蓀形容「報紙像松鼠賽跑」、她看到蛇感到「骨髓裡降為零度」、寫殉美則是「直到青苔爬到了唇際，／將我們的名字遮掩。」當時是很新穎迷人的比喻。

從事數位內容工作時，我開始關注動畫，也可以說「閱讀動畫」，歐洲、美國、日本的動畫風格在那時代還很分明，有段時間我沉迷宮崎駿的所有作品，包括研讀他寫的《出發點》和《折返點》，他的創作總是關心人性和環境。我也曾努力把世界名著改編成動畫……。動畫的視覺、節奏、幽默，這些關鍵字同樣也是文學的關鍵字，只是形態不同，可以互為驗證和挪用。因為這工作從事了十年，對我創作形式和取材有決定性影響。

二〇一三年來到出版業，出版社各有核心內容，待過以純文學為主、也待過以歷史人文學術古籍為主的出版社，因為工作，許多早年經典也有機會重讀，或促成復刻，例如重編蕭紅的成名作《生死場》，恰與《呼蘭河傳》相輝映，她獨語式的白描像一篇篇散文詩，如同沈從文的《邊城》，也有著散文詩的風格，讓我思考網路倍速時代所漸漸褪色的形式與風格鍛鍊。我編輯學術、社科、歷史和古籍經典則開拓了我的眼界，《詩經》和《莊子》在中年後才成為我的床頭書，文學的想像力，必須以各類和跨類知識為基礎才可長可久。

這些年有空也會追劇，美劇、日劇和韓劇，電影、電視和網路劇集，說故事方式不太一樣，電影像一首詩必須自足而綿密，而劇集則像散文詩，需要更有信心地掌握節奏、節點和布局，將觀者（讀者）的情緒起伏納入思考，或者換位創作。我們曾被向田邦子的《父親的道歉信》感動過，那是一本散文，但她有電視劇本的寫作專業，跨界的寫作者往往促成文體的「變種」，產生新趣味或詩意。接觸不同類型的「閱讀」，催化融合跨形式的寫作，有助於瓶頸的突破。

工作、旅行、追劇等等，都可以是閱讀型態，重點在以什麼方式吸收養分，如今的閱讀已經進入另一個時代風貌，寫作者也是站在一個前所未有的新世界，「讀者和作家如何在時空裡相遇？」這命題以前我覺得是常識，有了更多閱讀經驗以後我覺得這「相遇」是一種哲思、一種寬闊的學問。

李進文

一九六五年生，臺灣高雄人。任職過出版、數位內容和媒體，創作兼涉新詩與散文；著有《一枚西班牙錢幣的自助旅行》、《雨天脫隊的點點滴滴》、《長得像夏卡爾的光》、《靜到突然》、《更悲觀更要》、《微意思》、《野想到》等。

帶著傷口匍匐爬行的食字獸

鍾文音

以前我曾形容自己是隻「食字獸」，看到字就想要吞噬，甚至讀書時搭公車會一直看著公車上貼的廣告，從車尾到車頭地看著，吃著字。最後可能吃太多了，後來就不斷地吐出來。但現在我已經不再亂食字了，當代很多「新」字像是受到汙染似的，我已無法吸收。

至於「獸」，我解之為創作的野性，野性的思維，創作不被圈養，靈性不被收編。寫作多年，眼淚是代價，孤獨是代價，貧窮是代價，美麗的代價讓寫作像是孤獨又燦爛的神，只有作品可還原我走過的時間，還原我的歲月。

書寫於是成了作家的存在與時光的螢光記號。

曾有讀者問我：一個作家要多任性，才能讓文字和故事如此野性？他問的是我寫島嶼三部曲關於身體的野性《豔歌行》、土地的野性《短歌行》、際遇的野性《傷歌行》的任性與野性。是啊，這三本書確實是任性的，像得了熱病的狂亂生長，我想我一直都罹患寫作的熱病，不想被修剪成庭園裡那種美麗端莊、敘述脈絡又清晰的樹，長成這種得熱病的小說樹，要冒著閱讀者可能走岔路的迷宮危險。但一直在安全領域創作，那並不是我寫作的本來樣子，寫作比較像是我的探照燈，我生命的怪手，寫作是現實的探勘與感情的追索，是莒哈絲筆下那種無聲的吶喊。雖然我寫三部曲時將一本小說擠滿小人物與各色女子的書寫有著極端的兩極評價，但只有作者知道想要抵達的神祕座標，那種文字之外滲透而出的氣焰與傷痛。

至今我想我仍然具有這種野性的特質，尤其在寫長篇小說時，我總是讓小說得熱病，狂燒不息，漫天生長，直到無法再長（但受限於出版，現在也只好讓小說吃退燒藥，開始學習節制）。

少女時期我就喜歡很特別、很新鮮、很陌生、很野性……能帶我抵達無法經驗的世界的作品。三毛曾在我十三歲前扮演這樣的角色，她故事裡的異國情調，帶我飛向幻想的遠方，搖晃我的基地，從此我的生命不渴求安定，但求歷驗種種。對於愛情的傷痛遺憾，則始於童少就閱讀的《白蛇傳》，以及上國中之後讀的張愛玲《半生緣》，這兩本小說都讓我感覺恐怖極了，情竟可生可死，輪迴幾世不罷休，幾乎成了我的另類遊園驚夢。

我大概在十八歲前完成東方幾部重要經典的閱讀書單，心中一直長著《紅樓夢》與《西遊記》。上大學之後，多年來我一路都在西方文學的板塊中移動，寫長篇小說的那種野性和我後來接觸幾個又任性（韌性）又野性（血性）的西方作者有關吧，莒哈絲（《情人》與其一生寫了七十幾部作品）、亨利米勒（自傳性的小說）、多麗絲萊辛（《金色筆記》）、喬伊斯（《尤利西斯》）、吳爾芙（《戴洛維夫人》與其實驗性極強的小說）、納博科夫（《蘿莉塔》與《幽冥的火》）、童妮·摩里森（《樂園》三部曲）、三島由紀夫（《豐饒之海》四部曲）……這些書都可以當枕頭，難怪我後來的長篇小說動輒超過三四十萬字，每一本小說都「太厚」了，故有朋友戲稱我為「太后」。

以筆墨走了這麼遠的路，始知寫作之初或可源於才華源於孤獨源於非寫不可，但現在才知其難還難在當一無所有（包括無名聲無掌聲無經濟）時還願意寫作，寫作難在能以職人精神將寫作置於心中永恆戀人或一生懸命的位置。

概因寫長篇是如此勞心勞役，若還要和現實打仗，作家那敏感的心可能遭致四分五裂了。如果想寫作，且交了一個爛情人或是遇上感情風暴；如果想寫作，卻被憂鬱的黑暗之心囚住。如果想寫作，卻要養家養母養小孩……那麼寫作這個行當確實是難上加難。

沙特說：「他人是地獄。」因為很多人被外界的眼光折損或局限了自己的寫作熱情與信心。但我想說「他人是天使」，因為他人也餽贈了故事與想像。

一個好作家也是好讀者，作家要閱讀過去也要閱讀當代，當閱讀千山萬水，那麼他會知道自己的寫作特性與作品發聲的位置。

但閱讀有時讓人手軟，每當我進入圖書館，眼皮臣服在各種經典下，我常想，我還能寫什麼呢？如果寫下這一切卻又留不下這一切，寫作與出版的意義何在？啊！寫作不能問意義，一問就擊垮心志。

只因寫作還集合了各種艱難：誰在寫（面對自我）？寫什麼（穿越黑暗與田調生活經驗）？

怎麼寫（才華與美學涵養）？寫出來之後（如何昂揚於市場與評論者的目光之上）？之後能否繼續寫（意志，不被現實或感情吞噬）？

「寫作是地獄，你要知道。」莒哈絲說。我以為寫作是甜蜜的折磨，寫作也是「報信者」，從地獄之谷歸來，報信給他者。

有人說寫作這行業，正常人就別來攪和了。寫作要不正常，不正常當然不是指人生不正常，而是看事情的眼光角度或者評價有自己的看法，幫正常人指引世界傾斜的不正常面，有能力寫出別人無法寫的觀點，由於作家看世界的角度，說故事的方法，不流俗的個人獨特美學觀。

但作家也因為「不正常」而被區隔在大眾之外。於是有的作家遂有「不屬於這個世界」之感，當你覺得你不屬於這個世界，那麼日復一日的日與夜就成了難題。

但有意思的是，我的閱讀經驗又告訴我，種種難處或困頓往往最後又餽贈了作家，只要還願意提筆，還能寫下一切，那麼黑暗將是襯托明亮的深邃布幕，成為點亮靈魂之火的繆思。

畢竟我是我，個體是無可替代的。

作為一隻於今野性已逐漸被生活馴服的食字獸，我仍天真地幻想著：給我一塊雜蕪的叢林，賜我一縷荒靜的草原，施捨我一丁點活口的水源，偶爾安撫我躁動的心，我就能帶著傷口繼續匍匐爬行，且將傷口以文字開出瑰麗之花。畢竟，我受教於許許多多走過這條艱難之路的偉大作家，我的胸壑也因此變得有力量了！

鍾文音

專職寫作，以小說和散文為主。著有島嶼三部曲《豔歌行》、《短歌行》、《傷歌行》；短篇小說集《一天兩個人》等；散文集《憂傷向誰傾訴》、《最後的情人》、《捨不得不見妳》等。最新長篇小說《想你到大海》。

誤讀

胡淑雯

很長一段時間，我一直以為，《麥田捕手》男主角的弟弟死因不明，於是我猜想他是自殺死的，繼而推想，敘事者霍登，那個棲居醫院的少年，應該是住在精神病院裡面。也就是，這整部小說，是一個精神病患的自白，我幻想整個故事籠罩著一種清潔的白，如同新下的雪，新生的小孩，輕易就會被踏髒。其實我錯了。

誤讀讓人充滿想像力。幾年前，這本書出現新的譯本，我興沖沖跑去誠品書店，翻找自己最喜歡的那個段落，想要看看新的譯者如何詮釋那段最讓我著迷，也最神祕難解的文字。那是一個「不敢回家也無處可去的人，害怕自己就地消失」的段落。我記得那天是周六，書店裡滿是觀光客，尤其來自中國的觀光客，我才剛把自己塞進長板凳上一個難得空出的座席，窗外突然雷聲大作，下起暴雨，書店瞬間湧入更多躲雨的人。我在人群步履雜沓，小孩天真走逛，時而奔跑時而哭鬧的環境中，翻開我鎖定的那一頁。讀著讀著我發現自己快要哭了，當下不知如何是好。我該放下書本離開，還是繼續？為何我會在這一刻，受到悲傷的襲擊？這本書，這個段落，我已經讀過了不是嗎？我不想在眾目睽睽之下掉眼淚，卻又對這一刻自己的心理變化感到困惑。我知道，倘若我拒絕了此刻的困惑，這困惑會在我丟掉書本的瞬間離開我，帶走未知的禮物。我似乎可以感覺到，這困惑裡藏著某種特殊的想念，想念一個特別的朋友，而當我發現自己想念對方，才確認自己已然失去那個人，失去很久很久了。他的幻聽，他的妄想，一度深深困擾著我，傷害著我，時間長達兩三年，直到我再也無力承受，棄守了這份友誼。然而這一刻，在大庭廣眾之下流出的眼淚，讓我發覺，自己已經原諒了對方，也原諒了自己。救贖不在人間，倖存是運氣，這一點，「麥田捕手」是知道的。這天縱的體悟，強大而放肆，不容我拒絕，只能俯首稱臣，乾乾淨淨迎接，讓悲傷通過我的身體。這件事，說起來真是不好意思。不好意思我誤讀了這本小說，偏偏唯有誤讀，給了我獨一無二的「心得」，就像夢，每一個夢境都是無從分享複製給另一人的，甚至無法在夢醒後為自己轉述，如實寫入個體的記憶之中。

另一個誤讀的故事：地下室手記——咖啡廳裡，坐在我對面的男人，飽讀群書而且善於言辭，他滔滔不絕，對知識充滿熱情，我也聽得很起勁，話題牽著牽著，對方說起自己艱苦的留學生涯，說自己跟《地下室手記》的主角一樣，在漫長的異鄉歲月裡，住了好幾年的地下室。頓時我閃了神，心想，書裡那個人，住的並不是地下室呀。我記得，小說後半，那個名為 underground man 的人，斥走了上門來告白的女孩，眼睜睜目送對方一階一階奔下樓梯，出了大門。他拒絕，且羞辱了自己心愛的人。而我以為，這本小說高明之處就在於此：一個自恨的自卑者，如此徹底，連愛上自己的人都要看不起。我之所以深深記得那女孩的步履，由三樓步步向下的背影，正是因為，我也曾經以為那男人住在地下室。《地下室手記》的主角，理當住在地下室，這是書名所誘發的，理所當然的錯覺。我曾經花了一點精神在想，這本書的書名，該怎麼翻譯才好。結論是，就這樣吧。這真的是一個很棒的書名啊。地下室手記，就只能是，地下室手記。

前陣子，重讀聶華苓的《桑青與桃紅》，也發現自己誤解很深。小說第三部，桑青一家在動盪的戰後自「北平」流徙至臺北，在日式房屋的閣樓裡藏了兩年，躲避警察與特務的追緝。小說裡的時間，落在一九五七至一九五九，與白色恐怖的高峰期疊合。閣樓裡的桑青，讀著偷偷搜來的報紙，裡面寫了一則「殭屍吃人」的鄉野傳說。未腐爛的屍體化作厲鬼，先在小地方吃人，再慢慢往外吃，最終會吃光所有島上的人。初讀這部小說的年紀，臺灣早就解嚴了，於是我總感覺那殭屍，指的就是老蔣，因為，獨裁者是不下葬的。再讀的時候，是去年，相對成熟的我研究了小說發表的日期，發現，這部小說寫作的時候，老蔣還在世。那具殭屍不是我以為的這具殭屍。不過，小說在一九七〇年十二月開始，在《聯合報》副刊連載了兩個月後，被警備總部腰斬了。從未來的眼光回望過去，我的誤讀也不算太過分了。

至於麥田捕手的霍登，那個住在隔離病房的少年，到底在病什麼？他得了肺炎。是的，肺炎。但這個肺炎不是那個肺炎，一如那個殭屍不是這個殭屍，那個地下並不是地下室。

胡淑雯

臺北人，臺大外文系畢業。著有短篇小說《哀豔是童年》、長篇小說《太陽的血是黑的》，主編並合著《無法送達的遺書》，記錄白色恐怖政治犯的遺書與家書。二〇一八——二〇二〇與小說家駱以軍，童偉格，陳雪，黃崇凱，顏忠賢等出版短篇小說實驗集《字母會》，已出版A到Z共二十六冊。另與童偉格主編《讓過去成為此刻：臺灣白色恐怖小說選》共四冊。

另一條回家的路

凌性傑

高雄老家三合院拆除工程收尾那一天，我到現場拍了相片，拾走一塊紅磚留作紀念。建物不在了，然而地面瓷磚並沒有刨除，那樣的狀態比什麼都沒有還來得荒涼。即便家人已經遷居別處，這裡卻還有一方菜園需要照料。在四時的流轉裡，園中瓜果蔬菜兀自生長，庭院中高聳的芒果樹結了果子可是都不太好吃。

卡車來回幾趟，終於將廢棄物清運完畢。正午陽光照耀，眼睛不禁瞇瞇的。有點懷疑，這是自己記憶開始的地方嗎？

角落有一只廢棄不用的大型冷藏櫃，打開一看，裡頭原來都是我的物品。國、高中時期的課本、作業、成績單，以及大量的書籍雜誌，以一種不須被聞問的狀態存在著。重新看到這些物件，迅速下了判斷，想要留下的很少，大部分都回收掉吧。回收掉的，彷彿是另一個人的記憶，而不是我的。就像某些同學會場合，驚覺現在的我並不是其他人口中的那個我。

生長在一個缺乏文化刺激的環境裡，我能夠走上寫作的路途，也許純屬意外。似乎是讀小學四年級那一年，家裡後院搭建木屋，四周圍起柵欄。過不久，裡面住了五隻羊。放學無事，我跟兩個弟弟領著那些羊去吃草，黃昏時再把羊群帶回小木屋。正好也是那一陣子，院子裡來了一隻孔雀，似乎是長途迷路，神情有點疲倦。問了周遭鄰居，都說不是他們家養的。於是我把牠留了下來，閒置多年的鐵製狗屋剛好夠牠棲身。哪知沒多久，孔雀無端消失。之後大約兩、三年的時間，羊群就悉數變賣。媽媽忙著餐飲攤販的生意，因此給了我許多自由。向來節儉的她，從不吝嗇花錢給我買書、訂閱報刊。每當外在世界有了紛擾喧囂，我往往把閱讀當作一場逃亡，在文字世界裡浪跡天涯。從天涯回到現實的時候，再把書裡的內容說給孔雀跟小羊聽，我覺得牠們都能聽得懂。如果還有其他心事，就寫在媽媽幫我買的日記簿裡。

我很幸運擁有一個不會偷翻書包窺探兒子隱私的媽媽，所以很敢放膽去寫。我讀了什麼、寫了什麼，大概也都是自己知道而已。只是近幾年，書寫的狀態有些改變，漸漸不太想寫跟家人有關的事。《島語》、《海誓》詩集紀念套書出限量版時，附贈一款帆布提袋。我寄了一箱套書回家，跟媽媽說提袋可以拆來用，詩集收在櫃子裡就好。其後回高雄小住，北上之前媽媽突然說，讀到詩集裡某段文字讓她哭了一整夜。那當下我無比驚愕——從來不看文學書的媽媽，竟然讀了我的詩集，竟然還讀到哭。關鍵是《島語》詩集裡寫了這件小事：離開高雄到臺北讀大學前夕，媽媽陪我去棉被行買了一床厚實的被子，郵寄到師大宿舍。

媽媽告訴我，她很後悔當時忙著做生意，只顧賺錢，沒有陪我去大學報到，讓我一個人孤單出遠門……。

我笑著告訴她，男孩子就是要這樣才會長大。（私下忖度，以後還是多寫些教人看不懂的詩好了。）

我所喜歡的沈從文、蕭紅，都是離家出走的人。那個大時代裡，家與國的宿命似乎讓個體的生存顯得卑微。家是群體關係的開端，對孩童來說，親屬之間的情感是世界最初的模型。沈從文、蕭紅離家之後，實踐了做自己的可能，完成對命運的叛逃。然而極其弔詭的是，他們筆下最燦爛奪目的篇章，又往往與故土有關，《邊城》如此，《呼蘭河傳》亦然。許鞍華的電影《黃金時代》，以類似紀錄片的手法敘述蕭紅的傳奇人生。一九三〇年代的中國文壇充滿無限可能，蕭紅帶著文學夢遠走高飛，獲得魯迅的青睞。我很喜愛電影裡引用《呼蘭河傳》的文字：「花開了，就像睡醒了似的。鳥飛了，就像在天上逛似的。蟲子叫了，就像蟲子在說話似的。一切都活了，要做什麼，就做什麼。要怎麼樣，就怎麼樣，都是自由的。」這樣的文學作品告訴我，生而為人，最值得珍惜的一樣價值是自由。

一直覺得血緣關係是這個世界最暴力的事情之一，因為由不得自己，全憑造物者決定。身體裡流著怎樣的血，背負著怎樣的基因，接受怎樣的教養，取決於機遇與偶然。家提供了庇護與某些恩義溫情，但同時也賦予宿命。那樣的宿命如影隨形，一輩子都無法甩脫。羅大佑〈家〉這首歌這麼唱著：「我的家庭我誕生的地方／有我童年時期最美的時光／那是後來我逃出的地方／也是我現在眼淚歸去的方向。」我覺得無比貼切。

只是，真要到很久以後才明白，離家之後，可以不斷回家是多麼好的一件事。

現實生活裡，我喜歡讓心智去旅行，恣意漫遊沒有方向，可以回到過去，可以眺望未來，也可以凝視當下。心智旅行累了，隨時可以回家。現在，我好像可以這麼告訴自己了，最初的家屋已經拆毀，而書寫其實是另一條回家的路。

凌性傑

高雄人。臺灣師範大學國文系、中正大學中文所碩士班畢業，東華大學中文所博士班肄業。現任教於建國中學。著有《男孩路》、《島語》、《自己的看法》等。編著有《九歌一〇八年散文選》、《二〇一八臺灣詩選》、《青春散文選》（吳岱穎合編）、《靈魂的領地：國民散文讀本》（楊佳嫻合編）、《人情的流轉：國民小說讀本》（石曉楓合編）、《另一種日常：生活美學讀本》（范宜如合編）等。

家裡那間書房

黃麗群

那時家裡有間書房，書房裡最早有張木頭書桌，彷彿是前屋主不帶走的，顏色黯淡，後來父母拿亮光漆把它刷成白色，旁邊擺上立燈與旋轉椅，旋轉椅軟綿綿的。有一面牆靠著外婆送的鋼琴，除此，另一面牆做上櫃子，上中層玻璃門排書，下層木門收納。

我自己的《漢聲小百科》或《中國童話》《奇先生妙小姐》並不放在這裡，最早得到兩本旁邊不加注音符號的課外書《琦君說童年》《琦君寄小讀者》也不放這裡，它們在我房間。對那間書房我一開始有委婉的朦朧敵意，那裡是父母年輕時一路留下來的書與雜誌，還搆不到上層時我有時隔玻璃門盯著那些書背上的人名與詞彙看一下，並不浮想聯翩，我感覺它們與我無關，倒有點像監視，裡面暗示著一個父母不需擔任父母的世界。對六七歲的小孩而言，一個父母不需擔任父母的世界令他嫉妒。

但現在回頭看就發現人長大速度其實很快，沒有多久我就能夠輕鬆打開每一層櫃子，很長一段時間也只是打開門看看。有一次好像是父親見我站在那裡，問在找什麼，我大概答的是「我也不知道」，他說我找一本好看的給你，掃視後抽出蕭紅的《呼蘭河傳》，我很記得書皮那風沙滿面的塵黃色，我說這個在講什麼？他說反正不好看你再放回去就好了。

後來我很習慣周三中午放學回家，吃過飯就去書房裡，旋轉椅的人造皮躺久了悶出汗，皮面裡塞著的化纖棉花填料有時從破綻裡窸窸窣窣地冒出來，但天涼時很舒服。我並不常想把書帶到客廳或房間看。書房的窗外是一所國小滿植老榕的後園（若有人從窗口懸繩而下能夠直接進入校園，現在想想其實不安全），晚上看出去也鬼祟可怕，然而如果是夏初一個不打雷陣雨、乾燥無雲有風的下午，新綠讓窗子滿室生光像鑲了翡翠珠母屏，蟬聲神經兮兮停了又叫叫起來又忽然停，我有時伸腳搭在鋼琴上，有時盤腿窩住讓椅子慢速旋轉，那時讀了好多一九七〇年代的過刊《皇冠》老雜誌，裡面有早年的三毛，登的翻譯小說也多，我第一次知道紐約長島阿米提維爾凶宅的故事就在其中一期，它的配圖刊登了一張素描像，說是按照屋主記憶與描述畫出來、在屋中作祟之一的老人面容。如今我腦中還能一筆一畫重現那張臉，現在描述這件事時背上發涼。

讀到書架右側一排窄長開本舊版的張愛玲是再後來的事。張愛玲習慣在每句對話前都加上「誰誰誰道」，於是見到一整頁齊頭並進的「這個道」「那個道」「這個道」「那個道」，我當時讀了心裡很好笑，覺得怎麼這麼笨拙。現在當然明白了好笑的笨拙的都是我，不過那時才十一二歲，這也算理所當然。

有些書讓你現在就明白，有些書讓你後來才明白，都很好。有些書，你終生喜歡，這也很好。有些書你現在喜歡以後不喜歡，有些書你以後喜歡現在不喜歡，聽起來好像顯得次要，但現在我覺得它們反而更好。例如我上大學後跟所有人一樣讀了許多村上春樹，只是忽然有一天，我再也不翻開。這些位移不一定代表昨是或今非，其實也不一定代表上昇下降，但它們在你的路上比那些持續穩定存在者更能組成有意義的專屬敘事，為什麼我曾經不接受？為什麼我曾經接受了？我經歷什麼造成這些改變？

這側面的刻寫對我來說更接近所謂作者已死：作者已死恐怕不是讀者與作者的對抗與爭奪，不是完全割開作者與文本的關係，也不真是那麼開放由閱聽者獨占文本詮釋（還記得那個網路上發生的真實笑話嗎？某甲說：「作者在這邊的意思是如何如何……」某乙回嘴：「你把文章讀完了嗎？」某甲說：「我就是作者。」）而是各種作者的意圖與各種作品存在於世的客觀意義，成為讀者理解與錨定自己的座標，這座標在你身上的連貫方式獨一無二。作者在這裡並非撤退，而是遭到消化與分解，至於消化這件事無論葷素當然必須來自於某些死，你讀過的一切形成你的時間。

不過我也想，這會不會是因為我自己也同時寫作而產生的反抗心呢？但我也要同時申辯：畢竟每個寫作者多半都是讀者出身，我的「讀者歷」也不能說淺的。很長一段時間，讀書與寫作被認作雙生子，或者至少兄弟姊妹，好像愛看書的小孩作文分數就高，或作文分數高大家就問你是不是讀很多課外書？其實想想我小時候讀這些恐怕並非早慧，而是孤僻孩子打發時間的少數娛樂選擇，如果生在今天，我大概不會成為有閱讀習慣的人，網路如何改變知識的近用與累積方式、思考的迴路與反射如何被彎折，也已不算大驚小怪的新聞。現在我總是對人說，喜歡書就喜歡，不喜歡，又怎麼了呢，世上還有花鳥人獸，有泥有礦有皮球有蟲，各各都很不錯。

後來從小時候住的地方搬開，陸續經過幾個住處，近二十年才不多移動，過程中一路地買書丟書丟書買書（丟的最可惜還是那批《皇冠》老雜誌）。有時我坐在書架前研究自己去留的邏輯到底是什麼？有些是一直想讀但還沒讀，有些是帶有所謂感性價值，但後來我發現其中最重要的部分是：當我閱讀它們，我也會同時強烈感到說話與書寫的願望，這些作品未必都是客觀意義上的經典（有時太好的東西反而會壓垮你，讓你堵住），但它們慫恿，煽動，勾引，拿手肘頂頂你要你也對世界舉手發問。我從小沒有預期自己要走這一行，而這幾年也愈來愈說不明白寫作到底有什麼道理好說又或者算是一件什麼樣的工作，向來也很反對某種將藝術與創作者神聖化的傾向，但如果這當中，有一件好事，或許不只在作品本身，而在於作品如何激起更多更多春夏秋冬的表達，這些表達有些我喜愛，有些我無感，有些我十分十分地厭惡，可是當它們齊聚，顯得這樣莊嚴。

黃麗群

一九七九年生於台北，政治大學哲學系畢業。曾獲時報文學獎、聯合報文學獎、林榮三文學獎、金鼎獎等。著有散文集《背後歌》、《感覺有點奢侈的事》、《我與貍奴不出門》，小說集《海邊的房間》，採訪傳記作品《寂境：看見郭英聲》等。

閱讀記憶漫談

盛浩偉（第四屆短篇小說獎首獎得主）

跟「寫作」這件事相處得愈久，愈覺得它難以言喻。比如幾次在某某寫作班課程或是以寫作經驗為主題的演講活動時，都提到閱讀之於寫作的重要，不外乎是強調：創作者若沒有足夠的閱讀量，就不會知道該怎麼寫，也不會知道怎樣寫才算是好，云云。但這不過是一個最籠統的大方向，實際而言，該讀些什麼、又該怎麼讀，才是關鍵。讀世界各地文學史上的那些經典，算是一條理想的大道吧，有趣或弔詭的是，時至今日，我碰過許多創作者，甚至許多身經百戰的創作者，都仍舊夢想著要走一遍這條彷彿朝聖之路的大道——那意思其實是，不曾完完整整走過一遍，或是總不覺得自己真的走過。

我不覺得自己真的走過。雖然總是在談及自己寫作經驗時，把原點定在高中加入校刊社的那個時候，然而年紀更小的時候讀些什麼、看些什麼，似乎影響得更為深沉，形成了某種基底的氣質，或是心靈原初的雛形。現在看來那些當然過於淺顯或流於娛樂，不脫漫畫動畫、大眾書籍，但仔細回想最初最初的閱讀記憶，浮現的反而盡是閱讀這類作品的記憶。比如，還記得小學大概是三四年級，讀完《為自己出征》，總覺得喜歡得不得了；現在當然完全不記得喜歡的原因，甚至連書裡的內容都記不太得，只剩下那種「喜歡」的感覺留了下來。又或是隔了幾年，第一次跑進社區新開的誠品書店，卻只懂得窩在漫畫書區，翻看那些沒有封膜的《封神演義》。這些零星記憶，都還沉澱在內裡深處。

到高中加入校刊社，才開始理解一種「文青」的形象與品味。入社沒多久，社團學長們就開了一份驚人的書單，洋洋灑灑羅列上百本經典著作，從《卡拉馬助夫兄弟們》到《自己的房間》，從《追憶似水年華》到《百年孤寂》，從康德到尼采。詩歌，小說，哲學，文藝。那時光看著書單上那些撩亂的名字就覺得艱深困難，不少社員也對此裹足不前，可自己卻也不知道是哪來的動力，或著了什麼魔，有段時間根本蹺課躲在社團辦公室或圖書館，把這些書囫圇吞棗似地一本一本拿來「翻」。是，只是「翻」，不敢說「讀」，更不敢說「讀懂」，甚至現在如果有誰來問是否讀過其中哪些著作，我都會直接回答：不，其實沒讀過。

然後是大學以後，在學術訓練的過程中，認知到了文學史所認可的正統，比如中文現代小說的課堂上，讀沈從文與魯迅，或讀蕭紅的〈手〉和張愛玲的〈傾城之戀〉等。民國初年的白話中文對我來說反倒是另一種閱讀體驗，剛開始時還需要一些時間習慣。那時候也認識了一些寫作者，聊天的時候談及這些作家，他們都能侃侃而談，十分熟悉的樣子，記得當時一方面莫名羨慕，一方面也為不會讀過這些作家作品而覺得自慚。於是日後，凡看到誰提起哪位不認識的作家，必定先入手他所有主要著作，比如看到誰談了聶華苓，就想盡辦法、跑遍二手書店，只為找到那本絕版已久的《桑青與桃紅》。不久，書架上又累積了大量的書，於是又只好粗暴地「翻」過。好在，年歲增長，也或許是過往的閱讀經驗累積所致，理解力與記憶力也隨之提升，此時已敢說，自己確實「讀」過這些作品。

前些日子讀到一篇唐鳳演講的側記，裡面提到他睡前會將隔天開會的厚厚文件「翻」過一次，接著去睡覺，等醒來之後就像是看完了，頗為省力。朋友讀到這段，特地傳來給我，一邊吐嘈「這是天才的方法，凡人不適用」，卻讓我想起過往高中暴食似硬塞經典作品的經驗。那些以前「翻」過的作品，的確都還留在記憶裡，即便不是一邊閱讀一邊消化理解、最後才記憶起來，但是當時那些遙遠國度的遙遠時空下的文本，文本裡艱澀的語句、表達，連同書頁紙張的觸感、氣味，連同版面上帶有陳舊感的鉛字字型與油墨在纖維上的暈染、他人的眉批筆記……全都成為時光的切片，在大腦裡緩緩發酵，最終形構了理解與視野，形構了我。常常在動筆之初沒有特別思及什麼，卻在動筆之後，隨著行文，偶然就勾動了藏在記憶深處的那些輪廓，比如無端想起飛上天的瑞米迪娥的身影或是薩賓娜頭上那頂禮帽，然後才發現自己正在寫的東西，可能遠遠地和那些作品核心裡的什麼東西發生了共鳴。

說閱讀與寫作的關係，好像都以為一個是吸收、一個是產出，可人終究不是自動販賣機，投入三枚十元硬幣按下按鈕，就會給出飲料順便找錢。總是有那些你還無法吸收或超出你吸收能力的東西，或者根本，面對那些經典作品，絕大部分都不可能第一次就讀得透徹。但人的內在本身就是一個能促進發酵的器皿，把時光封存在裡頭，會有神奇的反應在其中發生。捱著性子、耐著疲倦，跌跌撞撞地走過一遍，甚至自己都覺得狼狽，可是回頭一看，其實也是走到了這裡呀。然後也許你會覺得，好像可以開始，寫點什麼了。

盛浩偉

著有《名為我之物》，合著有《華麗島軼聞：鍵》、《終戰那一天》、《百年降生》等。曾獲台積電青年學生文學獎、時報文學獎等。

在遠方

林禹瑄（第四屆新詩獎首獎得主）

不知道從什麼時候開始，已經很少聽到身旁有人提起「詩和遠方」了。或許因為年紀，又或許在瘟疫貿易戰集中營警察暴力全球暖化頻現新聞標題的時局下，再嚷嚷著虛無縹緲的「世界那麼大，我想去看看」，不僅顯得格外不經世事，更近乎白費力氣。有這麼多荒誕事件在眼前如熱帶雨林的藤蔓一般瘋長，誰還需要為了神祕未知去一趟遠方？再說，在這個旅遊過熱的年代，嚴格意義上的遠方早已消失殆盡。想像中的世界盡頭，大多都已經布滿資本的足跡，就算走到了，也不過是將自己的腳印疊加進經驗複製的生產線裡。鏡頭拉遠，才悵然發現祕境放逐流浪種種，都不免淪為一場盲目的自我感動。

然而至今我仍滯留在遠方。在連稱為青春末尾都勉強的年紀，幾乎是拋棄了一切奔逃到地球的另一邊，一晃眼就過了五年。再抬頭的時候，像是有天在小學不小心睡了太長的午覺，醒來後發現教室裡空無一人，一時分不清楚現實和夢。同學上體育課的聲音從外頭傳來，我既不願意走出去承認自己睡得太遲，又害怕被漫溢開來的孤寂感淹沒，就這麼揣著不合時宜的遲疑與憂慮，進也難堪，退也難堪。並且更令人難堪的是，這樣狼狽的僵局，除了我自己，誰也看不見。

如此彆彆扭扭地也過了下來，時日一久，難堪成為常態，也就不再時時刻刻感到羞愧。反正身而為人，誰不是抱著無數的兩難命題，或遺憾或迷惘地過完一生？更何況年過三十，記憶的沙漏倒轉過來，日子的重量逐漸去了遺忘那邊，把生活抹成乾淨無辜的一張臉，毫無負擔得令人生疑。因而當有人問起為什麼走為什麼來這類禮貌性又不堪深究的問題時，很自然地便支吾不清起來。像在公寓裡走錯了房間，趁對方還沒露出困惑的表情之前，急急地就把門摔了回去。

然後在關門聲落下許久之後，才十分難為情地想起來，一開始會來遠方，其實是為了寫作的。又或者說，竟然是為了寫作。畢竟寫作和遠方之間並無關聯，這道理我在還沒出發前就懂了。只不過人生如果能這樣理性明快如解一道數學題，大概也就無所謂幸福與悲傷了。婚姻與永恆沒有關係，金錢與快樂沒有關係，戀愛與消除孤寂沒有關係，這些也是所有人都知道的。只是大多人明知會輸也要賭，會受騙也要相信，這樣一想，人性反而又顯得明亮溫暖起來。

總之到底還是來了遠方。大多時候，遠方是三毛隱藏在浪漫段落間的提水、做飯、購物、搭車、賺錢付帳等一類因人在遠方而變得艱困的平凡小事（其實後來我總懷疑，年輕讀到這些的時候，究竟是一廂情願地為文字所惑，還是真心相信自討苦吃是創作的本質）；另一些時候，則是海子早早就領悟到的「遠方除了遙遠一無所有」。想像中湧泉般源源不絕迸發的靈感，依舊只存在越來越稀薄的夢裡，醒來拿筆要記，斑爛的光芒瞬間褪成單色，再轉成一片空白。而這也不過是所謂遠方無法改變的諸多事情的其中之一。

於是在遠方寫作，年歲愈長，瑣事愈多，寫的字愈少，也不知道是否全然是遠方的緣故。

再後來，心理上也去了一趟遠方。讀到來自家鄉的一則性侵新聞，像是眼前忽然打開一個黑洞，一不小心，就掉了下去。在那個暗無天日的地方，我的身體停在原地，任由腦子疾疾亂走，和過去不同時期的自己相遇，每一張臉都非常冷淡的樣子，不知不覺就越走越遠，失去了方向。偶爾收到的訊息，看上去都像是從另一個星系，經過漫長光年跋涉才遞過來的文字，寫和讀的兩邊都感覺非常吃力。一天有長輩寫信來，語氣半是困惑半是責怪：「我都搞不清楚妳在哪裡。」我看到信後，一時不知道如何反應，因為確實也搞不清楚自己身在哪裡。那陣子常常半夜醒來，以為還睡在幼年時的房間，起身想走去廁所，卻撞上了牆，這才意識過來人在遠方。並且現實生活裡，那個幼年的房間也已經不復存在了。

而那似乎也是當時我寫作狀態的隱喻。將近兩年的時間，除了日記，我幾乎一個中文字也沒寫，和家裡亦斷了聯繫。那段時期我住在地面下的房間，斷斷續續用陌生的語言寫著論文，很少出門。從窗戶可以看見過往行人的鞋底，踏過經年的雨水，一步步像踩在我的頭頂。終於某天出了太陽，鼓起勇氣外出社交，別人問我做什麼，我反射性地說寫字，但寫的是中文。眾人哦一聲，話題就轉往別的地方了。

只剩下我，和我寫過的字留在原地。那樣的孤獨感我其實非常熟悉。還在島上的時候，每每談論到寫作，總是免不了這樣難以為繼的尷尬沉默。所有人都走遠之後，我所在的地方就成了遠方。不知道為什麼想起許久以前，在網路上讀過一個人描述他童年常玩的遊戲：無聊的時候，他經常在桌上放一顆糖，等到一隻螞蟻經過，聞了聞糖，歡快地跑回巢穴呼叫同伴來搬。然後他會把糖拿走，看著一大群螞蟻蜂擁而至，由興奮轉為失望，認定那隻報信的螞蟻是個騙子。

我忽然知道了怎麼回答那些哪裡來哪裡去的問題。關於寫作和遠方，有時候我是那隻莫名成了騙子的螞蟻，有時我是巢裡千千萬萬以為自己受騙的螞蟻，有時候我是放了糖又把糖拿走的人，但寫作這件事，永遠是那顆糖。

林禹瑄

一九八九年生，臺南人。曾獲台積電文學獎、時報文學獎等。有詩集《夜光拼圖》、《那些我們名之為島的》。作品曾入選《華文新詩百年選》、《一〇五年散文選》、《七年級新詩金典》、《年度詩選》等合集。

小團圓

蕭詒徽（第六屆新詩獎優勝得主）

弟弟告訴我，爸拿起書，重重往地上砸。

那時，我還沒睡醒。也許因為那天我硬撐著醒到凌晨，特地穿襪子下樓梯，為了避免夜裡腳底板黏上地面瓷磚、又撕開的聲音。也許因為那陣子不用上課。也許因為是我把書偷偷放在桌上的。也許因為我心底知道那本書根本不是為了爸而買的。也許因為那天是爸的四十五歲生日。也許因為那是那年大考放榜的隔天。

叔叔和小姑姑在那幾年相繼死去以後，爸開始習慣每次回阿嬤家，就把一些不知道是叔叔還是小姑姑留下的書和CD帶回高雄。那些書和唱片回到我們家之後全都堆在一起，久了，分不清哪些是叔叔，哪些是小姑姑的。我們也就漸漸不確定叔叔和小姑姑生前究竟是什麼樣的人。

爸媽的房間在三樓，弟弟和我在四樓，但不知道為什麼，某些被帶回家的書會被爸放在五樓樓梯間，只比佛堂低一點。我認得出那些是除了食譜、汽車雜誌和裝潢天地以外的書。爸不喜歡我房間裡有課本以外的書，我只好也開始歸類，回家時哪些書要放在客廳沙發，哪些書可以放在廁所，哪些書要放在五樓。《娃娃看天下》要放在客廳沙發、《摩登新貴族》要放在廁所、《笑傲江湖》不太確定，不太確定的書要放在衣櫃的衣服和衣服裡。

但《文英集》和《悉德求道記》是當然要放在五樓的。《罪與罰》和《試管蜘蛛》也是。

我們親手把叔叔和小姑姑拆開，塞進我們所判斷的適當位置。在高中教歷史的小姑姑，和開了小型科技公司的叔叔，不知道誰在五樓多一點、誰在廁所多一些。

忽然有一天，有些五樓的書必須移到衣櫃裡。它們是《背影》、《七〇年短篇小說選》和《魔法沙漏》。大考前，爸從三樓走到四樓的次數異常頻繁，而我，不確定是否因為這樣，從四樓走到五樓的次數也頻繁起來。

就是那時候，我發現自己在家中移動的聲音好清楚，清楚得毫無尊嚴。尤其上下樓梯，汗濕的腳掌根本就在和地板說話。大考前幾個月，我在房間裡也穿襪子，襪子為我瞞住我走路的聲音，令我自由，即便我只是反覆從四樓走到五樓。讀到《背影》裡三毛為了看閒書，從上學的路拐進墳場裡，親暱之餘竟不曉得該慶幸家中有足夠的距離讓我不必到墳場看書、還是該哀傷其實這一躲，我的房間也就是墳場了。

我開始自己買書。我自己買的書，都沒出過我的房門。不在沙發、客廳，不在五樓，我買了一套張愛玲，一套夏宇，也買了一套許哲珮，一套椎名林檎。用掉了房間裡所有能關起來的櫃子。

得知我前幾志願都是文學系之後，爸不再和我說話。而他的生日快到了。

我在房裡上網，出版社要出張愛玲的《小團圓》。一看到就下了單，隨即發現再四天他就要四十五歲了。

書送到那天，已經是生日前兩天。我穿上襪子下樓領包裹，再上樓拆封。同時，我發現，我沒有任何東西可以給自己的父親。

我發現，我身上被我認為最好的東西、同時也被我瞞著我的父親。

又隔一天。放榜了。如今我根本想不起那一天。只記得很晚很晚了，猜他們應該睡了吧，穿襪子從四樓走下二樓，懷裡摟著張愛玲去客廳。好好笑，張愛玲怎麼可能屬於客廳。可這是他四十五歲生日。我也要十八歲了。

放好書，我走回四樓。我記得家裡一點聲音也沒有。

出第一本書的時候，已經是住在外面的第八年。

偶爾和弟弟傳訊息。我們感情好但極少極少交談，像兩本書架上的書，緊緊靠著也緊緊闔著。他說爸媽每兩天要到高雄各家百貨公司的誠品裡看我的書還在不在。關掉訊息，忽然想到高雄百貨公司的誠品也總在最高的那幾樓。比最貴的餐廳稍微低一點。

媽轉貼新書訊，寫貼文：當初也想不到，一個才國小就會翻著《泰戈爾詩選》的孩子……寶貝出書了……以你為傲……

我才猛然想起那本不知道是叔叔還是小姑姑的泰戈爾詩集。或許，十二歲的我真的從那本書得到了什麼，然而，我很清楚記得自己當初並不是因為喜歡那些詩而翻開那本書的。我拿起它，是因為它在五樓——那時的我，尚不曉得為什麼有些書被放在五樓，有些不被。

其實也沒什麼奧妙，就是他們放的。是媽放的、是爸放的——他們認定那些書不是食譜，不是裝潢天地，值得放在五樓——而我，看著他們一次次爬上五樓的樓梯，先察覺了那些書被特別對待，才去翻閱，根本沒有什麼天才橫溢的玄機。無非一個是對階級太過聰明的小孩，被一輩子睡在三樓的父母放在了四樓而已。

我盯著貼文想著，心裡卻忽然有什麼鬆開：

啊，是，爸應該不恨我的。

雖然他把那年的生日禮物重重砸在地上，使我一直認為他不能原諒他兒子藏在衣櫃裡的事情。然而，又正是他，眼裡看見那些書是珍重的，把它們放在那裡。

爸心底應該不恨我的。

我抬起頭，一時想不起來他今年幾歲了。

蕭詒徽

生於一九九一。作品《一千七百種靠近——免付費文學罐頭輯Ⅰ》、《晦澀的蘋果vol.1》、《蘇菲旋轉》（合著）、《鼻音少女賈桂琳》。

網誌：輕易的蝴蝶。www.iifays.com

瘟疫蔓延時

林育德（第三屆新詩獎優勝得主）

天邊滾著悶雷。大概要下雨了。我們互相望著，臉全亮了。——聶華苓《桑青與桃紅》

二〇二〇年看來會是極其動盪的一年，即使這漫長的年度也才僅僅完結第一季。

人生迄今最長的感情結束且不再復返，正式搬離賃居十年的大學城，搬家前夕重新檢視擁有的物品，大部分不可割棄的，都與怦然心動無關，只是生活必需。物件有時如同幻肢，總在猝不及防時拋來刺痛，那些你曾經擁有、記得有過的器具或日常小物，一時忘記早已於感情的斷交清點中改易其主，成為遺物，成為失物，成為無法認領的遺失物。有形之物尚且如此，更遑論數位時代中以無形存在的碎片編碼，肉身能夠下意識避開曾經定期造訪的景點與店家、躲避重疊社交圈的問候或致意；卻總在深夜遊走網路時，雲端記憶猛然提醒你，那個不再有購物需求的網站、不再感興趣的主題網頁，還留存著與你無關的那人的帳號密碼，任由螢幕在暗室中以藍光打亮你可笑的臉。你才明白，極簡主義與斷捨離，在新時代的實踐意義，形而上一路上至雲端，是最容易遺忘清理的無間地獄。

三月的第十三日，下午，下班途中，花蓮下起陣雨，當時你還不知道，雨將會一夜不停，不願意說那些天地萬物都代替人們哭泣的比喻。手機持續發出震動，遠方來訊不停，不僅限於同溫層社群的哀戚，雨下得剛剛好，淋濕眾人心中默背起的詩行與斷句，是適合哀傷道別詩人的天氣。比較年輕的高中學長說：這禮拜才開始重讀他的作品，沒想到……。你回應：永遠會有人重讀下去，永遠。這是你們最有共識的確信。

詩的學徒你也曾經，降生同樣的故鄉，進入同一所濱海的中學，姑且可以說是看著近似的山風海雨，其後，你結束了一場成年後以失敗告終的逃離，沒想到有機會回到詩人參與創建的大學，修習詩人開設的中西比較詩學，當了一學期詩人的助教，曾和詩人有幾次與詩無關的珍貴對話，一起走過一小段路，如今回想正是與神同行。詩人畢生完成了不只一首詩，而你的一首詩從此不再完成，就此擱過數年，承認自己毫無詩歌才氣，轉投小說的修羅場去了。濱海高中名字最響亮的大學長，詩人楊牧，離開了，詩人的詩將要帶著詩人回到花蓮，只留下詩，與更多的學徒，還有更多更多的寂寞。

「愛在瘟疫蔓延時」——此刻不僅島上，整個世界都在瘟疫之中。你按時收看中央疫情指揮中心的每日直播，比從前追過的偶像團體還熱中，心理狀態近似瘋狂追劇。唯一不同的是，新聞裡傳來的數字，都是活生生的人，而每一個死亡數字，都是不可復生的天人永隔。串流平臺熱門劇中的恐慌或喪屍無法突破黑鏡，你若在此棄坑不追，劇情就永遠停在這裡；真正的瘟疫則根本不在乎你有所認知或是否關心，就這樣來到你隔壁的行政區，悄悄掃走商場上的衛生紙、泡麵、罐頭，彷彿中元普渡提早來臨。你打算比平常攝入更多酒精，除了大口求醉以忘卻疫情，也要以雙手代口，來點工業酒精，消毒殺菌，更添酒氣。

所有的計畫都要在此毀棄，許久不見的長輩在社群上大發議論全球景氣，你知道，他們其實正在哭泣，為了投資股市斷頭與基金收益，還帶著年初島內政治鬧劇延續至今的粉絲狂潮餘韻。你的電腦裡還有數筆殘稿，比各大股票交易市場更早斷頭，似乎可以趁著瘟疫時實行更嚴格的自我隔離，嘗試把進度好好推進——如果你可以抵抗串流媒體上永遠看不完的各式影劇。

搬家前你和仰慕的寫作前輩碰面，前輩來到大學駐校也掃到疫情。始終很欣賞的學弟也出版了一本很有意義的村誌，期間你們在鄉下民宅廊下相約生火飲酒，你還見了許久不見的中學學長，你並不預知這一年的第一季，將會如此社交與文學，不知道和瘟疫肆虐有無關係。你和學長互相勉勵無關文學的部分，和學弟重溫出版第一本書的點滴，求教前輩關於全職寫作的奧義，前輩在社群發了則動態說：「在深夜公路旁的便利商店，感到我們寫作的決心跟奇萊山一樣堅定。」其實你們只是交換了更多，寫作修羅場上他人的痛苦和祕密，還有過分天真但真誠的，對於只有自己將能用寫作搭建出來的世界，無與倫比的自信。

瘟疫蔓延時你重讀聶華苓的神作《桑青與桃紅》，是一個多麼強悍而迷人的世界，全書結束在最後一句：「直到今天，帝女雀還在那兒來回飛著。」為什麼？——因為帝女雀要把大海填平。

你想起許多人們，各自奮力填平自己的坑，自己的海；你仰望詩歌的學長，最偉大的神祇；你試著學習最自律的前輩，羨慕源源不絕的活力。瘟疫蔓延時，所有事物結束暫停之時，你們都將回到這兒，繼續來回飛著。

林育德

一九八八生於花蓮，東華大學華文所創作組藝術碩士，詩作選入《更好的生活》、《生活的證據：國民新詩讀本》。小說選入《九歌一〇五年小說選》。著有摔角小說《擂台旁邊》（麥田），政治小說《縣長旁邊》即將出版。

你在看我嗎

張嘉真（第十五屆短篇小說獎三獎得主）

閱讀是充飢。從央求爸爸說故事到必須說故事給自己聽，從家中書架抱下來的《聊齋誌異》到書店陳列的尋寶記漫畫，字塊填滿被蠢蠢慾動與無處可去無限拉長的午後，看魑魅魍魎排列組合不出一次善終的前世今生，也看熟了周遊列國的尋寶記中，哪一本漫畫印有最多食物。我看的是我知道與不知道的，我知道他們會相愛，但不知道他們為何要相愛；我知道西班牙有海鮮烤飯，但不知道他們最後尋獲了什麼寶藏。晚餐前夕，抽出一本越南河粉，反覆咀嚼熟記的頁數，反芻消化不良的情感，年少窮極無聊的精神時光與窮盡零食配額也填不滿的食慾，就在書頁之間激烈擺盪，然後度過。

我啣著它們，撐出一個倉鼠儲存食物的腮幫子。在遇見張愛玲的時刻掉了一地。我開口想要叫住她的背影，卻被傾洩而出的囫圇吞棗擋住去路，從而指認那些我要與不要的，原來是為了什麼。國文課本裡的張愛玲還作著〈天才夢〉，即使爬滿蚤子，華美的袍依然遮不住傲骨嶙峋，隨著〈封鎖〉逼近，她挺直的腰桿逐漸滑入凡間，願意短暫沉溺在被切割出來的魔幻時刻，幻想愛與被愛的可能，然後在〈傾城之戀〉中，示範傾倒與陷落的從來就不只是城市。我以為摩登而富有魅力的女人，說不出口便一次一次地寫，如果可以，我也不願愛，如果可以，我想要愛。被培養長大的過程中，觸手可及之處皆是成功的典範，快刀斬亂麻地轉身，愛恨分明地關注自己，我以為那是張愛玲。原來啣不住的是悲傷，但因為沒有人想要直白地聽見，所以寫。

於是我開始寫，我看各種情愛，所以我寫各種情愛。起初以為人間四月天，俯拾即是總是愛，雖然我都聽五月天。我認為努力的人會善終，愛的用力最終能築出一個家，崎嶇坎坷是人生必經之途，否則焉得飯菜撲鼻香，小美人魚也是忍著雙腿的疼痛才走得上岸成為海螺姑娘。我反覆操演著虛幻的疼痛，以為在指尖與鍵盤就能揉捏出愛的形狀，直到撞上會呼吸走跳的愛，我才發現，噢幹好痛。發自內心的痛呼還來不及修飾就會上達天聽，從此溘然長逝。我抱著自己的屍體緩慢地復活，浩劫重生後寥寥幾筆便讓我覺得應該把握人生趕快去吃蛋糕。在蛋糕與蛋糕之間，我寫出陪我吃完蛋糕的人，即使我清楚記得最後的畫面是倒塌的蛋糕與離席的空位，但透過虛構，我就能再吃一塊完整的蛋糕，每一次重述，都更接近我心中能夠接受的道別。我無法控制傷害發生的瞬間，斷垣殘壁妻離子散，但我可以寫出漫長的救援，直到搜救犬終於發現了生命跡象，牠低頭鑽探，就從無到有，寫作亦然，我敲擊鍵盤，終於聽見心跳的聲音。

過於纖細的感知能力無法總是處理車禍，但我知道寫作確實可以處理某一些難以言喻的事物，它細微到不經意就會被遺忘，像鞋底的小石子，倒出來在掌心上輕巧一粒，卡在腳趾間的縫隙卻難以忽視，它無法阻止前進，但前進的路程也無法隔絕它的參與，且走且磨腳，掏出又巧遇。

大至國族、性別、階級，小至我愛你你愛他他愛她，無從叨擾又滿腹念想時，只能再說一個故事。感知痛苦、挑出問題、砥礪磨洗，將一顆有稜有角的壞石頭滾成一克拉的晶瑩剔透，送出去以後就是另一人的故事，把愛傳下去，才是打造人間四月天的正途。挑石頭的人，撿起可能令他人一樣困擾的絆腳石，琢磨、修復到共感的過程，算是每一晚必須面對過於敏感的自我質疑、因為脆弱而顯得巨大的痛苦吞噬與淹沒時，寥寥的慰藉。欸，你看，你的小石頭是我的舍利子。

童年的毒，年少的血，匯聚在一起就成了青春書寫。曉以大義可以說它是某一種集體共感的輸出，小小聲的時候，其實只想說，我是為了被你看見。陽光燦爛的午後，你拉住我的手到校園的一角輕聲地問，得獎作品裡面那個女生為什麼不喜歡穿裙子。我說，沒有想到你會跟我說話。後來每每想起那個午後，背景都被塗上一層金箔，閃閃發光。被看見原來是如此歡愉而決定性的瞬間，決定了此刻以前讀的意義是為了寫，此後寫的意義是為了你。那些無法被測量的痛苦，內心與之爭鬥的艱難和強悍，被文字具象化成詩成文，掏心掏肺不再是抽象的緊密交換，而是當我攤開書頁，我就無所遁形。

讀的源頭是飢餓，填滿脾胃以後便開始嘔吐產出虛幻的痛苦，經歷真實的傷害以後才發現繁華皆是夢，我只是在最初看見了他人想被看見的慾望，逐漸內化成為我的，直到被你看見的那天，才召喚出過往蓄而不發的渴望。迴圈的起點與終點共同指向，被看見的渴望。

張嘉真

一九九九年生，高雄人，畢業於高雄女中，目前就讀臺灣大學歷史系。曾獲馭墨三城高中聯合文學獎、台積電青年學生文學獎、臺大文學獎。曾出版短篇小說集《玻璃彈珠都是貓的眼睛》（三采文化）。

在水底寫作

蕭信維（第十二屆短篇小說獎三獎得主）

再三個小時天就要明了，然而我今天要交的稿件還沒生出來。太久沒有寫作。一提筆總是迷迷離離。寫這件事本身就十分累人，各種意義上的挖掘、討伐、征戰，記憶與技藝的雙重考驗。偏偏我又是個健忘的人，我不記得自己童年的細節，也不記得發生在身上的大小事件，昨日種種還沒死就先遺忘，今日種種發生了倏忽又成為昨日，滾輪倉鼠向前急速奔跑到底也沒有到達何處何方，日子反反覆覆過也沒有什麼留下。

寫作難，寫自己尤難，故而我散文多虛構。虛構一切就簡單清明許多，上一秒錦繡鋪地下一秒夜夜寒窗，我既可以是跳梁小丑也可以是苦情女郎，滿紙荒唐淚卻未有一把，所以不寫也罷。

也就真的沒寫了。

幾次各種場合總是有人問我為什麼寫作，都好像希望我給出什麼文以載道一般冠冕堂皇的答案，我也只能笑著說，唉呀因為文學獎獎金好高賺賺生活費嘛。眾人曖昧，他們認定我為了隱藏什麼而不肯說實話。我覺得挺好，至少被想得有了層次，總覺得還是不要被發現終究是獎金使人推磨如此市儈的好，總覺得還是不要讓眾人知曉我自己也並不知曉的好。

我不斷地想，除卻獎金，像我這麼一個單細胞理組生物到底為什麼還能斷斷續續的寫，偶爾得些小獎，偶爾被說是文藝青年。我一直沒有得到確切的答案。我從小便愛看書，但多是打打殺殺的武俠小說，小學到國中迷上了一套科學書裡面是滿滿的科學元素彩色精裝，那是我夢想中的生日禮物。這大抵與我日後文學無關，這裡不提。

那又會是什麼呢？小學有段時間極為好動，又愛說話，被爸媽送去體育班一待四年主修游泳。游泳大概是最安靜的運動了，一入水外面傳來的聲音都霧濛濛的，沒人會在游泳的時候發出聲音，不像羽球桌球什麼的殺球時還有一聲呼喝。游泳就只是悠緩的、彷彿整座游泳池只有一個自己，仔細的雕琢每一個動作，划手踢水，向前游去。

我想我就是那時開始話變少的。

划手，踢水，划手，踢水。想一些無聊瑣事。呼吸。划手，踢水。今天的陽光真美。呼吸。划手，踢水。楊過還要多久才可以見到小龍女。划手。有時候偷懶想少游兩趟。就蹲在水裡不被教練發現，水上一個個同學列隊游過，潑起的水花散射陽光，從水底望上去像碎掉的明亮的珠串，一顆顆地從空中掉落融在水裡，在池底留下美麗的波動的光紋。我在水底看著，寧寧靜靜的看著，無話。

長大以後開始愛讀散文、小說。總也是清清淡淡的那種。最好是把句子丟進腦海，濺起一絲水痕、一縷水花輕響，其餘什麼也沒有。有陣子讀舒國治、木心，有陣子看柯裕棻、馮傑。後來有好長一陣子，翻來覆去讀的都是同一本《呼蘭河傳》，蕭紅的字句一任她樸實簡單，卻也波瀾，若把整本書頁在風下坦然，側耳就能聽到一座城的鳥叫蟲鳴，一絲幽噝的哭聲，和一條河流的潮濕氣味。

後來寫小說，案頭上總有一本呼蘭河，放著，亭亭就像一座城擺在那，隨手一翻都是水一般的句子，那麼清澈柔軟，力量卻也是那麼巨大。有時想不到寫些什麼，就翻開書，把頭浸到深深的水底，向上仰望一城一世界的波光粼粼，寧寧靜靜的。一句話也不說。

現在回想那時候充斥著小朋友的泳池。注意動作。沒有談話。耳膜只能偶爾地聽見外頭計時器銳利的聲響。與水花。腦袋隨著呼吸充氣膨脹，像一顆顆倒扣的魚缸裝載著封閉的想像。腦袋脹痛。呼吸。吐氣。注意划手速率。我躲到水底，偷懶，看著列隊游過的透明泡泡。我思考。

我想心理學或許可以找到某種理論切合，這樣安靜無聲的轉化，在游泳池底。那時候的我在水裡擁有了與水一同延伸長大的想像空間，漫延在腦海濕溶溶的字句，並學會與自己對話。用自己的語言，呼喚自己。

呼喚自己。如果要真切的屏除一切外界因素而回歸為什麼我還要寫作，儘管對我而言是如此痛苦又難為，大抵也是為了召喚自己，不論寫真寫假，不論小說、新詩、散文，就只是為了在寫作的當下寧定自己，跟自己對話。好好的說，好好的和解，好好的待在鍵盤或稿紙前梳理自我。

哪天聽不到自己的聲音，就浸入水底。一切都隔絕在外，只剩自己。

蕭信維

一九九七，天蠍座。現就讀於國北教大語文與創作學系。曾獲文化部、國藝會文學創作補助，林榮三文學獎、新北文學獎、臺中文學獎等。最近一直想潛水，把自己拋擲到奧藍海裡聽著噗哧噗哧的呼吸聲音，在水底只有自己。

人設

葉儀萱（第十六屆散文獎首獎得主）

很多習慣是靠提問才會意識到的。人們互相指認對方，判定是否非我族類，避免紅浣熊和企鵝混在一起的尷尬場合。於是一個一個問句被建檔在腦海，遇見一個新人就小心翼翼拿出來，在這種簡單粗暴的儀式裡將人分流、被分流成好幾個圈子。框內往外看，才發覺原來自己可能算是某類青年，形容詞離不開安靜敏感喜歡悲劇。那些自我尚未成形以前，最常收到的試探比如：妳是不是不喜歡笑？妳好像有點鑽牛角尖耶？妳平常都做些什麼？

問號紛飛，問號，問號問號問號。

循著問句的線頭，把過去捲成的一球毛線梳理乾淨，其實佯裝一個文靜乖僻的形象非我本意，我奸詐單純，大人說愛看書的小孩比較容易受寵，我就信了。小時候那些訂給表哥看而一頁未翻的科學兒童雜誌被我擺在廁所，每每一待就是半個鐘頭。在馬桶上的閱讀是最好的黃金歲月，無人打擾，也無人想打擾（除非他很急），直到家裡第一支智慧型手機到我手上以前我都是這樣消磨如廁時間，對句子和故事的建構才有了一點興趣。當然，發現這件事也並不那麼早，國小的自我介紹，老師讓我們準備自己的名字、星座、興趣，我唯唯諾諾在家裡窮擔心，廚房繞來繞去，阿嬤舉著鍋鏟走過來：「妳要嘛要嘛說妳喜歡看書，要嘛說妳愛大便好了。」

所以興趣欄上的「喜歡閱讀」變成一項人設，並不是比其他人都要喜歡，是做過的諸多嘗試裡刪刪減減後最持久的一項，球類與田徑婉拒；樂器或電玩無趣，我的自我介紹從喜歡看書的國小生一路長成喜歡看書的大學生。躺在床上就能從字符中活一次別人的人生，高效率又吸引人的消遣，喜歡窺視變成一種本能，閱讀昇華成五感以外的受器，凡是能被讀的：散文、小說、新詩、電影、乃至於臉書上落落長卻毫不費力的廢文，都是一邊讀一邊延續，別人的故事演到一半接手腦內自導。直到以上都還不吻合觸發寫作的條件，寫，尤其寫得真誠動人，還是得先有個人刨妳的傷口、挖妳的疤，氣到面紅耳赤無法自拔搥胸頓足，奈何軟弱乏力，只好用筆做最無謂的掙扎，把自己變成徹底的悲劇引人同情。

然而這詛咒容易自噬，下場往往是下一次選書時再也嚥不下 happy ending，心情低落時書架上隨手一抽，作者的下場沒有一個善終，葉青、邱妙津、胡波，搞得我誤以為死亡是創作人的另一個信仰，認識三毛也是這樣的原因，先注意她的死，再回望她的生，然她的大漠冒險對我來說是耳目一新，她的喜怒哀樂，她自己，用力愛人以後痛失，毫不掩飾，沒有懷疑。很多時候我看她的句子，猜想這樣的一個人，應該永遠沒死過，靈魂還在書頁裡跳舞。讀過她的書就好似已經熟稔這個人好幾十年，或至少知曉她建構出的火辣率性。羨慕她活著到死去都是幾代傳奇，更羨慕她那麼了解自己，那麼了當地接受每一個細胞裡的情緒。

我能成為那種人嗎？覽過好幾個人的組成，閱過虛構和現實的夾縫，我還是常常迷失、常常偷懶、常常哭泣，我那麼膽小，沒辦法一個人到撒哈拉生活，沒辦法相信愛人可以錯過後重逢，只能偷偷把幾個元素從四散的扉頁裡挑出來，藏進口袋，遇到不得不正視的問題，再把主角的勇氣拿出來用。

儘管如此，我還是不敢說自己對文字有多大的使命或熱忱，讀寫只是一張尋找共鳴的地圖、相互比較的工具，偶爾覺得自己把自己過得很慘，失眠失學失戀失親，看看其他人的類日記，甚至連愛上都被否定，還是那樣坦然的過完了接受了繼續了，好像把又臭又長的抱怨謄在紙上就會沒事，誤打誤撞，就這麼繼續長大，將來衰老。當被人質疑文學的經濟價值、要我如母雞一樣孵出一個準確的數字時，我也曾經疑惑，不過世界上無法量化的東西太多了，他們的貪心不值幾個錢，我們的天真廉價可貴。正在目睹整個世界分崩離析的同時，《聖經》到現在還被覆誦著，對我而言故事存在的意義沒有想像中那麼高貴複雜，只是讓我們循著線索，為自己的困局找下一套法子：正面突破、側面繞過、放著不動或轉身逃走，隨便，反正都有人試過。書在那，參考在那，老師要我們寫的閱讀學習單，我到很久以後才懂得照本宣科以外的寫法，雖然不會得獎，但「我」終於凝結成有形的模樣，被我揣在懷裡細心保存的小紙片，後面都浮上我的名字。

至於寫，也不是那麼愛寫，只是喜歡抱怨又訴諸無門，把遇過的、曾經擾動我的、努力面對，或嚇得逃走的，像是擺攤一樣放在那裡，要是有某個人也曾軟弱乏力，卻偷偷把我用經驗糊成的小紙片收起來，最後無恙成長，那樣就好了。

葉儀萱

桃園大園人，現役黑巧克力獵人。畢業於藍藍的中大壢中、就讀於春雨下整年的中央大學，並且遲緩有序地發霉中，預計再過幾個月就會被智慧的菌類控制心靈。曾獲台積電青年學生文學獎、桃園市高中生文學獎。

特別收錄

文學遊藝場部落格徵文

文學遊藝場．第 31 彈

懷人詩

在時間或空間的錯置中，如何丈量自己與離去之人的距離？請以二十行以內（含標點符號）的篇幅書寫「懷人詩」，請在徵稿辦法之下，以「回應」（留言）的方式貼文投稿，貼文主旨即為標題（標題自訂），文末務必附上 e-mail 信箱。每人不限投稿篇數。徵稿期間：即日起至 2020 年 4 月 18 日 24:00 止，此後貼出的稿件不列入評選。預計 5 月中旬公布優勝名單，作品將刊於聯副。

投稿作品切勿抄襲，優勝名單揭曉前不得於其他媒體（含聯副部落格以外之網路平臺）發表。聯副部落格有權刪除回應文章。作品一旦貼出，不得要求主辦單位撤除貼文。投稿者請留意信箱，主辦單位將電郵發出優勝通知，如通知不到作者，仍將公布金榜。本辦法如有未竟事宜得隨時修訂公布。

台積電文教基金會、聯合副刊／主辦

駐站作家：李進文 崔舜華

聯副文學遊藝場：http://blog.udn.com/lianfuplay/article

文學遊藝場示範作

懷人

◎陳雋弘

我們永恆的夢
最後結束在煙火之中

蝙蝠已經唱起夜歌
那巨人也終於溫柔地睡著了
地球這座花園，此刻正散發著
一股微熱、甜膩、腐敗的氣息

涼風起天末。
君子意如何？

你的髮間居住著眾神

你的四肢沿伸成為河流
你的胸膛植滿了防風林
你的腹部是那麼適合降落

那時巴山的夜雨
怕是漲滿了秋池……

在此輝煌世界
你是一個深淵
裡頭倒映著，啊
那是我
遺憾的雲影天光
美麗的魑魅魍魎

曾良離別了松尾芭蕉，在山中溫泉

◎李進文

最好的韻律是不必開發的，而是追隨
心之所向，往奧羽、往北陸、往身體地勢去理解
俳句腳蹤，書法起伏。閑寂、輕妙、枯淡一路上
諸行無常；芭蕉逗留、芭蕉離別，我追隨，
偶或他叮囑我記下字語，而成句碑。

芭蕉有時不是芭蕉，是鐵粉，追隨古代的
和歌詩人，很單純經常很深。七月來到桃夭旅棧，
他從枯枝撐開的茅窗探頭，眼神草寫，戴白巾帽；
我總著迷，敬與愛在湯中融化，我總跟隨
他每天走、每天寫，陸續抵達金澤，小松，大慈
大悲的那谷寺，至加賀山中溫泉，他說好湯自香。

秋風比白石更白，芒草萩花撕裂晚景的扇面，

走到這時節沒有萬籟說疲勞，他卻說可愛，
可我忽罹腹疾，在奧之細道
與他分別，拭去同行誓詞，斗笠的凝露斷然滴落。

此刻我已在伊勢，而他逗留山中溫泉，
水滑肌膚香入軀，菊之湯、清酒柔柔交涉性靈。
我是該獨自為自己創造一些什麼了吧，
攤開紙，在想念之處動筆補足人形，
情不自禁為芭蕉造句二千四百公里。

你的

◎崔舜華

這不是最好的季節
但可以是你的。
被日光驚醒的木棉
落地復倦去，在咖啡廳的門階
撞出火色的睡痕
穿白綢袍子的女孩經過了一次
一句時間本身遞給我們的警語
被淺寐的春天遺落
被街巷遺落
被你揀起
那不是最真心的祝福
但可以屬於你。
你還年輕，瘦得像雪
像雪裡一株嫋嫋的薄荷

我覺得你好了，你便好了。
三月，所有的綠都逼近和解
如果你要回來，窗並未掩
你的父親在客廳裡，貓在毯子上
那件孔雀石光采的裙子你就穿上
這會是你健康的樣子，也許這就是你

憂傷給了我太陽

◎曹馭博

太平洋上空。當我看見
海面上漂泊著自由
風就打了一個哈欠

窗外的暮色正在傾斜
一陣陣幸福的餘火
將飛機推離了光明

思緒儼然到達了極限。
我顫慄，無奈：我明白
是憂傷給了我太陽

我像離港的水手
給自己戴上虛空的十字架

睡在上帝的網床裡

遠方，塔臺閃爍著燈光
黑暗隨意刮下你微弱的訊息
撒在我恆久期待的眼皮裡

心跳：造船廠的警笛
我又夢見與你第一次的相遇
像兩片交叉的扇形火花

那樣的人

◎李蘋芬

大概有那樣的人
見過之後，錯身進入，不同建築
領子邊上，被他人的髮掠過
有那樣的人，為他編造集體記憶
鬆動鎖鍊般的骨節
以為就此可以碰觸，可以相視

我的驚懼在此刻出現
驚懼於所有的突如其來，盡皆伴隨砂粒

一條孤獨的線
如何複疊成空間
有時我不貪心，把誤認看作遊戲
揣想一種最好的遇見

後來，我談起拯救
無從抗拒質變，冰封的花和白日執念
某些默契懸在危險的線上
易脆，有時不可見

那樣的人，他有自己的傷口
自己歡悅，自己麻木
將我給他的盡數汰換
剩下一次照面

以後我們會感激這些嗎

◎任明信

以後我們會感激這些嗎
你用小小的聲音問我
夢裡陽光溫軟，枝枒扶疏
山雲冷冷靠來
又逕自遠走
我多麼想念
你和你的木頭小馬
你曾那麼真切
不在意善良
不關心罪惡
直到世界
鋸走你的雙腳

以後我們會感激這些嗎

我不能回答，只慢慢
擦掉你身上的血跡，像船
擦掉了岸
沿著時間
揹你走

圓桌課程

◎馬翊航

日光自三月分離，校對
窗緣剛換水的黃金葛
年輕，未經分析的檔案
理論的日記，日記的理論
巡行的心內誰輕輕抬手
羞怯的幼犬，意外火是這麼古老

木船載運賢者的錶
戰後嬰兒潮。狙擊，默劇，音樂與晚餐習慣
九點四十五分，講義第三頁。
祂刷洗衰弱。刷洗讀者與作者
不同步的憂愁。
也曾設想火山內的手稿
說明世界，所謂餽贈與護衛——

你離開後，人間疫病與課程
有規模地發展。三月機車違停
騎樓柱，我閃躲局部

想要（或想像）一張椅子
你也許就能說明
如何用愛保留生命
說明這技術，是多麼誠實珍貴

莫名的夜晚

◎楊智傑

夜晚越來越失敗了。應該落下的要更多
應該學到的——
下雪，搖晃，四處飛翔

鯨魚、始祖鳥、夢。但經常落空的網
就這一次逮住你

（殺機四伏，我們很快將不再處於自己的中心。）

對不起。每一束星光，每一個生命
剛發現它，就要熄滅

一次性渡過太多個夜晚
一生只剩明亮的人

輕閉雙眼

這暗號只有孩子還記得

靜

這怎麼想都可悲

現實

◎蕭詒徽

我的耳朵睡在我身上
很久了

一聽見你的聲音
我就知道
它們又在作夢

駐站觀察
昨夜以水波中的月光向我微笑的那人

◎李進文

古典詩寫「懷人」寫得太多太好

懷人是普世的情感，古昔到今、甚至未來，都是永久留傳的文學命題。

懷人或曰「詠懷」，透過詩詞，懷友、懷親、懷時光、懷人物典範，也懷小小的自我過往的人生。在時空之間拉開一段距離，遂形成了念想與感懷。

在古代，有一種詠懷詩，寫的是悼亡，蘇軾千古第一的悼亡詩〈江城子〉：「十年生死兩茫茫，不思量，自難忘。」這是他懷念妻子王弗的經典之作。

昔時對逝者的追憶，「哀莫大於死別，悲莫甚於生吊」，留有大量精致而淒美的悼亡詩詞，據說西晉文學家潘安是最早以「悼亡」為名寫詩的，他悼懷的也是妻子，後來悼亡詩就擴及到方方面面的人事物了。

懷人，成為詩人創作的重要素材，李賀寫蘇小小的墓，多動人：「無物結同心，煙花不堪剪。」杜甫懷友，「唯見林花落，鶯啼送客聞。」當他懷鄉，「露從今夜白，月是故鄉明。」陶淵明〈悲從弟仲德〉詩：「借問為誰悲？懷人在九冥。」《詩經．卷耳》：「嗟我懷人，寘彼周行。」古典詩寫「懷人」寫得太多太好，這也造成現代詩（新詩）想要在「懷人」這個題材上超越前人就有難度了。

楊牧〈延陵季子掛劍〉開創「戲劇獨白體」

但並非不能，透過寫法不同、歷史背景不同，以及自由形式的創意，當代對懷人題材有更多象徵和敘事的手法，例如楊牧〈延陵季子掛劍〉，他開創一種「戲劇獨白體」長詩，這不是古典詩擅長的，季札因北使，錯過贈劍於徐君的時機，遂將劍掛於徐君墓旁的樹上，既是懷人也是遺憾，「這寶劍的青光或將輝煌你我於／寂寞的秋夜／你死於懷人，我病為漁樵」，現代詩一樣有永留傳的經典。

現代詩「懷人」的對象不一定是人，也可以是某種「信仰」，例如敻虹：「而燈暈不移，我走向你／我已經走向你了／眾弦俱寂／我是唯一的高音」，詩中懷念的「你」指的是「信仰」。

白萩的〈昨夜〉，以跌宕往復的旋律敘說著：「昨夜來去的一個人，昨夜／述說著秋風的淒苦的／那一個人，昨夜／以水波中／的月光向我／微笑的／那人……」他心中的「那一個人」是誰，不知道也不重要，但你被他的詠嘆節奏所吸引，這是現代詩在懷人題材上的創造。

懷念胡波、李文亮、郭漢辰

這次「文學遊藝場」以懷人詩為主題的徵文，共入選十篇，包括：蔡羽的〈船〉、葉宇軒的〈再寫一首詩給你〉、草生的〈李文亮〉、無花的〈胡波——大象不見了〉、曾元耀的〈致樹影〉、潘仁琪的〈掛失〉、林瑞麟的〈知名不具的妳〉、alsder2009的〈時空旅人〉，以及兩首同名的〈懷人〉作者分別為步群和容方。

十篇作品中，具體點出懷人的對象，有武漢肺炎疫情的吹哨者李文亮、自殺身亡的作家、導演胡波，以及臺灣本地作家郭漢辰，其他詩作亦圍繞著抒情傳統，內容算是多元，但形式創意比較局限。可能「懷人」這樣的主題，如我前述，除非詩的技藝有更多的鍛練，否則這類普世性題材很難超越前人，但入選作品至少達成「共感」，這點很重要，既然懷人，就要靈犀互傳、真摯交心，若斧鑿太深或無感染性，也就不構成懷人詩的基本條件。

〈胡波——大象不見了〉，以胡波電影《大象席地而坐》為本，胡波曾被要求將四小時片長剪成二小時商業片，因為他的不妥協，據說導致後續被剝奪了導演、剪輯、版權的權利，在胡波自殺前，世界從未替他開過一扇門，就關了，也許從來就沒有門存在，詩中有「點到」幾個有關胡波電影的波折，詩句跟電影一樣流露出壓抑的、沒有出路的未來。如果能更深入去探討影片的意涵或胡波的死，以及他所面對的社會和體制，將會更有層次深度。

〈李文亮〉一詩，「新的死人，還在路上／我們唯一的月亮／文文火著」，火著也是「生氣著」的意思，三十四歲的中國醫生李文亮是最先揭露武漢肺炎疫情的人，沒想到他訊息發出後，公安局以「造謠」之名要求他簽下訓誡書。隨即更因抗疫染病而亡。詩中批判了該事件，並且提供反思，希望未來不要再「默默又死了一個陌生人」，詩有悲憫之情。

〈致樹影〉是寫中年猝逝的作家郭漢辰，他常以家鄉「屏東」為題材，生前為舉辦文學講堂，讓文字書寫可以扎根土地，租下屏東勝利眷村張曉風舊居「永勝5號」，作為微型文學館、獨立書屋之用。作者以詩，刻畫其人其事，呈現郭漢辰的個性和付出，「在現世與來世之間往返傳令／抱歉，北大武山，郭漢辰把您的海拔帶走了」，以北大武山作為詩人或文學的象徵，結尾合度有力。

既是懷人也是深切的祝福

〈船〉寫的是在清明時節懷人，詩中的那個「妳」想必一生都住在臨海的漁村，所以詩中有海浪、沙灘等意象，「船」在這裡是主意象，既指一生擺盪顛簸，也指渡過苦厄。

〈再寫一首詩給你〉是一首清淺溫柔的詩，述說（懷念）的對象是善良、勇敢的（也許因為年輕還不知道害怕），詩人一直掛心要「再寫一首詩給你」，詩是彼此的密語，詩代表著互相之間想要的詩生活，或者未來美好的幸福，願你像詩一樣，既是懷人也是深切的祝福。

步群的〈懷人〉，有一副題取用《詩經．卷耳》，〈卷耳〉是一篇因懷人而抒寫的詩，以思念征夫的婦人口吻來寫，也以征夫返家時旅途勞苦的口吻來寫。

步群則將古典轉化為現代詩，賦予新詮釋，寫出愛的艱辛，深具感染力，古今呼應。

同樣以〈懷人〉為題的作者容方，在春日的驟雨中，獨處室內，懷想起以前的你和我多麼親密，「你從前的影子正／和我的影子重疊／疊著更深的墨色」，思念太深濃，竟然一瞬間覺得「你看過來」，其實你並不在，結尾卻是你那麼真實地看過來，非常有蒙太奇的畫面。

〈掛失〉，在報端一角「掛失」，掛失在這裡似乎意指「訃聞」。作者說「冷處理我們的在世關係／用掛失的方式閱讀」，「需要時才發現／你已經在失物招領處等了／另一個下輩子」，最後決定用「記憶」保存你，末了說「等了好久的你」，那麼你也在另一個世界等我嗎？讓人想起忘川上的奈何橋，既不能忘，就好好記著，詩寫得情真意摯。

〈知名不具的妳〉這首詩，有一種舊情懷，像很久以前的「筆友」似的，彼此不那麼熟，帶點情意迷濛，也許只是偶爾在旅途中相識，日後卻透過魚雁，把彼此寫在心底。詩中布置舊時光的種種畫面，走在鄉村的小路，不經意想起妳的娟秀筆跡、妳信中提到的海，也猜想行囊中有星砂、貝殼、海螺，這種舊情懷往往讓人陷入久久回味。好比詩人木心敘說著〈從前慢〉。

〈時空旅人〉作為懷人的題材是滿特別的，假想自己是一個時空旅人，從二十一世紀去懷想二十世紀，結尾很美，說到在時空裡有個途徑是美麗的金邊，而這個金邊恰如「你投宿的／／窗外」，投宿一般當然在「窗內」的居所，但對時空旅人來說，就是走向外界，充滿想像空間。

大抵綜觀了這次參賽的作品，難免遺珠，我必須承認，寫詩是主觀的偏見，而讀詩也只不過是客觀一點的偏見，既是文學「遊藝」，就先放開胸襟認真玩，玩得盡興有味，好詩自會萌芽。

懷人詩優勝作品

時空旅人

◎ alsder2009

你說
年紀輕輕，稚嫩的
二十世紀
譬如一位確認懷孕的，少女的
第二十秒

你說
每次路過二十世紀
都發現人類像初生的嬰孩，在地球

吮指香甜的夢

還說
除非旅人刻意拍打
夢，才會醒

更說
有個途徑
能在時間的邊境，鑲嵌
美麗的金邊
而金邊旖旎的風光，恰如
你投宿的
窗外。

胡波——大象不見了

◎無花

這裡不會再有象群
我只是不想你
一人坐在沒有入口的動物園
等門開

你走後
他們依舊剪掉你的影子
讓盆栽新長出來的枝椏還是你
不喜歡的樣子

告訴你
電影中每個渺小的遷徙動物已能好好活著
你住過的城市，移植而來的
森林，也有了新人種

和呼吸

他們蓄意剪掉在你的城大象死命逃奔的情節

避免奄奄一息的觀眾，鏡頭轉移至

從未開過的門

又再關上

懷人 ◎步群

「采采卷耳，不盈頃筐。嗟我懷人，寘彼周行。」——《詩經．周南．卷耳》

我已經習慣以一種平均而穩定
的步伐，日復一日的我習慣踩著
昨日深陷的腳印
向我植被茂盛的心
摘採那些譬如早春或晚秋
之類，我幾乎無法收拾

隨著海拔節節攀升
雲層低低壓了下來
山氣微寒，宇宙陷入巨大的靜寂
這一次夢境在我意志兩端開展
一段我們勢必共同趨向

無關乎個性或天氣
唯獨內心各自一仍
不斷宣示的愛

致樹影

◎曾元耀

影子一旦彎曲
不是宿疾，就是老
儘管你沉默寡語
我仍可聽聞與生命拉扯的陣陣倔強

你把鬥志藏於皮下
努力繃出一副有 Guts 的曲線
任誰在文學的山路上與你相遇
都將會是一種陡峭的錯身

在昨日的廢墟裡，你努力
擠壓出明日的養分
阿猴城藏了你的憂鬱
永勝五號藏了你的苦心

你的皺紋一條一條
則藏進了整個屏東的浪漫

我要去屏東山城，認領
那些燦燦的陽光
去南方半島的樟樹下，豎立樹影
樹立生生滅滅且不停息的禪語
在現世與來世之間往返傳令

抱歉，北大武山，郭漢辰把您的海拔帶走了

懷人

◎容方

時至今日
往事浮浮
夾雜這散漫的夜色
忍不住
又點起一根菸

窗外是春天
突如的驟雨
窗內
是你從前的影子正
和我的影子重疊
疊著更深的墨色
在三月底部惶惶的歌

我相信
你的眼神清楚
如泥濘中初醒的樹芽
我期期艾艾的等
這一瞬間
你看過來

李文亮 ◎**草生**

你睡著的時候
世界的喪鐘
響過一次

那片土地最特異之處
聽到哨聲的人
心中只是
默默又死了一個陌生人

帳篷撐開白色的天空
篷內更多冤魂
呼喊不出你，或病毒的名字

想從你身上找出

零號
吹哨的造謠者

疫情結束後，你的名字
注定是一個新的敏感詞

新的死人，還在路上
我們唯一的月亮
文文火著

掛失

◎潘仁琪

報欄截角一個方塊訊息
華康黑體小四號鉛字印刷
散落在叢叢髮海中尋你
我熟悉的你的髮型
冷處理我們的在世關係
用掛失的方式閱讀

或許是一次行旅中偶然
明明隨身攜帶著的
什麼時候遺失
需要時才發現
你已經在失物招領處等了
另一個下輩子

於是學聰明了
要在慵懶的季節午後
凝蟄一塊琥珀的記憶
藏在衣襟裡冰存
你栩栩如生的活體

至少不必擔心又遺失了
要花錢刊載你掛失後遺址
去認領等了好久的你

知名不具的妳

◎林瑞麟

我記得這條路
輕輕的，娟秀，像你的字跡
鄉村搖滾的流動
是小葉欖仁喜歡的節奏
灑點光影就一派印象

風很大的時候
適合無所事事
像秋分後田裡的草稃
像媽祖廟旁的老大人
用指尖推移江山

鐵牛車駛過
爬出一格格倒退的縮時攝影

那些不及裝幀的風景
闌珊，解散

途經妳信裡的海
不知道要支付多少車資
才可以找回不小心
被錯拿的行李
裡面有星砂、貝殼、海螺
和我手寫的潮音

船

◎蔡羽

每年的清明都起霧
我踩在波浪間
遙見妳的船忽隱忽現

船上載著妳的村
聽說是落葉紛紛的地方
是茶餘飯後，妳剔牙時
一根短短的牙籤
故事說起來卻太長
我用力張望
只見黑洞未見村

在海的這邊落腳後
雨林裡的枝葉

勾勾搭搭妳後半生的面目
妳的表情裡有滾動的浪
前半生的哭喊依稀可聞
在那邊的沙灘上
小腳印倉皇失措

赤道的青苔沿著膝蓋爬上來
一切變舊了。敬妳一杯吧
船前，日頭釘住所有黑影

再寫一首詩給你

◎葉宇軒

如果再寫一首詩
給你，要怎麼寫好呢
像每日升起的太陽
你的善良太多
太多，以致我無法
一一記住

記住你話說時的樣子
就夠了，像霧靄
從時間的山邊冷冷靠來
有時我們因謹慎回答
而變得溫軟
那麼善良的一句
讓彼此受傷瑟縮的靈魂

有了一座海在我們之間流動

想起你總學不會怕
——四月的雷雨，五月
你說找到秋天就會好起來
讓人後悔的夏天可以嗎
如果我忘了
忘了再寫一首詩給你

聯副文叢68

書寫青春17：第十七屆台積電青年學生文學獎得獎作品合集

2020年10月初版　　定價：新臺幣350元

編者	聯經編輯部
叢書編輯	黃榮慶
校對	胡靖
整體設計	烏石設計

出版者	聯經出版事業股份有限公司
地址	新北市汐止區大同路一段369號1樓
叢書編輯電話	(02)86925588轉5307
台北聯經書房	台北市新生南路三段94號
電話	(02)23620308
台中分公司	台中市北區崇德路一段198號
暨門市電話	(04)22312023
台中電子信箱	e-mail：linking2@ms42.hinet.net
郵政劃撥	帳戶第0100559-3號
郵撥電話	(02)23620308
印刷者	世和印製企業有限公司
總經銷	聯合發行股份有限公司
發行所	新北市新店區寶橋路235巷6弄6號2樓
電話	(02)29178022

副總編輯	陳逸華
總編輯	涂豐恩
總經理	陳芝宇
社長	羅國俊
發行人	林載爵

行政院新聞局出版事業登記證局版臺業字第0130號

本書如有缺頁，破損，倒裝請寄回台北聯經書房更換。　ISBN 978-957-08-5635-4 (平裝)
電子信箱：linking@udngroup.com

國家圖書館出版品預行編目資料

書寫青春17：第十七屆台積電青年學生文學獎得獎作品合集/聯經編輯部編．初版．新北市．聯經．2020年10月．408面．14.8×21公分（聯副文叢：68）
ISBN 978-957-08-5635-4（平裝）

863.3　　109015644